MW01178712

Enzo Biagi

L'Italia domanda
(con qualche risposta)

Rizzoli

Proprietà letteraria riservata
© *2004 RCS Libri S.p.A., Milano*

ISBN 88-17-00433-2

Prima edizione: novembre 2004

Avvertenza

Sono un vecchio cronista e ho passato gli ottanta. So che non mi attendono molte primavere. Ho vissuto, e raccontato, molte vicende del secolo che è appena passato: dal Vietnam a Sarajevo, ho navigato sul Mississippi e sul Mekong, ho visto cadere un regime e la sagra dei voltagabbana. Mi sento un po' come i reduci deamicisiani del «quadrato di Villafranca»: io c'ero.

Ho scritto per giornali e settimanali, e anche qualche libro: e di questo ho vissuto. Debbo tanto a molti: in particolare ai redattori del *Resto del Carlino*, compagni di lavoro, e alcuni della vita, che mi hanno insegnato quello che so sul mestiere.

A mia moglie Lucia che mi è sempre stata vicina e mi ha detto una sola bugia prima di morire: «Non ti lascio».

Agli amici che mi hanno aiutato nei giorni tristi e difficili.

Sono anche stato fortunato: ho potuto fare il mestiere che sognavo e l'avevo scritto in un tema scolastico: a tredici anni.

In questo libro ci sono domande e risposte e ogni eventuale errore è il mio, anche perché ci sono in giro molti stupidi gentili per conto terzi.

Queste pagine sono un lungo colloquio con i lettori: li ringrazio.

Buona fortuna a tutti: la vita è una lotteria. Nel bene e nel male qualche volta esce il tuo numero.

e. b.

1988

Le note cronologiche sono state redatte da Claudia Turconi.

Da ricordare...

26 gennaio: la Fiat presenta a Torino la sua ultima novità, la «Tipo», che ottiene il titolo di «auto dell'anno».

1 febbraio: l'Istat comunica i dati sulla disoccupazione in Italia. La percentuale è del 12,3%, pari a 2.930.000 senza lavoro. L'anno precedente era dell'11,6%.

27 febbraio: al Festival di Sanremo trionfa Massimo Ranieri con *Perdere l'amore*. Fra i finalisti spicca Anna Oxa con un look sofisticato, del tutto nuovo rispetto al passato punk.

28 febbraio: scoppia lo scandalo delle «Carceri d'oro». Sotto accusa l'ex ministro dei Lavori Pubblici Franco Nicolazzi (che si dimette dalla segreteria del Psdi) accusato di aver intascato bustarelle per la costruzione di alcune carceri. Sarà condannato a 5 anni (2 condonati).

10 marzo: quasi 9 milioni di telespettatori e il 50,8% di share per l'ultima puntata di *Indietro tutta*, il programma culto di Renzo Arbore in onda su Raidue alle 22.

26 marzo: grande manifestazione di donne a Roma organizzata da Cgil, Cisl e Uil. Circa 200.000 sfilano in città per chiedere il riconoscimento delle pari opportunità sui luoghi di lavoro e l'approvazione della legge contro la violenza sessuale.

5 maggio: secondo un'indagine Doxa, l'uso del dialetto è in calo in tutte le regioni. Le persone che lo parlano abitualmente in famiglia scendono dal 75% del 1974 al 65%.

6 maggio: è il cantautore Luca Barbarossa il personaggio con cui le italiane sognano di naufragare su un'isola deserta, mentre Pippo Baudo è il compagno ideale per una cena romantica (da *Novella 2000*).

18 maggio: Enzo Tortora, popolare presentatore televisivo, protagonista di un caso giudiziario che lo aveva portato in carcere per 22 mesi con un'accusa rivelatasi poi infondata, muore di cancro. Aveva 60 anni.

17 giugno: gli italiani sono il popolo più europeista tra i Dodici. Lo dice un'indagine della Comunità Europea.

8 luglio: apre a Firenze in concomitanza con Pitti Uomo Italia la prima rassegna «Tuttojeans» dedicata al tessuto denim per cui gli italiani hanno speso nell'ultimo anno la cifra record di 3200 miliardi di lire.

28 luglio: clamorosi arresti per l'omicidio Calabresi. Ad accusare dopo 16 anni dal fatto (17 maggio del 1972) tre suoi compagni di lotta è Leonardo Marino che si sarebbe deciso alla confessione in seguito a una crisi spirituale. In manette Adriano Sofri, Giorgio Pietrostefani, e Ovidio Bompressi.

30 luglio: nella piazza di Rimini l'Arci-gay festeggia un'unione omosessuale per rilanciare l'iniziativa sul riconoscimento legale delle convivenze di fatto.

agosto: vacanze estive rovinate per molti che hanno scelto la costa Adriatica. Per settimane le acque vengono infestate dalla mucillagine causata dalle alghe.

settembre: lo scrittore indiano Salman Rushdie pubblica *Versi satanici*, il romanzo ispirato alla vita di Maometto che scatena la protesta degli ambienti ortodossi musulmani. Le autorità religiose iraniane lo condanneranno a morte ponendo una taglia sulla sua testa.

3 settembre: a *La leggenda del santo bevitore* di Ermanno Olmi il Leone d'oro della Mostra del Cinema di Venezia.

11 settembre: la principessa Bianca di Savoia Aosta, 22 anni, figlia di Amedeo d'Aosta, e il conte Giberto Arrivabene Valenti Gonzaga, 27 anni, si sposano nella piccola chiesa di San Biagio al Borro, un antico borgo medievale in provincia di Arezzo, di proprietà dei Savoia Aosta dal 1904.

11 settembre: Francesco Moser si ritira dal ciclismo dopo 275 corse vinte in 16 anni di carriera professionistica.

7 ottobre: Carlo Azeglio Ciampi, il governatore della Banca d'Italia, annuncia che il debito pubblico in Italia ha raggiunto il record di 1 milione di miliardi.

7 novembre: va in onda la prima puntata di *Striscia la notizia*, su Canale 5.

14 novembre: secondo l'Istat, l'abitazione media degli italiani è costituita da quattro stanze e ogni persona dispone di 31 metri quadrati, 10 in meno rispetto al decennio 1951-60. Passano dal 62,8% al 69% le case di proprietà.

18 novembre: 10 milioni di sterline, pari a 24 miliardi di lire italiane è quanto deve sborsare Elton John alla ex moglie Renate come liquidazione.

18 novembre: il vertice delle Ferrovie dello Stato è messo sotto inchiesta per lo scandalo delle «lenzuola d'oro», sarebbero corse tangenti in margine a un appalto per la fornitura di lenzuola. Il 23 novembre con il vertice azzerato l'Ente sarà commissariato.

14 dicembre: i single sono ormai il 4% della popolazione e a Torino nasce un'agenzia matrimoniale per cuori solitari «vip». L'iscrizione costa 5 milioni più altri 10 milioni a matrimonio avvenuto.

I buoni esempi

C'è un personaggio della vita italiana che richiami sulla sua perso-
na e sulla sua vita l'ammirazione e il rispetto di tutti? Un politico o
un artista, un religioso o uno scienziato? Io non riesco a trovarlo.

(P.B., Genova)

Non so se posso aiutarla. È un tentativo che, qualche volta,
faccio anch'io. Ricordo una conversazione con Theodor
Heuss, il vecchio presidente della Repubblica Federale di
Germania. Teneva fra le labbra il sigaro spento, fissava con
gli occhi socchiusi la fiamma del caminetto. La sua voce era
profonda, parlava lentamente. Disse a un tratto: «Forse Albert Schweitzer è il solo buon esempio che i miei compatrioti accolgono e rispettano». E noi?, pensai. Chi è l'uomo
che gli italiani ammirano? C'è qualcuno fra noi che gode la
stima di tutti, e il cui nome viene pronunciato con reveren-
za? Schweitzer non è un filantropo, è un modo di intendere
la vita; è un principio morale reso ancora più suggestivo dal-
l'offerta di un'intera esistenza.

Cercai nella memoria qualcuno che gli assomigliasse.
Mi venne in mente, che so, Enrico De Nicola, il suo cappotto nero rivoltato, il suo rigore, la sua scontrosità. Il fatto
che non fosse disposto ad accettare compromessi, ad adat-
tarsi alle situazioni, lo rendeva quasi una figura comica, un

tipo curioso, un po' maniaco e molto ingenuo. È morto povero, dopo tanto lavoro, dopo aver ricoperto grandi cariche pubbliche, ma non basta essere un galantuomo per conquistarsi il cuore della gente. Forse Alcide De Gasperi: il tempo ha imposto questa personalità chiusa e assorta, questa coscienza che voleva rispettare le leggi di Dio e le esigenze dello Stato, quest'uomo solo, ma la sua lezione non arriva alla folla. Pensai a Corrado Alvaro, che mi sembra quasi dimenticato. Il solitario scrittore calabrese che disse del fascismo: «Fu un'epoca di questurini. Anche i letterati aspiravano a portare un'uniforme», non è popolare. Diedero un premio governativo agli eredi di Papini. Si era imposto una regola: «Ricordati di essere artista, soltanto artista, poi uomo. Così potrai servire il tuo Paese e te stesso». Non gli importava di piacere, gli premeva non doversi vergognare. Se ne è andato come è vissuto: con distacco, con pudore. Pensai ad alcune persone che ho avuto la fortuna di avvicinare durante la mia giovinezza in provincia, buoni esempi che non arrivano alla cronaca dei giornali o sui teleschermi. Ricordo certe passeggiate notturne, sotto i portici di Bologna, con Piero Jahier, l'autore di *Con me e con gli alpini*, che per non piegarsi, con una fermezza valdese, era andato a fare il funzionario delle ferrovie, non aveva più scritto una riga, si era limitato a tradurre, «a parlare con la voce degli altri». Non c'era in lui ombra di rancore o spirito di rivincita. Vorrei dire Giorgio Morandi, lo ricordo a un tavolino del Caffè della Borsa, intento a osservare i giocatori di scacchi, ricordo la sua casa piccolo-borghese in via Fondazza, con l'orto e le pianticelle che poi trasferiva nei segni incomparabili e nella poesia delle acqueforti. Ha arricchito i mercanti e ha vissuto come un monaco. Posso ricordare il socialista dottor Francesco Zanardi, che chiamavano «il sindaco del pane», e credeva davvero nella redenzione del proletariato. L'ho visto cenare allo spaccio di una cooperativa con un piatto di salame e un bicchiere di lambrusco e lasciò i suoi risparmi perché fossero costruite case per gli operai.

Ma oggi, che personaggi abbiamo da proporre al rispetto dell'opinione pubblica? Scrisse sempre Alvaro: «La mia generazione non lascia una buona eredità». E la mia? Penso a un prete, don Dossetti: ha lasciato la carriera politica e si è ritirato sulle colline per pensare alla morte e alla salvezza dell'anima; a Sciascia, uno scrittore che è un po' la coscienza laica di questo Paese, o a due professori, Bobbio e Galante Garrone, che sanno andare controcorrente; o se vuole all'Italiano Ignoto, quello che, nonostante tutto, fa la sua parte: casa, lavoro, tasse pagate secondo i redditi, rispetto di un comandamento assai trascurato: «Non rubare», ma mi consola pensare che il Bene non fa storia perché non si vede, ma per fortuna c'è.

Il rispetto per gli altri

Spero tu mi conceda di darti del tu. Mi chiamo Gianni, studente universitario e tuo fan. Tu hai intervistato Buscetta, Gheddafi, personaggi che suscitano giustamente l'interesse di Enzo Biagi giornalista: ma che cosa ne pensa Enzo Biagi uomo? Davanti a personaggi che qualche crimine lo avranno pur commesso, che cosa hai provato? Lo chiedo perché leggendo il libro di Tommaso Buscetta ho notato una velata ammirazione verso «il vero padrino».

(G.F., Taranto)

Non riesco a vedere una separazione tra persona e mestiere: il chirurgo non si sgomenta davanti al sangue, ma ha sempre presente la sofferenza del malato. Io non sono un giudice, ma un testimone: la mia ricerca della verità, che non esclude un giudizio, per fortuna non contempla una sentenza. Quando faccio domande cerco di chiedere quello che incuriosisce il pubblico; ma non ho il gusto né della sfida – che sottintende: guarda come sono bravo – né della provocazione. Sono, per principio, grato a chi accetta di dialogare con me: mi usa una cortesia. Ho stretto la mano all'ergastolano Sindona, e il gesto mi è stato rimproverato: come avrei dovuto accomiatarmi da lui, già bollato dal tribunale? Non ammiro Buscetta: se lei intende, con questo verbo, esprimere entusiasmo o lode; ma rispetto la dignità con cui ha accettato dolori strazianti e affrontato la sua sorte. Simpatia non significa, è evidente, concordanza di idee o approvazione di scelte: ma una disponibilità a comprendere. Poi nella valle di Josafat, come si racconta, ognuno di noi reciterà il suo ruolo definitivo, e tutto apparirà chiaro.

Il personaggio

Secondo Stella Pende «non c'è più dubbio»: Celentano è «l'uomo dell'anno». Ispirata da tanta certezza completa il discorso: «È sicuro che il vecchio ragazzo della via Gluck ha cambiato il modo di fare televisione in Italia».

Non sottoscriverei queste pur rispettabili convinzioni, perché ho il sospetto che Gorbačëv (è il primo nome che mi viene in mente) meriterebbe un po' più di considerazione, ma capisco che, di fronte a un personaggio che si ritiene più autorevole del rappresentante del Cremlino, e più famoso di Reagan, si resta non solo sbigottiti, ma anche soggiogati.

In una lunga e spassosa intervista, «il Molleggiato» traccia un benevolo ritratto di se stesso: «Sono bellissimo. Intelligente e anche buono. E poi sono simpatico».

Io mi ostino a stimarlo un volpone, che mescola abilmente il candore dell'anima con quello dei detersivi, ma

15

Adriano, che in fondo si considera, più che una voce del rock, un urlo di Dio, lo nega: «Non sono un furbo».

Può darsi che la mia interpretazione sia maliziosa, e anche cattiva, e che il suo comportamento esprima, più che le trovate di un astuto, gli slanci di un innocente: Giuseppe Prezzolini, un punto fermo della nostra cultura, aveva un sincero rispetto per la saggezza degli analfabeti, ma ho l'impressione che Celentano scavalchi con troppa disinvoltura ogni limite. La sintassi, ad esempio, non è un pregiudizio, e anche lo spettacolo televisivo è soggetto ad alcune regole: in nessun Paese è concesso ai presentatori di dire, a ruota libera, tutto quello che gli passa per la testa. Perché un conto è la platea dello «Smeraldo» e un altro quella della Rai.

«Per me il gioco è tutto» dice il singolare teatrante. Ma l'aborto e la fame, i referendum e l'atomo non sono la stessa cosa della Lotteria di capodanno. Ogni opinione, certo, è più che legittima, ma i fatti personali – gravidanze, divorzi, pratiche religiose – non fanno parte dei programmi.

Se l'iniziativa di Celentano, questa sconvolgente ondata televisiva, prendesse piede, potremmo anche avere alcuni dei più spassosi tg del mondo, e vedrei con simpatia, sinceramente, Benigni inviato al prossimo incontro per il disarmo. Già Charlot ballò nel *Dittatore* lanciando per aria un globo terrestre; ma faceva la parte di Hitler, non quella di san Francesco, ed era un'invenzione satirica, non una predica sulle beatitudini.

Adriano Celentano, come mi pare giusto, se la prende con quelli che non si sono associati al tripudio, e neppure oggi credono che il suo *Fantastico* rappresenti «un passo molto lungo verso la democrazia».

Ce l'ha con il filosofo Abbagnano, paragonato agli imbianchini che, non si capisce proprio perché, «sperano di diventar importanti», con Giorgio Bocca, che lo aveva definito «un cretino di talento» – e lui replica dandogli dell'«intelligentone» che l'ingegno se lo sarebbe prosciugato – e poi con me. «Enzo» spiega affettuosamente Adriano «dice le cose in maniera così violenta che è diventato il comico italiano più di moda. Altro che Sordi.» Adriano caro, davvero incontro tanto? Nientemeno: più di Albertone nostro? La vita mi sorride. Ma non credo che le mie modeste e anche pacate osservazioni, come le tue battute del resto, facessero tanto ridere: io purtroppo non posso contare neppure sulla claque, che dalle tue parti applaude a comando.

Tra gli insegnamenti del cristianesimo c'è anche un'esortazione al dubbio e all'umiltà: è sicuro Celentano che Boldi con le dita nel naso, o Pozzetto che fa la pubblicità al suo ultimo film, o le ballerine con le giarrettiere che esaltano la bontà del caffè Splendid aprano nuove vie al Signore e alle comunicazioni di massa?

Di lui ammiro quasi tutto: fa l'amore sorridendo (e alla mia età ci si accontenterebbe anche di arrangiarsi stando seri), segna la conclusione di un'epoca («Con me è finito Sanremo»), mentre io mi ostino a vivere di cronaca quotidiana; viene discusso addirittura come un novello Lutero; ma la sua supponenza, peraltro molto incoraggiata, non mi sembra sostenuta dalle opere. Si faccia spiegare la battuta di una sua collega che figura nella storia del cinema, Arletty, indirizzata ai francesi che esaltavano De Gaulle: «C'è differenza tra gli uomini grandi e i grandi uomini». Lui, per me, sta nella media.

Una ragazza davvero felice

Io sono felice, tanto felice, che vorrei gridarlo per le strade, scriverlo sui muri delle case, comunicare a tutti la mia gioia. Non creda che abbia trovato marito o vinto al Totocalcio. Ora mi spiego. Io sono una ragazza qualsiasi, non più tanto giovane, né bella né intelli-

gente né ammirata. Non ho beni di fortuna, devo lavorare per gua-
dagnarmi la vita e non posso neppure andare al cinema tutte le vol-
te che vorrei. Ma questo non ha importanza. Io sono felice perché so-
no viva, perché posso camminare, parlare, vedere, leggere, pensare.
Sono così felice di questo che ringrazio ogni giorno il Signore che mi
ha creata. Come ho detto poc'anzi, non vivo nell'agiatezza e tutte le
inevitabili difficoltà che presenta la vita non arrivano a mutare il
mio animo. E penso che non cambierebbe se mi trovassi in qualsiasi
agiata condizione, penso anche che con me la vita è stata prodiga
di doni mentre io sarei contenta lo stesso con molto, molto meno.

Sono incosciente, presuntuosa, o qualcos'altro che non so capi-
re, a pensare in questo modo? Gradirei molto il suo parere perché la
ritengo buon conoscitore della vita e dell'animo umano e perché la
stimo molto. Le sarò grata qualsiasi giudizio vorrà dare alle mie
parole. Con ossequio.

(P.B., Termoli, CB)

Lei è una brava ragazza. Una buona ragazza. Lei ha il cuore
pulito e guarda alla vita con occhi limpidi. Accetta la sua parte di giovane donna senza dote e senza ammiratori serenamente: ed è contenta di tutto ciò che il suo lavoro, il mondo
e la gente le offrono. Qualche cinema, qualche lettura, una
garbata conversazione. «La felicità» ha detto Trilussa «è una
piccola cosa.» Le auguro tanto bene, signorina, e mi auguro
di saperla un giorno sposa e mamma: c'è di sicuro un uomo
che merita di incontrare una compagna così gentile e così
sensibile, e mi piace immaginarla circondata da bambini allegri come lei, perché lei sarà giovane per sempre.

Il diritto a star soli

Vorrei ricordare ai suoi lettori la triste situazione in cui si trovano
molti vecchi che le condizioni economiche costringono a chiedere ospi-

talità a qualche ricovero. Perché quello che rende più ostica la vita in quegli ambienti è il contatto perenne con i propri simili. Vorrei che negli istituti si mettesse in atto una riforma logistica assegnando a ogni ricoverato una stanza, anche microscopica, che lo isoli, proteggendone la personalità.

A vent'anni si può anche dormire nelle camerate delle caserme, a settanta no: l'anziano ha il suo pudore. Capisco che le cose semplici sono le più difficili, e che i vecchi sono sempre troppo lenti a morire; credo anche che si chiacchieri molto e che spesso si agisca soltanto dietro la spinta dell'interesse personale.

(L.D.R., Pescara)

Capisco la sua lettera, signore, e capisco la sua sfiducia e la sua malinconia. Sarebbe bello poter offrire, a chi non ha più nulla da sperare, a chi affronta, in compagnia dei ricordi e dei rimpianti, le grigie giornate del tramonto, una stanzetta. Una stanzetta che sia anche un piccolo mondo, una stanzetta con una vera porta e una finestra che dia magari su un giardino, in modo che i vecchi signori dagli occhi stanchi non debbano ricorrere al calendario per sapere se è arrivata la nuova stagione: dovrebbe bastare un volo di rondini o il lento cadere delle foglie.

Mi disse una volta un grande regista cinematografico, Carl Th. Dreyer: «Amo il mio Paese, la Danimarca, anche per quello che ha saputo fare la gente. Quando due vecchi sposi non possono più lavorare, e non hanno di che vivere, lo Stato dà loro una casa e un poco di terra, perché possano coltivare fiori e allevare polli, e se uno resta solo gli dà ancora una casa più piccola e ancora un pezzetto di terra più piccolo, perché possa continuare a vedere le erbe spuntare a primavera. Io sono orgoglioso di questo».

«Invecchiare» disse un famoso musicista «è l'unico mezzo scoperto fino a oggi per vivere a lungo» e bisogna accettare serenamente questa condizione. Disse una ex bellissima donna, devastata dal tempo: «Ora, per far battere il cuore dell'uomo che mi amò, devo costringerlo ad affrontare le scale», e c'era il dolore per un fascino che le rughe avevano distrutto. È un destino comune. Ma si dovrebbe dare a tutti, e sarebbe tanto bello poterlo fare, una cameretta perché ogni uomo possa raccogliersi in se stesso in quelle ore distaccate che annunciano il congedo.

Padre e figli

Sono stato informato che mio padre, che ha cinquant'anni, da me stimato e amato moltissimo, ha una relazione con una donna molto giovane e questa notizia mi ha procurato una grande angoscia. Così ho capito per quale motivo mia madre, una creatura dolce e sensibile come poche, da bella e vivace che era sta morendo un poco ogni giorno, anche se con una forza d'animo rara mostra a tutti una serenità che le deve costare la vita. Che cosa posso fare per aiutare i miei genitori a ritrovarsi?

(G.S., Roma)

Parli con suo padre. Non con il tono del giudice, o con quello del figlio tradito: parli da amico, se può. Gli dica che anche lei, ormai, è un uomo, e che capisce, che può capire la debolezza degli uomini, la loro solitudine, la loro paura di morire, quel senso della vita che se ne va; della giovinezza che svanisce, che molto spesso induce in tentazione. Gli dica che gli vuol bene, più bene di prima, perché lo immagina triste e angosciato, perché lo pensa infelice. Gli dica che vorrebbe essergli vicino, che vorrebbe aiutarlo, e che anche lei ha bisogno di lui. Gli dica press'a poco così: «Papà, quando ero bambino ti immaginavo forte, grande, il più forte di tutti. Ti pensavo quasi un eroe. Non lo sei, papà, sei come gli altri, come tanti altri: indifeso, tormentato. Se ne è andato il mito della mia fanciullezza, ma mi pare di averti scoperto più umano, di capirti ancora di più. Voglio dirti che puoi sempre contare su di me; sono il tuo ragazzo cresciuto e ti offro non un affetto che è già tuo, ma una nuova amicizia». E sappia attendere: aspetti che suo padre sappia trovare la forza per dire di no a se stesso, alle sue ultime illusioni.

Le opere del regime

Il fascismo compì delle opere sociali nell'interesse della nazione sì o no? (Mi riferisco a enti assistenziali, mutue, pensioni, orari di lavoro, bonifiche e a una espansione politica ed economica adatta a quei tempi.)

(R.L.M., Milano)

Sì. O meglio: anche. Treni in orario, battaglia del grano, autarchia, battaglia demografica, guerra alle mosche, tassa sul celibato, trasvolate atlantiche: cito, a suo conforto, qualche altra voce del bilancio che dagli apologeti di quei tempi viene considerata positiva. Eliminò la libertà di stampa e di associazione e il diritto di sciopero, la tessera del Partito diventò la tessera del pane, non fu ammessa alcuna forma di opposizione tranne la barzelletta mormorata al caffè, condusse l'Italia a una sconfitta disastrosa. Si squagliò, il 25 luglio, senza decoro. Mi ha raccontato Dollmann, fonte non sospetta, che la moglie dell'ambasciatore nazista a Roma, vedendo arrivare tanti capi fascisti buffamente travestiti, disse con ironia: «Signori, il mio guardaroba è di sopra». A proposito: Hitler fece molto di più. Costruì autostrade meravigliose, preparò la più perfetta macchina bellica dell'Europa, eliminò sei milioni di disoccupati (in seguito sei milioni di ebrei), conquistò l'Austria che applaudì l'ingresso delle sue truppe e gli fornì poi ardenti battaglioni di SS; fece rinascere lo spirito nazionalista dei tedeschi (noi, che stentiamo ancora a raggiungere spiritualmente un'unità nazionale, dovevamo avere nientemeno una «coscienza imperiale»). Potrei anche, a richiesta, elencarle le benemerenze di Stalin, ma non erano nemmeno sufficienti ad accontentare il vecchio Nikita Chruščëv. I dittatori fanno anche delle buone cose; ma il prezzo dei loro servizi è troppo alto.

Comprati e venduti

Non ho alcuna considerazione dei giudizi della stampa. Tanto si sa benissimo chi vi paga: o siete venduti a un partito, o siete venduti all'editore, e alla fine è sempre il padrone che comanda. Dietro a ogni giornale ci sono degli interessi, e voi servite chi vi compensa meglio.

(R.C., Monza)

Nel *Dizionario delle idee correnti* Flaubert già stabiliva che è cretino chi non la pensa come noi. Definito intellettualmente il nostro contraddittore, occorre anche darne una valutazione morale: e allora diventa disonesto. In Italia, poi, le categorie dei «venduti» sono infinite: «venduto» è l'arbitro che accorda il rigore alla squadra che si batte contro la nostra. «Venduto» è il critico che consideriamo troppo severo (con noi) o troppo generoso (con gli altri), «venduto» alla destra economica o a un Paese straniero è il politico che sostiene tesi diverse dalle nostre, «venduto» è naturalmente il giornalista che assume atteggiamenti spregiudicati o impopolari.

«Chissà cosa c'è dietro?» è la domanda che di fronte a certi articoli di denuncia molti si pongono, invece di chiedersi: «È vero o è falso quello che sto leggendo?».

Stabilito dunque che siano tutti più o meno «venduti», resterebbe da appurare chi sono i compratori. È esatta la sua affermazione: dietro a ogni foglio di carta stampata ci sono degli interessi, finanziari, sociali e anche ideali, ma non vedo che cosa ci sia di male a difenderli se si considerano rispettabili, se si condivide, almeno nelle linee generali, l'impostazione politica del giornale al quale collaboriamo.

Non è sempre possibile imbarcarsi con il migliore equipaggio e sulla rotta preferita, ma ci è consentito non venire a patti con la nostra coscienza e non mercanteggiare la nostra dignità. Come fanno gli avvocati rispettabili, possiamo sceglierci i clienti e rinunciare alla tutela di cause che riteniamo ingiuste: noi non abbiamo nemmeno l'obbligo professionale di difendere a ogni costo i colpevoli.

Qualcuno cerca di giustificare, con la disciplina di partito o presentandoli come un tributo reso alla propria fede, certi «cedimenti»; altri sventolano quella bandiera longanesiana che ha per motto: «Ho famiglia». Ma nella grande maggioranza dei giornalisti vige ancora la regola della pulizia.

Ci saranno dei «venduti» anche fra noi, non posso escluderlo – è un mestiere, questo, che induce spesso in tentazione –, ma non più di quanti se ne possano trovare tra i tranvieri o tra i farmacisti. Mi creda: il peccato più frequente è quello di omissione, non la menzogna deliberata o l'espediente truffaldino. C'è chi si fa ogni giorno spanciate di servilismo, e spesso non richieste, ma conosco anche tanti galantuomini che alla fine della carriera, che per noi è un po' anche la conclusione di una vita, potranno scrivere queste parole che un grande regista, Erich von Stroheim, dettò in una lettera di congedo: «Non ho mai accettato compromessi, né in alcun caso ho ceduto al conformismo o alla moda, né mi sono lasciato attrarre dalle lusinghe del denaro.

Ho sempre detto ciò che ritenevo fosse vero, piacesse o non piacesse alla gente. Era in ogni caso la verità come io la vedevo».

Dio e il sagrestano

Sono un giovane cattolico e tutte le domeniche vado in chiesa per ascoltare la Santa Messa. Spero di non esagerare se dico di essere veramente orgoglioso del mio serio comportamento nella casa di Dio. Tale comportamento, che sarà certamente quello di ogni fedele che si reca al rito per convinzione, viene turbato da qualcosa che in chiesa si ripete forse per tradizione come se fosse parte integrante della Messa stessa; e penso che nessuno finora ha dato peso alla scena poco bella che spiego qui di seguito. Durante la celebrazione, che dovrebbe essere caratterizzata solo da un mistico raccoglimento, i sagrestani o chi per essi, con appositi raccoglitori muniti spesso di lunghi manici, passano tra la folla dei fedeli per raccogliere l'obolo. In tal modo tra l'aprire e il chiudersi dei borsellini e il picchiettare delle monete si crea una distrazione che nuoce al raccoglimento di chi è assorto nella preghiera o nella funzione sacra. È insomma, a mio parere, una scena che non si addice alla casa di Dio. L'inconveniente di cui parlo potrebbe essere evitato facilmente limitandosi ad apporre apposite cassette all'entrata della chiesa per la raccolta delle offerte. Chi vuole offrire qualcosa può farlo ugualmente al momento dell'entrata o dell'uscita dal tempio. Non pare anche a lei che sia più giusto così?

(T.L.R., Venezia)

Mi pare. Ricordo una frase di Julien Green, il grande scrittore cattolico. Diceva press'a poco così: «Noi rimarremmo profondamente turbati se assistessimo a una esecuzione, ma spesso, al momento dell'Elevazione, siamo distratti, ed è Gesù, l'innocenza, che va a morire per la salvezza di tutti». Ca-

24

pita anzi che, contemporaneamente al grande sacrificio, si presenti un ometto insistente che aspetta da noi qualche moneta. Gesù muore ma, in fondo, il sagrestano deve vivere e l'uscita dei fedeli è frettolosa. L'«Ite, missa est», qualche volta, dà l'impressione di essere il segnale di partenza di una corsa.

Amore e inserzioni

Desidererei sentire il suo giudizio su quegli uomini che cercano di formarsi una famiglia con un annuncio matrimoniale. Possibile che si debba ricorrere a un simile sistema? Capisco una donna, che non può prendere iniziative in questo campo, ma un uomo basta che si guardi un poco intorno... Le dirò che io sono stata tentata alcune volte di rispondere a qualche inserzione. Anzi, di farne pubblicare io stessa. Ma mi sono sempre trattenuta. Non so, mi sembra un mercato. E poi, al giorno d'oggi, come fidarsi di un avviso su un giornale che potrebbe nascondere chissà quali tranelli? Esagero o sono nel giusto?

(R.P., Palermo)

E chi lo sa. Ci sono anche dei timidi e molti uomini soli incapaci di comunicare con gli altri, di creare rapporti, di frequentare persone. Incapaci, magari, di farsi voler bene. Gente che affida a un'inserzione il proprio destino; forse conta poco come comincia una storia, importante è come si sviluppa, come si conclude.

Conosce la leggenda dell'arancia? Racconta che il Signore ne tagliò tante a metà e le lanciò sulla Terra. Ogni uomo e ogni donna sono la mezza parte di quei frutti favolosi, ma chissà se sempre si incontrano, se si ritrovano, quando è che si combinano veramente?

Certe avventure sentimentali, che sembrano così comiche, i piccoli annunci, gli strani appuntamenti, le agenzie che fanno da mediatori, nascondono molte volte tanta disperazione. E anche qualche imbroglio.

Pelle nera

Come giudica una ragazza che mantiene rapporti di amicizia con un ragazzo di colore, che passeggia per il corso o che va al cinema come se tutto fosse e sembrasse agli occhi degli altri normale? La prego di non condannarmi come fanno i miei di casa, non c'è niente di male in ciò, e anche se la gente si volta a guardare a me non importa, non perdo l'onore, non è vero? Ma purtroppo in questo modo la pensano i miei e mi sento rimproverare di continuo solo se mi telefona e mi minacciano anche che, se non la smetto, mi cacciano di casa. Tra noi i rapporti sono i più perfetti. Non voglio sembrarle testarda e qualora il suo giudizio fosse negativo io lo accetterò, ma la prego di considerare il fatto che la nostra amicizia, come le dicevo prima, ha un aspetto più profondo e lei lo avrà senz'altro già compreso.

(A.G., Lucca)

Sia serena. Non si perde l'onore per così poco. Non si perde l'onore se si va al cinema, o a spasso, con un ragazzo che ha la pelle diversa dalla nostra. Il colore dell'anima è uguale per tutti. Se la sua amicizia, come lei dice, ha «un aspetto più profondo», faccia però un esame di sé senza indulgenza. Veda se lei è pronta ad affrontare diffidenze, ostracismi, incomprensioni, umiliazioni, e anche insulti. Veda se i suoi sentimenti sono tanto forti, e se ha tanto coraggio per affrontare l'ostilità del mondo che la circonda. Solo lei può decidere. Ma faccia in maniera di non umiliare quel ragazzo che non ha nessuna colpa e che già soffrirà perché si sente protagonista di una storia crudele.

La chiamata

Sono un'assistente sociale di ventiquattro anni, ho la vocazione di farmi suora per dedicare tutta la mia vita all'assistenza degli ammalati. È già da tempo che aspetto il momento per riuscire a coronare questo sogno, ma gli ostacoli che si schierano sul cammino che sto per intraprendere sono molti e di conseguenza soffro tanto perché mi è penoso vivere nel mondo. I miei genitori mi considerano come l'unico scopo della loro esistenza, sognano un matrimonio felice, hanno risparmiato e lavorato tutta la vita per me, aspettano di raccogliere il frutto dei loro sacrifici e io vorrei tener fede ai loro progetti perché mi sento tanto affezionata, ma non mi è possibile, troppo insistente è il richiamo del Signore. Come devo fare? Come devo rivelare questo segreto a mamma e papà?

(L.G., Genova)

I suoi genitori sognavano, per lei, un matrimonio felice, ma con il tempo sapranno comprenderla, non porranno alcun ostacolo alla sua vocazione. Non potranno sentirsi delusi, ma onorati: hanno una figliola che vuole dedicare la sua vita al servizio di Dio e del prossimo, e che nella dedizione a un generoso ideale trova la sua letizia. Non si possono far progetti per la felicità degli altri (e nemmeno per la nostra); non abbia segreti per loro e parli con franchezza: la capiranno. E li aiuti, perché non soffrano troppo.

1989

Da ricordare...

4 gennaio: venduti più di 37 milioni di biglietti della Lotteria Italia, quasi 8 in più rispetto all'anno precedente, con un incasso record di 148 miliardi di lire.

20 gennaio: con la cerimonia del giuramento, George Bush diviene il 41° presidente degli Stati Uniti, succedendo a Ronald Reagan. Nel discorso inaugurale parla di un'America «più buona e più gentile».

26 febbraio: a Sanremo Anna Oxa vince il Festival con la canzone *Ti lascerò*, in coppia con Fausto Leali. Paola Turci è la prima tra gli emergenti. Fra le tante, la canzone di Francesco Salvi, *Esatto*, titolo che diventa un tormentone.

21 marzo: 17 milioni di telespettatori per l'ultima puntata della *Piovra 4*, trasmessa da Raiuno. È l'indice d'ascolto più alto in assoluto per un programma di *fiction*.

31 marzo: 3494 i casi di Aids in Italia, di cui 400 bambini. Il mondo dello spettacolo si mobilita contro la malattia. Pippo Baudo, Franco Zeffirelli, Paola Borboni, Luciano De Crescenzo, Liliana Cavani, Enrico Maria Salerno e altri incidono una canzone i cui proventi saranno devoluti alla Caritas Diocesana per l'assistenza ai malati.

12 aprile: una sentenza della Corte Costituzionale stabilisce che lo Stato italiano deve assicurare l'insegnamento della religione cattolica, ma gli studenti possono scegliere di non frequentare. Le polemiche dilagano.

maggio: manifestazioni e scioperi in tutte le principali città d'Italia contro l'introduzione dei ticket sanitari.

6 maggio: al via la nuova trasmissione di servizio *Chi l'ha visto?*, in onda su Raitre, condotta da Donatella Raffai e Paolo Guzzanti. Sarà il programma rivelazione dell'anno.

13 maggio: in piazza Tiananmen 3000 studenti iniziano uno sciopero della fame per ottenere l'apertura di un dialogo con il governo. Il 4 giugno l'esercito interviene con i carri armati contro la folla: 320 morti secondo le fonti ufficiali, 1300 secondo Amnesty International.

24 luglio: secondo un'indagine Doxa, gli italiani sono sempre più vacanzieri. Il 55% della popolazione decide infatti di trascorrere le ferie in località turistiche, nel '69 si spostava solo il 28%. La durata media delle vacanze è di 21 giorni.

3 settembre: muore in un incidente stradale mentre si trova in Polonia Gaetano Scirea, 36 anni, ex capitano della nazionale di calcio e della Juventus, tra i protagonisti della vittoria azzurra ai Mondiali di Spagna nell'82.

5 settembre: dopo una serie di rinvii dovuti al precedente matrimonio di lei e alla religione di lui (protestante), Loredana Berté e Bjorn Borg si sposano a Milano.

10 settembre: l'Italia sembra sorpresa quando all'apertura dell'anno scolastico scopre che gli alunni nelle scuole elementari sono inferiori del 20% rispetto a 20 anni fa. Sono infatti solo il 32,6% della popolazione scolastica, contro il 52,8% del 1969.

29 settembre: secondo un sondaggio lanciato da *Novella 2000*, Antonio Cabrini è il calciatore preferito dalle italiane che lo vedono come il più sexy, ma anche come marito ideale.

11 ottobre: si fa il bilancio dell'estate più disastrosa per i boschi italiani con un totale di 7627 incendi, il 50% dei quali di origine dolosa, 38.000 ettari andati in fumo, 32 vittime (19 nella sola Sardegna).

24 ottobre: entra in vigore il Nuovo Codice di Procedura Penale. La novità più importante è la possibilità di ricorrere al rito abbreviato, che consiste nel patteggiare la pena tra le parti: l'imputato, dichiarandosi colpevole, accetta una sentenza immediata con una forte riduzione della pena. La decisione viene presa per smaltire decine di migliaia di processi già avviati o ancora da avviare e per evitare che i nuovi vadano ad assommarsi a quelli arretrati.

28 ottobre: molti curiosi e alcuni nostalgici assistono al matrimonio di Alessandra Mussolini, 27 anni, attrice, e Mauro Floriani, 28 anni, capitano della Guardia di Finanza, celebrato nella chiesa di Sant'Antonio a Predappio.

7 novembre: per la prima volta un sindaco nero a New York, è David Dinkins, democratico.

9 novembre: cade il Muro di Berlino che per 28 anni è stato il simbolo della contrapposizione tra il blocco occidentale e quello sovietico. Dall'anno della costruzione (1961) nei tentativi di fuga sono morte 191 persone e 700 circa hanno riportato gravi ferite.

6 dicembre: per il Censis in Italia si è passati dalla «società delle carenze» alla «società delle eccedenze», con un incremento annuo dei rifiuti di 97 milioni di tonnellate.

22 dicembre: approvato dal Consiglio dei ministri il decreto legge Martelli sull'immigrazione. Nel Paese ci sono circa 1 milione di extracomunitari, di cui solo 86.000 in regola.

28 dicembre: agghiaccianti sequenze televisive dalla Romania mostrano il processo all'ex dittatore romeno Nicolae Ceausescu e alla moglie Elena e la loro esecuzione.

31 dicembre: si chiude con un nuovo record di vendite il mercato dell'auto in Italia. Consegnate 2.362.355 vetture contro le 2.184.324 dell'anno precedente, con un incremento dell'8,5%.

31 dicembre: nell'89 il costo della vita è aumentato del 6,6% (Istat).

Perché no il pappagallino?

Sono una donna di una certa età: ho passato nella vita le più atroci sofferenze. Mio marito fu deportato in Germania nel 1943 ed è poi morto a Buchenwald. Hanno strappato alla vita la più cara delle mie sorelle e un nipote di sei anni e molte altre care persone di famiglia. In amore sono stata sfortunatissima. Ora, dopo tanti anni di duro lavoro e di enormi sacrifici, con lo strazio nel cuore ricordando il passato, sono una donna soddisfatta. Ho avuto una meravigliosa figlia che è stata il luminoso premio alla mia fatica: bella, buona, brava. Godo dell'ammirazione e della stima di quanti mi stanno intorno. Le descrivo tutto questo perché lei si faccia un'idea della mia persona e sono certa che lei mi comprenderà e saprà darmi il parere che le chiedo.

Da circa tre anni ho un uccellino, un pappagallino ammaestrato. Durante questi anni mi ha fatto sempre compagnia. È libero nella mia casa, che è grande e spaziosa. Quando torno dal lavoro mi viene incontro, ha imparato a parlare dicendo le più belle parole d'amore. Sarà forse il modo con il quale io ne parlo, ma non ho ancora trovato, all'infuori di mia figlia, qualcuno che, appena racconto questo fatto, non si faccia delle matte risate. Il marito di mia figlia ha detto che e inconcepibile che una donna come me si comporti così per un esserino tanto insignificante, e questo mi dispiace.

Capisco che l'uccellino è un pappagallo e che ripete tutto quello

35

che sente dire da me, eppure, molte volte, mentre lui esordisce nel suo repertorio, io mi commuovo. Mi dica, per favore, c'è da ridere o da piangere? È patologico, il mio atteggiamento?

(L.C., Ravenna)

Signora, non c'è da ridere. Ridere: perché? Ognuno la compagnia, il conforto li cerca dove può. Se hai freddo, non stai a guardare da quale albero è stata presa la legna. La voce del pappagallino, che ripete le parole che lei vorrebbe sentire, riempie un po' della sua solitudine. C'è anche chi trova in una fotografia, in una immagine, il calore di una presenza umana. Perché ridere? Non penso che il suo caso sconfini nella patologia. «Ma chi è normale?» si chiese una volta un noto psichiatra. Chi è che non cerca, in certi momenti, il suo pappagallino?

La figlia lontana

Sono fidanzato con una ragazza che vive lontano da me, con i suoi, che dapprima si erano manifestati contrari a questa nostra relazione, ma dopo, visto che i nostri sentimenti non accennavano ad affievolirsi, benché fossimo stati sei mesi senza vederci, decisero di assecondare il nostro proposito di sposarci. Finalmente andai a trovarla e fui trattato bene e con sincero affetto e cordialità. Quando ritornai a casa iniziai a scrivere anche ai suoi che mi rispondevano in termini affettuosi.

Sono andato a trovarla una seconda volta e ho notato un totale cambiamento: dicevano, i miei futuri suoceri, che, avendo solo quella figlia, non volevano che una volta sposati venisse a stare con me, lontana dal suo paese natale centinaia di chilometri. D'altra parte io non posso trasferirmi, perché i miei interessi e il mio lavoro non me lo permettono. Noi due siamo immensamente innamorati e la ragazza è disposta a seguirmi anche contro il volere dei suoi, sentiamo di non poter fare a meno l'uno dell'altra.

Siamo giovani e abbiamo diritto al nostro avvenire, mentre loro hanno già vissuto la loro vita e non credo siano in diritto di ostacolare la nostra felicità. Ma a questo punto mi domando se non sono egoista a non considerare, cioè, ciò che è per loro questa unica figlia; e questo è il dubbio che mi tormenta: chi delle due parti deve essere condannata a soffrire e a vivere infelicemente?

La prego, mi risponda con tutta sincerità, avevamo deciso di sposarci al più presto, ma questo mutamento ha sconvolto i nostri progetti.

(R.M., Aosta)

Lei mi chiede troppo: io non posso erigermi a giudice in una questione che può decidere del destino di quattro persone. Capisco il dramma dei due vecchi sposi che hanno una sola figlia e non riescono a pensarla lontana; capisco il suo problema e quello della sua fidanzata: lei dovrebbe rinunciare all'amore o rinunciare al lavoro. C'è una terza soluzione: la ragazza potrebbe – come dice – seguirla senza tener conto del volere dei genitori. Sono tre ipotesi che non ammettono compromessi e non conciliano assolutamente le parti. Io farei, o farei fare, ancora un tentativo con i suoi probabili suoceri: un discorsetto semplice, fondato su ragioni umane. Se la figlia si sposasse senza il loro consenso andrebbe ugualmente lontana e la costringerebbero a una ribellione che porterebbe amarezza a tutti. La vogliono felice? Sarà una nuova rinuncia, ma a quanti sacrifici si assoggettono i padri e le madri per costruire alle loro creature un'esistenza serena e il più possibile sicura? Centinaia di chilometri oggi non costituiscono una distanza insormontabile. È triste vedere i figli andarsene, ma da quando c'è il mondo è sempre stato così.

Il fatto

Pippo Baudo, emozionatissimo, torna alla Rai; Giuliano Ferrara, assai soddisfatto, passa a Canale 5. Questi movimenti fanno notizia e suscitano anche qualche polemica: ma non capisco proprio dove sta lo scandalo. Dove c'è offerta, spiegano addirittura i socialisti, «vince il mercato». Anzi: io sono tra quelli che ringraziano, anche per ragioni personali, Silvio Berlusconi, che ha inventato da noi la televisione commerciale e ha dato vita alla concorrenza. Quando sul piccolo schermo arrivavano solo i programmi delle emittenti di Stato, non c'era possibilità di discernere né per chi guardava né per chi lavorava. Tutti, pubblico o autori, si trovavano nella imbarazzante situazione di Adamo al quale Dio presentò, come è noto, Eva e poi gli disse: «E adesso scegli la tua sposa».

Va da sé che tanto Pippo quanto Ferrara avranno qualche problema di ambientazione: ma questo è nella logica delle cose, o dei sentimenti. C'è chi non ha visto con gran letizia il «gran ritorno» del bravo presentatore, c'è chi ha salutato con gioia il congedo del giornalista dalla Rete 2: «La colleganza» sosteneva un mio vecchio amico, il grande avvocato Arturo Orvieto «è odio vigilante».

Baudo è accusato, niente meno, di avere imposto il «baudismo», che sarebbe un modo di fare, o una visione ben definita, dello spettacolo: non vedo l'aspetto biasimevole, e neppure come potrebbe andare in un altro modo. Il dottor Pippo deve solo tenere presente che lui non è il monoscopio di viale Mazzini e che rappresenta solo se stesso.

Stavolta non avrà contro i miliardi: non è vera l'affermazione di Chaplin che il successo rende simpatici e i tanti soldi non si perdonano facilmente.

Il problema, piacevole in fin dei conti, si presenta invece per Giuliano Ferrara: non so se percepirà quattro, cinque o sei miliardi, e quanto gli rimarrà in tasca dopo un passaggio all'ufficio delle imposte. So che qualunque cifra apparirà sempre sproporzionata, dato che si tratta non di un attore ma di un giornalista. E poi giovane. È accaduto già in Francia per Christine Ockrent, detta anche la «Christine nationale», una bella signora assai amata dagli spettatori che seguono il telegiornale di Antenne 2. La sua paga è due volte meno di quella delle altre star che si esibiscono sullo stesso monitor, e cinque volte meno di quanto percepisce un normale giocatore di football, ma ha suscitato una campagna ostile, per cui ha dovuto chiedere una forte riduzione del compenso.

Raccontano che durante l'ultima guerra una cantante famosa venne ricevuta alla Casa Bianca. Mentre faceva anticamera, un consigliere di Roosevelt le sussurrò malignamente: «Il presidente è rimasto sorpreso nello scoprire che lei guadagna dieci volte più di lui». La risposta fu, come dice Mike, non solo esatta, ma anche pertinente: «Non sapevo che il presidente cantasse». Chi si rivolge per mestiere alla gente sa che c'è un prezzo da pagare: anche se qualche volta sembra eccessivo. Lavorare, di solito, è il meno: può essere anche divertente, e per qualcuno è addirittura un modo di vivere. È la miseria dei piccoli intrighi, dell'ostilità truccata da idealismo, delle manovrette di personcine umanamente mediocri che offende: per sopportarle, oltre che il talento, occorre il carattere. Che è poi quello che determina, nel bene e nel male, il nostro destino.

I fumetti

Ho letto che, secondo un'indagine dell'Istat, i consumatori dei fumetti in Italia sono alcuni milioni, in gran parte adulti. Non le

sembra un fatto vergognoso e umiliante, per un popolo che si defini-
sce civile?

(F.F., Pinerolo, TO)

No, perché, fino a poco tempo fa, avevamo quasi il 10 per cento fra analfabeti totali o gente che si era scordata il sillabario.

Non ho nulla contro questo genere di espressione a cui qualcuno cerca di attribuire anche un'antica nobiltà rifacendosi ai graffiti delle caverne o, nientemeno, alla pittura di Bruegel: fanno compagnia a chi, attraverso le immagini, può arrivare alla pagina stampata. Ci siamo preoccupati più dei frigoriferi e delle utilitarie che delle biblioteche e mi pare ipocrita scandalizzarsi per chi acquista e gusta le storie a fumetti. Sono i successori legittimi dei romanzi d'appendice che allietarono i nostri padri.

I giorni disperati

Ho vissuto per anni l'esperienza della malattia con le angosce e le
paure che ti assalgono quando si aspetta il risultato di una radio-
grafia o di un'analisi. Ora sono guarito, ma non posso dimentica-
re il tempo in cui mi chiedevo se valeva proprio la pena di conti-
nuare a vivere e a combattere. A volte mi riprende lo sconforto e
un'amarezza oscura, irrazionale, che mi toglie quel poco di serenità
che ho conquistato a fatica e soprattutto la voglia di fare. Non so
perché le racconto queste cose, ma ho bisogno di aiuto: sono tutto un
groviglio di desideri, di scrupoli morali e religiosi, di rivolte.

(C.R., Bergamo)

Lei mi racconta una storia che conosco; devo dirle che ho vissuto certe ore, e ho visto gente morire, e mi sono posto le domande che l'hanno angosciata e che ancora la turbano; mi chiedevo che diritto ha Dio di essere Dio, ero un ragazzo e pensavo alla fine senza disperazione, direi quasi senza tristezza: guardavo l'acqua torbida di un canale, tutto passa, pensavo. «Un uomo» ha detto Faulkner «è la somma delle sue disgrazie.» E ognuno di noi si porta dietro un'immagine di sé che il tempo continua a caricare di malinconici colori. Io so che vale la pena di vivere. Anche con piccoli ideali, con modeste ragioni. Mi disse una volta un amico prete: «La vita è sempre un dono».

Ho conosciuto in un ospedale americano una bellissima e giovane donna, una famosa indossatrice, costretta da un attacco di poliomielite a passare le giornate su un apparecchio che la faceva dondolare di continuo per aiutarla a respirare. Era una madre e una moglie felice; l'ho vista dipingere tenendo il pennello tra i denti, aveva le unghie con lo smalto, le labbra rosse, la permanente fresca e sorrideva, e accettava il suo destino, aspettando una visita, ascoltando musica, sognando i suoi figlioli in vacanza, dominando un pesante rimpianto. So che cosa sono i termometri, le lastre, i diagrammi della febbre, lo sconforto per quella linea che non scende, e il peso che ti rimane dentro e di cui non riuscirai più a liberarti perché quella diventa la tua idea del mondo, la tua idea della sorte di tutte le creature. I grandi dolori o rendono più tolleranti, più rassegnati, o incattiviscono e spingono al cinismo, ma in lei c'è solitudine e non rancore. Si lasci andare, si lasci vivere, non distrugga le ore serene e quel po' di gioia che ci viene concessa con le analisi spietate, non si può fare di continuo la radiografia dei sentimenti. Si consideri uno come tanti. Anzi uno come tutti. Non è il solo, che ha dovuto affrontare prove difficili, giorni disperati. Bisogna resistere alla tentazione di commemorarsi.

Pace e pastiglia

Ho letto da qualche parte che siamo dei forti consumatori di pillole destinate a tenerci su di morale, a calmarci, a farci dormire. Davvero anche noi italiani abbiamo tanto bisogno di ricorrere alla farmacia per cercare rimedi alle nostre angosce, alle nostre paure?

(M.G., Ancona)

Lo affermano le statistiche: più di cinquanta italiani su cento soffrono di insonnia.

Non so se il fatto è grave o sintomatico: a Edison bastavano due ore di letto, Churchill non rinunciava al sonnellino pomeridiano neppure durante lo sbarco in Normandia.

Ignoro quali abitudini notturne, tradotte in termini di indagine, abbiano gli americani o i russi o gli inglesi, se raggiungono alla svelta quel completo abbandono nel nulla che fa dire ad Amleto, con una immagine un po' lugubre: «Morire, dormire».

Per arrivare ai sogni, dunque, i nostri compatrioti devono ricorrere, nella maggioranza, a quelle pastiglie che conciliano il riposo: non bastano più gli innocenti infusi di camomilla dei tempi andati, i decotti, le tisane; ci vuole lo stimolante per affrontare le insidie del giorno e la compressa che tranquillizza alleggerendo la tensione degli incubi o allontanando i pensieri della sera.

È una forma di drogaggio collettivo, l'indicazione di un diffuso malessere. Devono essere parecchi coloro che, nel buio della stanza, sono inseguiti dai fantasmi e dalla cruda realtà della vita quotidiana: le rate dell'auto che scadono, i problemi del bilancio familiare, la pressione di un mondo che costringe l'individuo a correre verso traguardi – successo, benessere, sicurezza, pace – che si fanno sempre più lontani e insicuri.

Tasse e bugie

Mi è capitato sottomano un giornale che riportava le dichiarazioni dei redditi di alcuni importanti personaggi della capitale. Sono rimasto allibito. È mai possibile che il fisco creda alle dichiarazioni di certi «liberi professionisti» ai quali non è difficile fare i conti in tasca? Mi dica un po', quando finirà questa burletta?

(R.C., Roma)

E chi lo sa? Vanoni credeva, con l'invenzione del modulo, di stabilire un nuovo, leale rapporto tra il contribuente e lo Stato, ma si continua con l'antica, tradizionale malafede; il funzionario non crede a quello che dice il cittadino, il quale, prevedendo le obiezioni, i riscontri, le valutazioni eccessive, guadagna 50 e magari denuncia 6. Poi ci si arrangerà. Se ci fosse veramente una legge che stabilisse severe pene ogni qualvolta si riscontra il falso, ma che al tempo stesso riconoscesse, fino a prova contraria, serie e attendibili le cifre denunciate, non vedremmo ogni anno questo comico e paradossale inseguimento. È il solito compromesso «all'italiana»: si prende per modello un sistema collaudato all'estero, ad esempio negli Stati Uniti, per cui ognuno deve dire liberamente quello che incassa, ma non si provvede a punire chi ha mentito. In America, con le tasse, hanno sconfitto Al Capone. Da noi, l'intraprendente giovanotto non avrebbe concluso i suoi giorni a Sing Sing, ma a Capri o a Chianciano.

Le scelte

Vorrei porle un quesito: lei preferisce l'uguaglianza nella miseria oppure la disuguaglianza nell'abbondanza?

(M.N., Enna)

43

La domanda mi ricorda un po' un giochetto crudele che si faceva da ragazzi: «In caso di pericolo salveresti tua madre o tuo fratello?». Non c'è uguaglianza nella società comunista, e c'è anche molta miseria nel mondo americano. In Russia non hanno creato l'uomo nuovo; negli Stati Uniti ci sono negri, operai agricoli, pensionati che vivono nell'indigenza. Chruščëv sosteneva che conta di più un piatto di goulasch dell'ideologia. Kennedy aveva nel suo programma la sconfitta della povertà. Io vivrei più volentieri a New York che a Mosca e preferirei che i miei figli crescessero sulle sponde dell'Hudson. «La libertà» diceva Giovanni Amendola «è un bene che si apprezza soprattutto quando non si possiede più.»

Negli Stati Uniti i germi dell'intolleranza vengono combattuti e alla lunga l'organismo politico, che è sano e forte, li fagocita.

Sono contrario a qualunque forma di dittatura, quella del proletariato compresa, ma penso che quando si vive nel bisogno le questioni ideali non hanno eccessiva importanza. L'ingiustizia non si concilia con la libertà. Nell'Unione Sovietica, dove i beni di consumo scarseggiano, esistono alti burocrati, funzionari di partito, militari che godono di privilegi e costituiscono una nuova classe. L'America vuole e deve dividere più equamente il benessere. Con questa breve nota non penso certo di esaurire il problema né di risolvere il suo dilemma: ho motivato semplicemente una scelta.

Vent'anni perduti

Ho alle spalle, come tutti quelli che sono prossimi ai settanta, tutte le vicende che hanno caratterizzato la mia – e, mi perdoni, anche la sua – generazione. Nel 1945 abbiamo dovuto ricominciare a vivere dopo una giovinezza consumata al fronte. Non ci è stato concesso molto, neppure le sciocchezze e gli errori che danno sapore e gioia ai vent'an-

ni. Ora guardo il futuro con malinconia e senza slanci, maturato a forza di lotte e di amarezze; le comuni sofferenze non ci hanno neppure uniti, ognuno si lamenta per conto proprio; non costituiamo né una forza politica né una forza morale: rappresentiamo solo una generazione di passaggio.

(C.B., Pavia)

Non è triste invecchiare; triste, diceva Dumas, è non essere più giovani. Triste è fare i bilanci: noi ora stiamo contando i caduti. Ma io non sono così pessimista e non mi pare che tutto quello che è stato rimanga soltanto nei nostri ricordi. Noi abbiamo qualcosa da insegnare ai ragazzi di oggi: sappiamo perdere e sappiamo gioire di poco, perché non abbiamo avuto nulla. Siamo gli eredi del 1922 e i protagonisti del 1940: nati con la camicia (nera), battezzati dalla democrazia a prezzo dell'8 settembre. Nel 1945 a molti la politica parve una cosa pericolosa, o poco seria, da lasciar fare agli ambiziosi o ai senza mestiere; delegammo ad altri il compito di amministrarci. In America c'era intanto un giovanotto, John Kennedy, che studiava e raccoglieva attorno a sé degli amici per prepararsi ad affrontare il compito di condurre l'America alla guida del mondo libero, con un nuovo linguaggio, nuove forze e originali prospettive. Diceva di sé al suo consigliere Schlesinger, in un momento di sconforto: «Io sono un idealista senza illusioni». Potrebbe essere una massima e un programma per tutti. Ma non lamentiamoci per come vanno le cose; dove si crea un vuoto di potere, si sa, qualcuno lo riempie.

Ricordo di Marotta

Come mai in tante, tantissime cronache letterarie che compaiono sulle pagine di quotidiani e settimanali di tutto si parla, si discute, si dice bene e male tranne che di quel singolare scrittore, giornalista e poeta che fu certamente Giuseppe Marotta?

(L.D., Napoli)

«Il cuore umano è una grande necropoli» ha detto qualcuno, ma il tempo e le piogge che rattristano la vita cancellano dalle lapidi i nomi. Cardarelli, Malaparte, Marotta: tre caratteri, tre personaggi, tre testimoni del nostro scetticismo, della nostra solitudine e delle piccole speranze se ne sono andati ieri. Un vecchio che si è spento con l'ultimo raggio di sole; un uomo dalle mille avventure e dalle tante contraddizioni, che non voleva morire e cercava le vie del cielo, e qualcosa che ancora lo trattenesse quaggiù; e Marotta ha chiuso gli occhi a Napoli, ascoltando gli urli dei ragazzi nella strada, dopo aver scritto ancora una pagina, tutta un'esistenza così, un compito dietro l'altro per guadagnare il pane e la stima del prossimo.

Ho alcune sue lettere in un cassetto, ma non le voglio rileggere. Era stanco e deluso, aveva tanto faticato per farsi riconoscere, non sapeva stare fra la gente, un aggettivo lo faceva soffrire, la malinconia lo rendeva scontroso, aveva bisogno di sentirsi amato. «Mi basta un fiammifero per riscaldarmi» diceva Meyerhold; e così era anche per Marotta. Non si parla di lui, è vero; ma quanti ricordano Corrado Alvaro? Abbiamo tanta fretta, inseguiamo mode e fabbrichiamo successi.

È un tempo crudele, seppelliamo ogni giorno qualche reputazione che fu costruita con il talento e il dolore.

Poi, Marotta non fa più paura a nessuno: era generoso e anche ingiusto, pronto all'attacco e all'abbraccio, capace sempre di compromettersi e di pagare. A molti non piaceva: non era un fiore sbocciato nella tiepida serra letteraria, ma uno scrittore nato dalle esperienze: si raccontava. Sono certo che ha concluso la sua ultima giornata chiedendo scusa a tutti per l'eventuale disturbo recato durante la sua breve sosta. Era anche buono.

Quale futuro?

Mi sono trovato spesso in autobus, in treno o in qualche locale pubblico dove la gente, libera da inibizioni, parla con l'improvvisato e sconosciuto interlocutore nel modo più sincero. I discorsi più frequenti sono quelli politici, con lo stesso ritornello: per rimediare ai guai ci vorrebbe una soluzione totalitaria. Mi chiedo: in Italia, allora, la democrazia ha fallito il suo compito? Io sono giovane e mi sembra molto triste dover affrontare il futuro con una simile prospettiva.

(C.G., Luino, VA)

Ho scelto, da un campionario assai vasto, la lettera di un ragazzo. Mi addolora: rivela la malinconia di chi, deluso, si sente tradito. Ingannato dai genitori o dai maestri, dai giornali o dai politici, da chi predica che la libertà è il massimo bene; e il giovane, adesso, assiste a bilanci fallimentari, ascolta amare confessioni, scopre che molti dei «grandi» sono disponibili per tutte le rinunce e per tutte le avventure. È uno stato d'animo che conosco; ricordo lo spettacolo che vidi il 25 luglio 1943, quando vecchi fascisti buttarono all'aria la camicia nera senza pudore, senza ritegno, rivelando all'improvviso un'insospettata vocazione alla democrazia. Avevo poco più di vent'anni: sono immagini e sentimenti che non si dimenticano. Vorrei dire al giovane lettore che non bisogna abbandonarsi allo sconforto: ci attendono ancora giorni difficili e ogni ora impone una scelta, ma quello di ricorrere all'Uomo (in certi tempi si fa spreco di lettere maiuscole) che mette a posto tutti i problemi, non mi pare un collaudato sistema per uscire dalla mischia. C'è in giro tanta confusione, nelle cose e nelle coscienze. Guardi la gente e guardi i partiti. Abbiamo un governo, ma pochi ne avvertono la presenza. Che idea si può fare il cittadino delle autorità che lo guidano, quando le vede impegnate soprattutto nelle piccole manovre strategiche, quando non sente una parola di incitamento, di condanna o di speranza? Sembriamo un popolo di rassegnati, un popolo convinto che tutto è inutile, perché qualunque cosa accada è sempre per il peggio. Un po' di scetticismo di tradizione romana, mescolato con un po' di pigrizia meridionale e con un po' di rassegnazione cattolica.

Il fatto

Non c'è alcun dubbio: gli americani, in materia di televisione, sono dei maestri: si tratti della piazza Tiananmen o della Porta di Brandeburgo. Sono appena tornato da Berlino e ho visto le attrezzature e i mezzi di cui disponevano i network degli Usa. Si portano dietro, perché il momento magico non sfugga, perfino i gabinetti. Hanno tutto: il talento, si capisce, il mestiere e poi i mezzi e la lingua.

Ma hanno, anche loro, la «tv spazzatura»: quella che si basa soprattutto sull'insulto e sulla rissa, considerati elementi essenziali dello spettacolo. Ormai, anche da noi, ci sono degli specialisti del genere, e non risultano sottoproletari o analfabeti, ma fini «intellettuali» che discutono appassionatamente su chi ha in testa la più forte concentrazione di cretineria o esibiscono le loro inconsuete attitudini sessuali.

Poi c'è l'esaltazione della violenza: non solo verbale, ma nei fatti. Anche esercitata su donne e bambini. Si punta al livello più basso per ottenere l'indice di ascolto più alto. E senza porsi problemi di gusto, e neppure morali. Ci fu un regista italiano accusato (e poi assolto) di avere organizzato una vera esecuzione in Africa. La realtà negli States offre conferme a queste trovate di sceneggiatura. Leggo sul *Messaggero* che la Cbs, una grande rete, la più importante, «ha mandato in onda un'inchiesta sulla guerriglia afgana dove venne chiesto ai partigiani anticomunisti di far saltare i tralicci solo per la gioia dei telespettatori». «Allegria» direbbe Mike.

1990

Da ricordare...

7 gennaio: chiusa al pubblico per motivi di sicurezza la torre di Pisa, costruita 8 secoli fa. 18 milioni i visitatori negli ultimi 60 anni.

18 gennaio: inizia l'occupazione delle università da parte degli studenti che contestano la proposta di legge «Ruberti». La pantera diventa il simbolo della protesta.

25 febbraio: muore a Roma, a 94 anni, il senatore a vita Sandro Pertini. Era stato eletto presidente della Repubblica nel 1978.

4 marzo: sono i Pooh i vincitori del Festival di Sanremo, con la canzone *Uomini soli.*

11 marzo: inizia una settimana di sciopero degli autotrasportatori che lascerà l'Italia senza benzina.

26 marzo: Giuseppe Tornatore ottiene l'Oscar per il miglior film straniero con *Nuovo Cinema Paradiso.*

2 aprile: muore a Roma a 84 anni l'attore Aldo Fabrizi.

15 aprile: muore a New York Greta Garbo. Aveva 84 anni.

17 aprile: boom turistico nel week-end pasquale, 20 milioni gli italiani in partenza, 8000 miliardi il fatturato per gli addetti del settore.

6 maggio: alle elezioni amministrative il grande successo delle Leghe è il sintomo di uno scontento sociale serpeggiante. La Lega Lombarda in particolare prende il 18,9% dei voti in Lombardia (è il secondo partito in assoluto) il 5,1% in Piemonte, il 5,9% nel Veneto, il 6,1% in Liguria.

14 maggio: entra in vigore la liberalizzazione valutaria. Si possono aprire conti correnti all'estero, acquistare titoli stranieri, aprire conti bancari in Italia in moneta straniera. In Austria aperti da italiani 7 milioni di conti correnti, più di quelli della popolazione locale.

3 giugno: gli italiani votano i referendum per abrogare la legge sulla caccia e sull'uso dei pesticidi. L'affluenza alle urne è solo del 43,3%. Per la prima volta nel Paese non si raggiunge il quorum.

8 giugno: iniziano i Campionati del mondo di calcio. Si concluderanno l'8 luglio con la vittoria della Germania. L'Italia è terza.

23 giugno: l'apertura delle frontiere a Est incrementa il turismo. In una sola domenica arrivano a Venezia 1200 pullman con 75.000 turisti provenienti dalla ex Germania dell'Est, dalla Polonia e dall'Ungheria. Voli charter collegano ogni giorno Mosca con la riviera romagnola.

13 luglio: l'Italia entra nell'emergenza profughi. A Brindisi sbarcano da una nave «carretta» 4000 albanesi. Inizia l'esodo dei profughi dai Balcani.

18 luglio: a Bologna clamorosa assoluzione in appello dei neofascisti condannati all'ergastolo in primo grado per la strage della stazione del 2 agosto '80.

18 luglio: approvata alla Camera la legge di riordino del servizio sanitario nazionale che prevede veri e propri manager alla guida di Usl trasformate in aziende autonome.

26 luglio: il Comitato Interministeriale per la Programmazione Economica sancisce la chiusura definitiva delle centrali elettronucleari di Caorso e Trino Vercellese.

2 agosto: le truppe di Saddam Hussein invadono il Kuwait. Oltre 400 italiani sono trattenuti come ostaggi. La loro liberazione avverrà gradualmente. Il Consiglio di Sicurezza dell'Onu vara l'embargo nei confronti dell'Iraq.

8 agosto: uccisa in via Carlo Poma, a Roma, Simonetta Cesaroni, 21 anni. L'omicidio scuote l'opinione pubblica.

14 agosto: navi italiane partono per il Golfo Persico per garantire l'embargo nei confronti dell'Iraq. Per la prima volta dal dopoguerra, l'Italia è impegnata in una missione militare.

18 agosto: con un accordo tra case discografiche viene messo definitivamente in soffitta il mitico disco a 45 giri. Resiste quello a 33 giri, ma il grosso del mercato è ormai solo nelle musicassette e nei Cd.

28 agosto: a Torino al ritorno delle ferie 35.000 lavoratori della Fiat hanno una brutta sorpresa: 4 mesi di cassa integrazione.

4 ottobre: escono in regime di semilibertà, dopo 11 anni e 4 mesi di carcere, Valerio Morucci e Adriana Faranda, ex brigatisti.

10 ottobre: 150.000 i telefoni cellulari in circolazione in Italia. Sono aumentati di 20 volte in 5 anni.

3 novembre: Ivana Trump la bellissima moglie del plurimiliardario americano Donald Trump, ha chiesto il divorzio, e alcuni milioni di dollari, al marito da cui era separata da qualche mese.

15 novembre: la Olivetti annuncia di volere licenziare 7000 dipendenti in esubero. Intanto per la prima volta in Italia, il debito pubblico supera il prodotto interno lordo.

6 dicembre: un aereo militare precipita su una scuola a Casalecchio di Reno. Nell'incidente muoiono 12 persone, 80 i feriti.

15 dicembre: Silvio Berlusconi sposa Veronica Lario, madre di tre suoi figli. La cerimonia civile viene officiata da Paolo Pillitteri, sindaco di Milano, testimone per lo sposo Bettino Craxi.

La moglie straniera

Devo, fra non molto, sposare una signorina inglese e mi farebbe tan-
to piacere conoscere il suo pensiero sui cosiddetti «matrimoni misti»,
cioè contratti tra persone di nazionalità diversa. È pur vero che al
giorno d'oggi queste unioni sono frequenti, soprattutto negli ambien-
ti «su», ma vorrei sapere che cosa dicono le statistiche in proposito,
grazie.

(L.M., Napoli)

Lei mi chiede troppo: non vorrei essere arbitro della sua
felicità. D'altra parte, mi sembra, i suoi sono i dubbi del-
l'ultimo momento: il famoso proverbio «Donne e buoi dei
paesi tuoi», alla vigilia delle nozze, ritorna con tutta la sua
drammatica perentorietà. Non conosco statistiche sulla riuscita delle unioni fra anglosassoni e latini; corna, passioni,
divorzi, liti furibonde o eterne lune di miele non sono stati
tradotti in cifre neppure sul limitato piano nazionale. Le
dirò francamente che leggendo la sua lettera non ho provato la sensazione di trovarmi di fronte a un temperamento
fortemente sentimentale. Apprestandosi a contribuire al
«mescolamento delle razze», la cosa che la conforta di più
è che la faccenda è praticata molto «negli ambienti "su"».
Ho sotto gli occhi una lettera di D'Annunzio a una donna
amata che comincia con un «Cara anima» e continua con

«il mio cuore t'invoca continuamente da lontano e una dolce malinconia mi avvolge quando penso alla dolcezza ineffabile dei tuoi occhi profondi, indefinibili»: dica la verità, lei all'inglesa non ha mai scritto con tanto abbandono. Lei «deve sposare fra non molto», o «sogna di sposare fra non molto»? Non è un problema di origine, di lingua o di costume il suo: è solo una questione di sentimenti.

Il Cav.

Sono di origine italiana, anche se nato e cresciuto all'estero. Vengo spesso in Italia e l'estate scorsa, in una cittadina dell'Italia settentrionale, ho notato sulla porta di ingresso di un'abitazione una targa metallica lucidata con cura e particolarmente vistosa sulla quale erano incisi il nome e il cognome dell'abitante a caratteri normali e sotto, in grande, la dicitura «Cavaliere della Repubblica». Nel soffermarmi a considerare il tutto un po' eccessivo, mi sono ricordato che anni addietro avevo conosciuto in una cittadina della Toscana un giovane maneggione, privo di cultura e di meriti, che si era messo alle costole di un pezzo grosso della politica con l'idea di farsi nominare cavaliere e non ebbe pace finché non riuscì nel suo intento. Ma allora, in Italia, è così importante essere cavaliere? E se è così importante, come mai quel giovane «buono a nulla» è riuscito a ottenere una nomina tanto ambita?
(L.C., Caen, Francia)

Diceva Giolitti: «Un sigaro e una croce di cavaliere non si rifiutano a nessuno». Non so se, in Italia, è importante ricevere onorificenze: di sicuro è importante distribuirle. È probabile che certa gente aspiri con tutte le forze a cancellare, nei bigliettini da visita, con un sottile tratto di penna, il Comm. o il Cav. o il Cav. Uff.: altrimenti non si spiegherebbe la fioritura, iniziata nel dopoguerra, dei più strampalati ordini cavallereschi. Non so dirle come quel giovane da lei conosciuto, e ritenuto «un buono a nulla», sia riuscito a ottenere l'ambita nomina: tenga presente che in Italia sono importanti le opere, ma forse è ancora più importante la fede.

Figli crudeli?

Spesso i genitori si lamentano perché i figli non li amano e non li rispettano come essi vorrebbero. Ma non si sono mai chiesti la ragione? Sono un giovane diciottenne e gradirei che lei, dottor Biagi, aiutasse me e parecchi miei amici a far conoscere la nostra opinione. La verità è che noi li sentiamo molto lontani dai nostri problemi e dalle nostre angosce quotidiane. Non ci sentiamo di ricorrere al loro aiuto perché sono freddi e indifferenti nei nostri confronti. Non credano i genitori che solo con il mandare a scuola i figli, pur a costo di sacrifici, abbiano adempiuto al loro dovere; devono sapere che un giovane può essere angustiato e travolto da ben altri e più gravi problemi, la cui importanza sommerge quella della scuola e spesso costituisce proprio il motivo della cattiva riuscita negli studi. Essi inoltre non pensano mai che anche noi possiamo giudicarli e non essere soddisfatti di loro; non dovrebbero dimenticarlo, se non vogliono perderci. Grazie.

(L.V., Monza)

È vero: non bastano la bella casa, la motoretta, neppure la fuoriserie. Hanno bisogno di affetto e di buoni esempi. Crescono, tante volte, fra un padre e una madre che lavorano, non trovano nella famiglia né rifugio né comprensione. Non basta chiedere a un ragazzo: «Hai fame? Hai soldi? Stai bene?»; ma anche: «Sei triste? Che cosa pensi? In che cosa credi?». I giovani si sentono soli e cercano di uccidere lo sconforto con le corse, con il lusso, con il whisky, troppo spesso con la droga; e chi fa loro compagnia?

Noi passiamo la notte al letto del bambino febbricitante, angosciato dall'incubo delle streghe, ma non sappiamo seguire l'adolescente che scopre con sgomento la vita, non sappiamo aiutare il giovane che lotta per trovare se stesso e la sua strada. Non abbiamo tempo, neppure per i sentimenti. Poi vengono i giorni dell'amarezza. I figli ci giudicano e sono severi. Nessuna attenuante per quell'uomo stanco e avvilito che ha creduto bastasse lavorare e dare ai figlioli il benessere, un nome, un futuro; non commuovono le lacrime delle madri che rimpiangono la loro debolezza e i sogni sfumati. I ragazzi sono crudeli, ma troppo spesso i loro errori sono i nostri. Hanno ereditato anche il nostro egoismo.

Il dolore silenzioso

Oggi nessuno più si guarda attorno, tutti vanno troppo in fretta per accorgersi che ai margini della vita quotidiana ci sono tanti altri bisognosi di aiuto. La vita moderna ci ha reso distratti ed egoisti: chi pensa più al povero pensionato che stenta la vita e al piccolo impiegato che difende a fatica il senso del decoro? Solamente i drammi e le tragedie umane che diventano soggetti cinematografici o servizi giornalistici interessano il prossimo.

Mio padre si è rovinato per farmi studiare e io oggi sono alla vana ricerca di una sistemazione che mi dia la possibilità di aiutare la mia famiglia.

Ho avuto il torto di non fare scioperi della fame, di non recitare la commedia di un avvelenamento, di non lanciare candelotti fumogeni al Quirinale o a Montecitorio. Crede proprio che io dovrò rimanere un disperato se non mi deciderò a fare del mio stato di bisogno un caso clamoroso?

(L.S., Castel San Giovanni, PC)

È vero: noi facciamo economia anche dei sentimenti. Amministriamo con parsimonia la commozione. Ci occupiamo soltanto dei casi straordinari: il «senza tetto» che, ossessionato dal bisogno di un alloggio decoroso, lancia la bomba; il padre di famiglia che, non riuscendo a trovare un lavoro, si getta nel fiume con il suo bambino. Ci accorgiamo dei poveri quando diventano clamorosi; ci accorgiamo della miseria quando diventa romanzo. Siamo egoisti, siamo distratti? Ognuno combatte la sua battaglia, e la lotta è molto dura, e non sempre ci si accorge di chi sta cadendo. C'è ancora attorno a noi troppa ingiustizia. Ma non ricorra, la prego, né ai candelotti, né agli avvelenamenti.

La mano insidiosa

L'altra sera sono andata al cinema con mio marito a vedere un film abbastanza divertente. Il locale era alquanto affollato e alla mia destra sedeva un giovanotto dall'aspetto distinto. A un certo momento ho sentito una mano (ovviamente non quella di mio marito) che mi toccava: forse l'argomento del film era tale da svegliare il gallismo del mio vicino o forse questi aveva frainteso un involontario contatto del mio gomito appoggiato sul bracciolo.

Infastidita e senza farmi vedere, perché avevo tolto il soprabito e me l'ero appoggiato sulle ginocchia, ho cercato di allontanarla, ma l'intraprendente Ganimede ha insistito tornando all'assalto. Avrei certo potuto avvertire il mio sposo, ma non l'ho fatto conoscendo bene il suo carattere: si sarebbe arrabbiato e avrebbe scatenato un putiferio con mia grande vergogna. Forse si sarebbero accese le luci e tutti mi avrebbero visto. Così, non sapendo cosa fare, ho dovuto cedere e lasciare che quelle dita passeggiassero sulle mie gambe. Non le descrivo poi la mia agitazione quando, tentando di allontanare quella mano sconosciuta, mi sono sentita afferrare il ginocchio.

Ora però mi viene un dubbio: crede che avrei fatto meglio ad avvertire mio marito?

(L.M., Roma)

Avrebbe fatto meglio a cambiare posto con suo marito. Il giovanotto si sarebbe sicuramente calmato. Mi sa dire che gusto può esserci a «passeggiare» sul cappotto di suo marito?

I nomi dei padri

Che cosa pensa di quei genitori che impongono ai propri figli nomi stranieri o stravaganti? Perché chiamare un bambino Walter quando esiste il corrispondente Gualtiero o Ivan quando Giovanni è di gran lunga più bello? Per non parlare poi dei diminutivi messi come nomi. Dica la verità: le Catia, Sonia, Nadia, Manuelita, i Jerry, i Joe non le fanno venire in mente un bambino russo battezzato Totonno o un francese battezzato Menico?

Un quotidiano riportava, qualche tempo fa, la notizia (che considerava buffissima) di un padre che voleva imporre al neonato il nome di Gengis Khan. Non mi sognerei mai di mettere a mio figlio un nome del genere, ma è pur vero che esistono persone che si chiamano Annibale o Attila.

Si ha il diritto di ammirare chi si vuole ma, in nome del buon gusto, non si potrebbe evitare a tante povere creature afflizioni del genere?

(L.C., Milano)

La battaglia dei nomi è perduta in partenza. Pensi che ci sono stati in giro dei Firmato. Alcuni bravi combattenti della guerra '15-'18 e le loro brave mogli si erano messi in testa che quel Firmato fosse il nome di Diaz, il generale che sottoscrisse il bollettino della vittoria. Volendo rendergli onore, battezzarono la prole senza ispirarsi ai santi del calendario, ma ricorrendo alle formule burocratiche.

Le scritte sui muri

L'altra notte ho visto un gruppo di ragazzi che, proprio sotto le mie finestre (abito al piano rialzato), tracciavano, con una bomboletta spray, delle grosse lettere in bianco. La mattina, uscito di casa, ho letto quella scritta: «Giù le mani dal centro ricreativo». Un invito perentorio al quale mancava soltanto la conclusione: «altrimenti...». Io non so se quella protesta fosse più o meno giustificata, ma considero queste forme di contestazione un grosso difetto delle nuove generazioni che imbrattano, senza remissione, strade e palazzi. Mi chiedo: non è possibile disapprovare senza rovinare le case e senza costringere il cittadino a ripulire poi i muri a proprie spese?

(G.A., Livorno)

È un difetto non solo dei giovani d'oggi. Ho visto gente che scriveva con la vernice insulti agli americani; a venti metri di distanza c'erano altri che attendevano, armati di pazienza e di pennelli, per cancellarli. È una forma di propaganda «spontanea» largamente praticata: se ne faceva già largo uso ai tempi littorî.

Qualcuno realizzò perfino un filmetto per celebrare la bravura degli sporcafacciate e degli imbratta-marciapiedi: si intitolava semplicemente *Il popolo scrive sui muri*.

A Bologna, dalle parti della stazione, si leggeva una frase di commovente comicità. Diceva: «I gasisti lottano per la pace». Bravi. E gli elettrici che facevano? E i metalmeccanici?

Imparare a perdere

Siamo quattro amici, giocatori dilettanti di poker, che si ritrovano per una partita una volta la settimana. Uno di noi, da circa un annetto, perde regolarmente ed è proprio lui, stuzzicato forse dal di-

sappunto per la sfortuna che lo perseguita, a insistere con gli altri perché l'appuntamento non venga mai annullato.

Non giochiamo molto «forte», ma nemmeno molto «leggero» (tra l'altro, non siamo neppure tanto ricchi), per cui lo stillicidio a cui si sottopone il poveretto sta prendendo una brutta piega. Che cosa dobbiamo fare? Non sappiamo proprio come comportarci: la ragione ci consiglierebbe di interrompere il gioco, ma l'amico scalognato ci fa capire che ormai non possiamo più ritirarci senza far sorgere in lui il sospetto che non vogliamo più offrirgli l'opportunità di riguadagnare il denaro perduto.

Ci aiuti, per favore, a uscire da questo pasticcio.

(M., A. e P., Lecco)

Provate a «interrompere» le vostre vincite. Barate a fin di bene: fate che il vostro compagno di gioco abbia, per qualche sera, buone carte e buoni amici.

Amore e mal di cuore

Forse ho commesso una cattiva azione e ora sono tormentato da un angoscioso dilemma: può un uomo amare una donna che ha lasciato il suo ex fidanzato perché malato e con ogni probabilità destinato a morire giovane? L'amore nato dal pretesto di una malattia può essere felice? Mi spiego meglio. Con l'egoismo di chi ama ho fatto di tutto perché una ventenne lasciasse un suo coetaneo (io ho trentacinque anni). La ragazza in un primo momento si è difesa dal mio assiduo corteggiamento dicendo che loro due si volevano tanto bene e che si frequentavano da più di un anno, ma io, testardo, ho continuato a insistere pensando che l'amore tra giovani è illusorio. Mi sono rivolto anche al padre di lei, che ha cercato di calmarmi promettendo un suo interessamento: infatti una ventina di giorni dopo mi ha comunicato, festante, che era riuscito a convincere la figlia a lasciare il fidanzato perché affetto da una insufficien-

63

za mitralica. Io, in verità, sono rimasto un po' male. Ma ho appro-
fittato subito della situazione favorevole. Ora la ragazza, dopo soli
tre mesi, dice di amarmi anche se qualche volta mi fa capire che non
ha lasciato il giovane spontaneamente, ma in seguito alla pressione
esercitata dai suoi.

(L.S., Roma)

Signore, perdoni la mia assoluta chiarezza, ma non ho alcuna fiducia negli amori nati dai disturbi cardiaci. Che nobile
figura quel «padre festante» che riesce a convincere la figlia
a lasciare l'uomo che ama e corre a informare l'altro pre-
tendente! E quanto candore c'è in lei, caro amico, che mi
chiede se «un uomo può amare una donna che ha respinto
l'ex fidanzato perché colpito da una malattia che non porta
alla vecchiaia».

La domanda è un'altra: può una donna stimare un uomo che, pensando che l'amore tra giovani è illusorio, si rivolge a suo padre perché induca la figlia ad abbandonare il
giovane ventenne che ama? Sarà illusorio l'amore dei giovani (perché poi?), ma anche certi trentacinquenni dimostra-
no una precaria conoscenza dei sentimenti reali.

Pena di morte

In seguito alla recrudescenza di feroci delitti, quali, ad esempio, i
sequestri di persona, e di bambini in particolare, mi domando: con
quale criterio si può parlare di umanità nei confronti di quei ma-
scalzoni che di umano hanno soltanto le sembianze? Non sarebbe
invece più opportuno ripristinare la pena di morte? Solo attraverso
lo spettro della morte certi delinquenti senza scrupoli si asterrebbero
dal compiere simili atrocità. In alcuni Stati americani, la cui ci-
viltà, se non erro, è pari alla nostra, non esiste la pena capitale per
coloro che si rendono responsabili di gravi crimini? Perché qui si in-

dulge invece nei riguardi di simili mostri che, senza nessuna com-
miserazione, dovrebbero essere eliminati dalla circolazione, quando,
per denaro, barbaramente massacrano le loro vittime o le tengono
lontane dalla famiglia? Ho forse torto?

(A.V., Brescia)

Non credo che la corda del boia abbia scoraggiato i criminali e in America le scariche elettriche non hanno liberato i
cittadini dal rischio di cadere vittime di atroci delitti. Alle
esecuzioni capitali non c'è rimedio: e che prezzo ha il sangue di un innocente? La società non può aspirare alla vendetta, ma alla giustizia. Queste mi pare sono ragioni umane.
Qualche avvocato, se crede, potrà offrirle argomenti giuri-
dici. Una volta tanto, ho l'impressione che la nostra civiltà
possa ancora insegnare qualcosa. Conserviamoci questa speranza.

I personaggi

Ho assistito alla cerimonia della consegna dei Telegatti.
Nella poltrona davanti alla mia sedeva Glenn Ford; più in
là Gregory Peck. Due miti, almeno per la mia generazione. Guardavo Ford, il rude cowboy di *Quel treno per Yuma*,
il duro che tenta di domare la fascinosa Rita Hayworth,
indimenticabile Gilda. Il tempo è inesorabile e ha lasciato i suoi segni: nel colore dei radi capelli, in quel volto
grintoso, che si abbandonava anche all'ironia. Accanto a
lui c'era una bella ragazza: non ho memoria per le storie
mondane e le avventure amorose, ma mi è venuto in
mente che Glenn fu per lungo tempo marito, suppongo
felice, di una splendida ballerina, Eleanor Powell, detta
«le gambe», da cui divorziò dopo una quindicina d'anni
di matrimonio. Gregory Peck è ancora più leggenda: è

un po' incerto il passo dell'eroe di *Duello al sole* quando sale sul palcoscenico, forse perché si porta dietro tanto lavoro e tanti personaggi (e anche qualche dolore), il giovanottone cordiale di *Vacanze romane*, l'ossessionato capitan Achab di *Moby Dick*, il romantico scrittore Scott Fitzgerald dell'*Ultima spiaggia*, poi il cupo dottor Liebermann, il medico nazista de *I ragazzi venuti dal Brasile*. Il pubblico li ha applauditi: tutti in piedi e tutti commossi. Qualcuno ha detto: «I vecchi muoiono perché non sono amati». Lunga vita a Glenn e a Gregory.

Le critiche

Ho letto, qualche tempo fa, su un settimanale, una critica su Pio XII. Sono certo che durante il suo pontificato ben pochi avranno avanzato giudizi sul suo operato. Ora si parla, senza mezzi termini, del suo carattere autoritario e accentratore, di una sua politica non sempre indovinata, dei suoi contrasti con i cardinali. Mi sono chiesto: tutte queste cose «prima» non si volevano o non si potevano dire? Se non si «poteva» mi sembra molto ingiusto che in un clima di libertà di parola si tacessero delle critiche al papa che è infallibile solo in materia religiosa. E se non si «voleva» mi sembra che gli italiani non abbiano perduto quella che è una loro caratteristica negativa: adagiarsi sempre a un formalismo di pura convenienza politica e civile.

(D.D.F., Torino)

Vede: il nostro è un Paese dove, assai spesso, anche la critica più illuminata e prudente viene intesa come allusione offensiva. Qualunque obiezione, anche se documentata dai fatti e dalla logica, può venire presentata – con tutte le possibili conseguenze – per una intollerabile mancanza di rispetto. E non ci sono dubbi che non solo il papa, ma anche qualunque sacerdote che cerchi di vivere secondo gli insegnamenti di Gesù, non possa desiderare che la ricerca della verità e il trionfo della giustizia.

Quando venne l'ora dei bilanci, anche una grande personalità come fu, certamente, papa Pacelli, trovò in sede storica e politica chi non sempre ne approvò l'opera e gli orientamenti. E mi sembra giusto, senza mancare per nulla a quel senso di riverenza che quella figura richiama.

Lascia o raddoppia?

Ai tempi di Lascia o raddoppia?*, e mi riferisco a quello vero di Mike Bongiorno, tanto per intenderci, io non ero ancora nato. Ne ho spesso sentito parlare, addirittura come di un fatto nazionale, e vorrei che lei mi spiegasse perché questo spettacolo ebbe a quel tempo un così grande successo. Mi hanno raccontato che in quegli anni l'Italia era anche chiamata «il Paese del controfagotto». È vero?*

(L.Z., Pistoia)

De Sica definì Lascia o raddoppia? come «una passerella di umanità». Nell'ardita espressione era sintetizzata la varietà dei tipi che si esibirono in quegli anni nell'ormai storico teatrino della Fiera di Milano. Il copione sembrava, in qualche serata, scritto da Edmondo De Amicis: Marina Zocchi partecipa perché ha la mamma tanto malata, e la sua caduta commuove perfino Faruk che invia un assegno alla sconfitta; qualcuno scivola sull'esatto impiego del controfagotto o su una buona ricetta per cucinare l'abbacchio.

I giornali pubblicavano il resoconto stenografico delle puntate, come per le grandi sedute della Camera. Per quell'ora si rinviavano i consigli comunali e i cinema sospendevano le proiezioni e si collegavano con la Rai.

Cinque milioni di premio e una gara appassionante,

con l'illusione di partecipare ai Mondiali del Sapere. Alla competizione fu ammesso anche qualche cretino con molta memoria e alcuni signori che accettarono di rappresentare con molta buona volontà la colorita parte dello «scemo del villaggio».

C'era, insomma, il gusto della scommessa, il rischio e il denaro che rendevano la competizione avvincente.

Il mondo di ieri

Leggo, ogni giorno, la storia di due o tre omicidi, per non parlare di rapine e misfatti vari. Nell'Italia di ieri, per quanto ne so, erano casi eccezionali. Prima del 1915 l'italiano era modesto, sincero, onesto; poi comincia il radicale mutamento; finisce l'«Italietta» amica del mondo e benestante, senza eroi, ma anche senza morti e senza mutilati; si apre l'èra di Mussolini e dei D'Annunzio, e la gente impara a uccidere, a rubare e a morire, tant'è che quando venne il fascismo fu ripristinata la pena di morte. Insomma, a pensarci bene, la pace e la tranquillità non sono più tornate da quel lontano 1915.

Guardiamoci attorno. «Ma non sarà ancora la fine» ci dice Gesù (Matteo 23,6). O la bomba atomica o la carestia metteranno a dura prova l'umanità, poi ci sarà il risveglio, il Signore ritornerà tra gli uomini e ritorneranno l'amore e la vita. Lei che cosa ne pensa?

(M.C.B., Padova)

Non so se, prima di Sarajevo, il mondo era migliore. «Più ordinato» scrive Stefan Zweig: c'erano classi che godevano di una maggiore sicurezza, il tempo aveva un'altra misura, forse i poveri accettavano con rassegnazione la loro sorte; nel Polesine, per esempio, i braccianti morivano di pellagra, dal Sud partivano navi di emigranti affamati, le differenze sociali erano molto profonde.

Non so nemmeno se il sentimento dell'onestà era più diffuso e più rispettato; sfogliando vecchie raccolte di giornali si scopre che anche allora non mancavano né i delitti né i processi. Era di sicuro limitata la diffusione delle notizie, le buone e le cattive, e così l'immagine di quei giorni appare forse più serena. Certo, il colpo di pistola esploso da Gavrilo Princip scatenò una violenza che doveva scuotere la «pacifica Europa» e distruggere frontiere e costumi, diede il via alla rivoluzione russa e alle fosche meditazioni del soldato Adolf Hitler, creò le ragioni per il successo del bersagliere Benito Mussolini.

Da allora la scienza è progredita, ma la morale è rimasta ferma. Si vive meglio, si vive di più, la massa progredisce, ma l'uomo è sempre più solo.

È stato testimone, protagonista e vittima di infinita crudeltà. Io non condivido, però, la sua visione apocalittica, il fuoco e la fame come mezzo di redenzione. Per ritrovare noi stessi, e la via della salvezza, non è necessario altro dolore; mi pare che ci siano ancora dei giusti e che la pietà di Dio debba scendere sui superstiti del grande diluvio. Oggi, se non sentiamo amore per la vita, abbiamo almeno paura del male.

L'attendente

Passando, per caso, dinanzi a una caserma, mi sono venuti in mente quei giovani «marmittoncelli» al seguito delle mogli degli ufficiali: soldatini con le sporte della spesa e il cagnolino al guinzaglio, attendenti che portavano il bambino del capitano a scuola o accompagnavano le consorti dei superiori dal parrucchiere. Esistono ancora?

(A.M., Trento)

La figura dell'attendente, come imparammo a conoscere nelle descrizioni di De Amicis o nelle farse delle filodrammatiche, è scomparsa, cancellata da ordini severissimi e da precise disposizioni. Era, una volta, un personaggio un po' tonto e molto devoto, un bravo giovanotto figlio di contadini che trascorreva il tempo del servizio militare sbrigando piccole commissioni, e al ritorno dalla licenza recava in omaggio al suo comandante uova fresche e olio di frantoio. Un bravo ragazzo che non trovava nulla di avvilente nella sua condizione. La guerra ci ha mostrato quante ingiuste differenze ci fossero anche nell'esercito. Mi raccontava Manfred Rommel lo stupore di suo padre quando si accorse che alle nostre truppe, in Africa, venivano serviti due ranci diversi, uno per i soldati l'altro per chi aveva i galloni. Ne rimase sdegnato: «Gente che rischia la stessa morte» disse «deve fare anche una identica vita». Noi mangiavamo nelle gavette, ora le reclute si siedono a tavola – giustamente – con piatti e tovaglia; noi portavamo estate e inverno il grigioverde, un panno glorioso fin che si vuole, ma non sempre comodo, ora si usano divise semplici e pratiche; è però probabile che qualche antica usanza rimanga, nonostante i divieti e le circolari.

Il fatto

La morale potrebbe essere: mai generalizzare. Non è sempre vero che i francesi perdono le guerre perché a Parigi ci sono da secoli le donne nude, o che i più cattivi di tutti sono i tedeschi: poi si scopre Katyn, e oltre tremila ufficiali polacchi sono stati uccisi, con un colpo alla nuca, non con i sistemi della Gestapo, ma con quelli della vecchia Gpu stalinista. E gli italiani è proprio sicuro, come qualcuno si ostina a giudicare, che «sono fatti così»? Suonatori di chitarra poco portati al sacrificio e molto all'amore e, scoperta assai recente, anche indifferenti e crudeli? È di questa estate la storia della «povera bambina di sei anni» che cammina disperata sull'Autosole, perché il papà è morto d'infarto, e chiede aiuto, ma le macchine sfrecciano via, perché il mare chiama e non c'è tempo da perdere. Poi si scopre che la scena è accaduta vicino all'imbocco di una galleria, che fermarsi voleva dire rischiare una strage, che passato il traforo molti hanno chiamato subito la polizia. Insomma, più che di insensibilità si è trattato di prudenza: ci sarà anche qualche compatriota disumano, ma questa non è davvero una caratteristica nazionale. Poco tempo fa, al reparto maternità di Imperia, si è fermata una coppia di giovani sposi austriaci. La signora, già madre di una bimba, è stata colta prematuramente dalle doglie. Ha partorito un bambino, si è ripresa, lo ha piantato lì e ha proseguito per le vacanze. Allora, nella patria dei walzer, si abbandonano i figli nati prematuri, per non perdere l'appuntamento con il mare?

Gli eletti

Legga, per favore, quello che mi è capitato l'altro giorno, e giudichi un po'. Ero in questura, all'ufficio passaporti, in attesa che l'agente incaricato mi restituisse il libretto con la convalida. Di fianco, appoggiato al bancone, un giovanotto, di circa vent'anni, evidentemente disturbato dal mio nome di chiara origine ebraica, ha cominciato a disegnare delle svastiche sul foglietto che aveva davanti e sul quale poco prima stava prendendo degli appunti. Sono rimasta male anche se, con ogni probabilità, si trattava del solito esaltato, ma è proprio vero che la vecchia e triste storia, che tutti conosciamo, non finirà mai.

Sono di sangue misto, soltanto mio padre è ebreo, la mamma e io siamo cristiane, ma, personalmente, ho deciso da un pezzo di non identificarmi in alcuna religione. Di quella cattolica, ad esempio, fatta di sole parole, non sono rimasti che i pregiudizi chiamati impropriamente morale. «Ama il prossimo tuo come te stesso» è un insegnamento che pochi praticano e immagino la disperazione di Gesù Cristo che ha predicato invano carità e amore. Di una cosa però sono certa: che la cosiddetta morale cristiana si fonda tuttora su fanatismi e ostilità razziali. Gli ebrei vengono perseguitati perché, malgrado le loro colpe (del resto chi è senza peccato scagli la prima pietra), sono stati, sono e saranno sempre il popolo eletto; ed è per la loro superiorità in ogni campo che, con perfetta carità cristiana, sono stati, sono e saranno sempre oppressi, ma mai annientati.

(R.R., Milano)

Signorina, quel giovanotto è un povero malinconico imbecille. Penso che abbia disegnato svastiche spinto non tanto da un sentimento malvagio, quanto da una leggerezza colpevole. Non sono un sereno ottimista, questo mondo non mi esalta e non mi diverte: ma non mi pare che la sua diagnosi sia esatta. Gesù lo immagino deluso, ma non disperato.

La morale cristiana, ad esempio, non si fonda sulle persecuzioni razziali, ma sul generoso principio della carità. Non ci sono, per un vero cristiano (mi permetta di dissentire dalla sua affermazione), popoli eletti: siamo tutti fratelli nel bene e nel male, solo la legge dell'amore può unirci. Lei non deve soffrire né di un complesso di inferiorità, che non è da nulla motivato, né deve considerarsi una creatura superiore, appartenente a una razza privilegiata; era questa, ricordi, la tesi dei nazisti, sostenitori della teoria dell'*Herren Volk*.

Gesù ha detto: «Ama il prossimo tuo». Chi manca a questo comandamento non troverà misericordia.

L'intruso

*Da pochi mesi sono fidanzato ufficialmente e ammesso in famiglia.
In casa della ragazza ho conosciuto un tale che aspirava alla mano
della mia promessa sposa e che – pur respinto – ha conservato buoni rapporti di amicizia e di stima con lei e con i genitori. Orbene,
tutte le volte che vado a trovarla e, naturalmente, in ore diverse, trovo e lascio, purtroppo, l'ex spasimante, sempre in visita, come ribadiscono, in qualità di vecchio amico.*

*Da alcuni giorni sono stato colto dal dubbio che potrebbe anche
trattarsi di un individuo molto audace che sta di proposito all'erta
in attesa dell'occasione favorevole per riavvicinarsi alla ragazza.
Inutile dire che sono seccatissimo con la famiglia: forse non lo allontana per avere pronta una riserva. Sulla mia fidanzata invece
non ho incertezze: credo proprio che in questa faccenda non c'entri.
Altrimenti, perché lo avrebbe abbandonato? Ma se l'importuno amico non rinunzia a essere tale, non dovrebbe essere la famiglia a fargli capire e – meglio ancora – a dirgli con chiarezza che non sta bene frequentare la casa così assiduamente sia pure per stare davanti
al televisore in compagnia come era solito fare?*

*Mi dica lei, per favore, come mi devo regolare. Non mi pare opportuno affrontare direttamente l'intruso né tantomeno lamentarmi
con la famiglia. La mia posizione di fidanzato non mi dà diritto di
chiedere spiegazioni?*

(N.G., Bari)

Gli interrogativi che la sua lettera propone, caro amico, sono molti e di varia natura. Il suo concorrente (lo chiamiamo così, ma solo per comodità di spiegazione) è sempre, come lei dice, «un individuo molto audace»? Ha scopi televisivi, è insomma un ammiratore di Renzo Arbore e di Mike Bongiorno o della sua ragazza?

Non è facile rispondere, anche a lei sono noti gli infiniti misteri dell'animo umano. A ogni modo, mi sembra che la sua posizione di fidanzato le dia alcuni inalienabili diritti. Interroghi, e poi decida. Se la colpa è della tv, la sua fidanzata stacchi il televisore; se la colpa è del giovanotto, la sua fidanzata stacchi il giovanotto; se la colpa è della fidanzata, stacchi lei la fidanzata e gli ospitali genitori. Ma se tutto andrà, come spero e come le auguro, per il meglio, tra le condizioni che devono regolare il matrimonio metta anche questa: visite brevi (e scarse). La tv (e la moglie) sono strettamente personali.

Ho sbagliato epoca

Tralascio gli apprezzamenti e le lodi per la sua attività perché non voglio farle perdere del tempo. Ho vent'anni e i difetti e le virtù dei miei coetanei. So che per lei è molto importante l'onestà: lo è anche per me e cerco di praticarla in ogni circostanza, anche se molte volte mi costa fatica, soprattutto quando mi rendo conto che le amiche astute riescono ad arrivare a mete impensate solo perché sanno mostrare sapientemente l'anca flessuosa.

Ho spesso l'impressione di essere una stupida in un mondo di scaltri e vorrei chiederle: la vita è soltanto un gioco di furbizia o può essere o deve essere altro? Non è facile essere giovani e credo che non lo sia mai stato. Forse, un tempo, il bene e il male, il giusto e l'ingiusto erano più distanti tra di loro. Oggi abbiamo la testa piena di idee e alla fine non riusciamo più a veder chiaro. L'amore, per esempio, è principalmente sesso e infatti si sa tutto sul sesso e niente dell'amore. A volte mi domando se, per caso, non ho sbagliato epoca. Anch'io ho parecchie debolezze, non sono certamente un modello, né vorrei esserlo: i difetti, talvolta, sono più simpatici delle virtù. È possibile, insomma, restare onesti senza tuttavia rimanere indietro, partecipando cioè intensamente alla vita?

(G.R., Melegnano, MI)

Signorina, io non sono un confessore e non so dare consigli. Diceva un umorista: «Risparmiateveli, perché so sbagliare da solo». La sua lettera è così limpida, la sua preoccupazione è tanto sincera e io sono certo che saprà difendersi da sola. Essere onesti significa confessare a se stessi i propri errori, la propria miseria, senza concedersi troppe attenuanti. Siamo di solito generosi con noi stessi, ci assolviamo facilmente. Lei non ha colpe, solo dubbi, e i suoi genitori le hanno dato buoni insegnamenti. Muovendo l'anca flessuosa si arriva anche al canapé di lusso, ma non alla pace con noi stessi. Non so se un tempo la gente era migliore: anzi, non lo credo. Oggi il male è più evidente. Sono diversi i mezzi di comunicazione, lo scandalo è alla portata di tutti. Il bene non si racconta, ma c'è. È fatto di piccole cose, quasi inavvertibili. Non si preoccupi di «rimanere indietro»; molti corrono senza sapere dove. Si conservi com'è, con i suoi problemi, le sue incertezze, gli sconforti, la letizia della sua irripetibile stagione. «Sono tanto brevi i giorni dei vent'anni» scriveva Renato Serra, dal fronte.

Emigrare

Sono una giovane sarda, di venticinque anni, madre di una splendida bambina e moglie di un uomo perfetto. Eppure le chiedo una parola che mi conforti. Da due mesi abbiamo dovuto lasciare la nostra terra e questo mi fa stare tanto male perché non riesco proprio a sopportare questo distacco. Ma può esistere un amore così grande, così completo per il proprio paese?

Io rivedo sempre quelle strade illuminate dal sole cocente, quella piazza affollata alla domenica sera, sento le campane e il fischio del treno che ci ha portato lontano. E sogno spesso il verde dei campi dove lavoravo e il viso di mia madre, così rassegnato e così bello. Questa separazione ci consentirà di vivere, ma il dolore di chi per mangiare è obbligato ad andare lontano non è forse da mettere tra quei «mali sociali» di cui tanto si discute? Io l'ho sempre ammirata, soprattutto per la sua saggezza, ed è per questo che le chiedo di aiutarmi a superare questa angoscia che mi opprime.

(V.P., Francoforte, Germania)

La capisco. In un vecchio film di Marilyn Monroe c'era un simpatico mascalzone che diceva una verità: «Dove è il lavoro, ivi è la mia patria». Ma mi rendo conto della sua nostalgia, del rimpianto dei volti e delle cose che le erano familiari. C'è una celebre pagina del Manzoni che comincia: «Addio monti...». Sono anch'io un emigrante: da un villaggio della montagna emiliana a Milano. Quando andai a lavorare al telegiornale, qualcuno commentò scherzando: «Dagli Appennini alle onde». Conosco, quindi, le sue emozioni: non è semplice affrontare un mondo nuovo, che sembra anche ostile. Ma voi tre, uniti, ce la farete: e pensi che questo «esilio» forse renderà più sereno il futuro della sua bimba. E poi il cielo, ovunque uno si trovi, è sempre lo stesso.

1991

Da ricordare...

1 gennaio: nel messaggio di Capodanno papa Giovanni Paolo II auspica un anno di pace per tutti e in particolare per il Medioriente.

12 gennaio: il Congresso degli Stati Uniti autorizza il presidente George Bush all'uso della forza contro l'Iraq, mentre Saddam Hussein rifiuta le risoluzioni dell'Onu e incita il suo popolo alla «Madre di tutte le battaglie».

14 gennaio: il timore del conflitto in Iraq provoca in Italia una corsa agli acquisti di alimentari. In pochi giorni gli scaffali dei supermercati vengono svuotati.

17 gennaio: con l'operazione «Tempesta del deserto» comincia la guerra nel Golfo. I telegiornali che aggiornano sulla situazione registrano ascolti record.

18 gennaio: al termine di una missione, un «Tornado» dell'aeronautica italiana pilotato da Maurizio Cocciolone e Giammarco Bellini non rientra alla base. Cocciolone viene mostrato alcuni giorni dopo dalla tv irachena. Polemiche tra pacifisti e interventisti.

4 febbraio: si conclude il 20° congresso del Pci: cambia il nome (Partito Democratico della Sinistra) e il nuovo simbolo è una quercia.

8 febbraio: la Corte Costituzionale sancisce la nullità del licenziamento delle lavoratrici madri durante la gestazione e il puerperio.

1 marzo: in un discorso ai vescovi dell'Emilia-Romagna il papa parla di mancanza di dimensione religiosa nella loro regione. L'11 dirà ai vescovi toscani che anche la loro regione è «terra di missione».

2 *marzo*: al 41° Festival di Sanremo vince la canzone di Riccardo Cocciante *Se stiamo insieme.*

7 *marzo*: rientrano in Italia i piloti Bellini e Cocciolone.

1 *aprile*: torna in Argentina il calciatore del Napoli Diego Armando Maradona, coinvolto in un'inchiesta di droga e ragazze squillo.

10 *aprile*: collisione nelle acque di Livorno fra il traghetto *Moby Prince* e la petroliera *Agip Abruzzo.* 140 le vittime.

11 *aprile*: esplosione sulla petroliera cipriota *Haven* al largo di Genova: 6 morti, 30 feriti ed emergenza nazionale per l'inquinamento causato dalla fuoriuscita di gran parte delle oltre 140.000 tonnellate di greggio stivato.

11 *aprile*: il «cessate il fuoco» tra la Forza multinazionale dell'Onu e Iraq mette fine ufficialmente alla guerra del Golfo.

30 *aprile*: arresto domiciliare per l'attrice Laura Antonelli, fermata per detenzione di stupefacenti nella sua villa di Cerveteri. Condannata, verrà assolta 9 anni dopo perché il fatto non costituisce reato.

11 *maggio*: si costituisce a Palm Beach (Usa) William Kennedy Smith, nipote del senatore Ted Kennedy, accusato di stupro.

13 *maggio*: elezioni amministrative con oltre 1 milione di votanti. Successo del Psi che sorpassa il Pds. Grande affermazione della Lega che raccoglie i voti della protesta.

27 *maggio*: un aereo della compagnia austriaca «Lauda air» precipita in Thailandia. I morti sono 223, tra cui 11 italiani.

2 *giugno*: cominciano le trasmissioni a pagamento di Tele+1, la prima pay-tv italiana. Il decoder costa 150.000 lire, l'abbonamento 36.000 al mese.

27 giugno: l'Esercito federale di Belgrado interviene in Slovenia, dichiaratasi indipendente con la Croazia. Ad agosto è guerra anche in Croazia.

1 luglio: la società di valutazione «Moody's» abbassa il voto di affidabilità economica attribuito all'Italia.

9 luglio: il Sudafrica è riammesso nel Comitato Internazionale Olimpico dopo 31 anni di esclusione a causa della sua politica segregazionista.

10 luglio: nella sua villa all'Olgiata, a Roma, viene uccisa la contessa Alberica Filo della Torre.

17 luglio: clamore per la decisione del ministro delle Finanze Formica che rende noto un elenco di 270.000 evasori accertati tra persone e società.

27 luglio: l'attrice Elizabeth Taylor annuncia il suo settimo matrimonio. Il futuro marito è un operaio edile, Larry Fortensky, di 20 anni più giovane, conosciuto in una clinica per alcolisti.

1 agosto: Raul Gardini lascia il gruppo Ferruzzi e abbandona tutte le cariche societarie.

5 agosto: per i commercianti parte l'obbligo di rilascio di scontrini e ricevute fiscali.

7 agosto: disagi nella lussuosa Versilia, dove i bagnanti sono costretti a fare a meno dei servizi di spiaggia per lo sciopero dei bagnini su tutta la costa.

28 agosto: Cocciolone, il capitano fatto prigioniero da Saddam Hussein è diventato una celebrità. Sposandosi ha ceduto i diritti in esclusiva per diversi milioni.

29 agosto: ucciso l'imprenditore Libero Grassi che aveva sfidato pubblicamente gli esattori delle estorsioni fatte alla sua azienda.

1 settembre: sulle reti televisive Fininvest parte la trasmissione in diretta dei notiziari e dei collegamenti su fatti sportivi.

13 settembre: manifestazione di protesta a Palermo contro la mafia. Sfilano per la prima volta operai e industriali, mentre tutta la città si ferma per un'ora chiudendo negozi, banche, trasporti e altre attività.

30 settembre: in 10 anni calo del 75% degli spettatori nelle sale cinematografiche, mentre i film in videocassetta seguitano a registrare un boom. I videoregistratori nelle case degli italiani sono passati in 10 anni da 2500 a oltre 6 milioni.

5 ottobre: muore a Pescara Franco Giustiniani, il ragazzo di Viterbo rifiutato da otto ospedali per carenza di posti.

27 ottobre: un incendio distrugge il teatro «Petruzzelli» di Bari.

6 novembre: sospesa la sessione d'esame di idoneità professionale per giornalisti per presunte raccomandazioni di alcuni candidati.

17 dicembre: confermata in Cassazione la condanna a 26 anni per Gigliola Guerinoni, la gallerista di Cairo Montenotte accusata dell'uccisione del farmacista Cesare Brin.

20 dicembre: a Milano muore d'infarto l'attore Walter Chiari, 67 anni.

25 dicembre: ammainata dopo 74 anni la bandiera rossa sul Cremlino. È la fine dell'Unione Sovietica.

Futuri nipotini

Il problema degli extracomunitari è dibattuto nelle tavole rotonde, alla televisione, sulla stampa, e il quadro che ne salta fuori è desolante: l'Italia non è ancora pronta a diventare un Paese multirazziale. E allora perché i giornalisti che intervistano questi poveretti, senza casa e senza lavoro, non li consigliano di tornare nelle loro terre? Oppure è meglio rimanere qui a dormire per terra, in baracche di fortuna o nelle sale d'aspetto delle stazioni, ricorrendo troppo spesso a certi espedienti che li rendono sgraditi? Non mi dica che questa è carità umana e tolleranza.

(S.D., Pordenone)

Credo che a casa loro starebbero anche peggio: non sono venuti qui perché il clima è buono, ci sono tante cose belle da vedere e la dieta mediterranea – olio, spaghetti e anche un bicchiere di vino – fa bene alla salute.

Noi non siamo generosi né comprensivi: ci adeguiamo, con fatica, a una situazione che è di tanti Paesi. Poi dovremo abituarci anche all'idea che, in un tempo non lontano, avremo dei nipotini con gli occhi a mandorla o con la pelle scura. Ha presente i nazionali olandesi che giocano nel Milan?

La guerra in tv

Così la guerra è diventata il più grande spettacolo del mondo. Ma non esagera la tv con il diluvio di immagini e di parole che drammatizzano ancor di più gli avvenimenti e diffondono angoscia? Si fa la gara degli indici di ascolto giocando sul gusto dell'orrido?

(C.R., Napoli)

Direi che di orrido c'è poco: questa guerra è più parlata che vista. Costa più di telefono che di nastro magnetico: e non è che le scene tremende abbondino. Le immagini più crudeli appartengono, e ne sono contento, al passato: non c'è fino a oggi qualcosa di paragonabile ai bambini ebrei di Treblinka, dietro i reticolati, a inseguire forse il volo di un passero, o al paracadutista americano che pende da un campanile durante lo sbarco in Normandia, o ai corpi marmorizzati di Hiroshima. E avete letto qualche testo che ricordi le strazianti lettere da Stalingrado o il diario di Anna Frank?

È un grande spettacolo, è vero, ma fino a questo momento con pochi protagonisti: gli aviatori lividi e umiliati durante gli interrogatori e quel cormorano, nero di petrolio, che non riesce a sollevarsi, e le donne con i figli feriti negli ospedali iracheni; anche nei bombardamenti «chirurgici» non sempre le suture evitano dolorose uscite di sangue. Disponiamo con abbondanza di informazioni, lanciate con immediatezza, certo, ma senza riscontri, senza un ordine mentale: questa notizia è credibile, o è probabile, o è importante, e la gente capisce ben poco di ciò che sta accadendo.

E non la aiutano molto neppure le tavole rotonde degli esperti, che stanno diventando rubriche: quello che più attrae, in questi non-stop, sono soprattutto gli insulti che si scambiano coloro che, per comodità di discorso, chiameremo i pacifisti e gli spiriti bellicosi. La villania, l'improperio, specie in tv, funzionano sempre: lui sì che gliele ha dette.

E poi, noi impariamo solo quello che lasciano passare le diverse censure: o quello che vogliono che si sappia. Il cronista della Cnn, bravissimo, lavora per noi, ma su commissione di qualcuno che sta a Bagdad. Può far sentire i missili che esplodono, ma sono i funzionari di Saddam che poi decidono dove. Può darsi che tra poco i giornalisti e i cameramen accompagnino le truppe: fino a questo momento hanno seguito il Pentagono.

Il personaggio

Tra le persone che la stampa segnala destinate a imporsi in questo anno appena iniziato c'è anche lei: Alba Parietti. Le doti più evidenti: «Due gambe lunghissime e una femminilità che irrompe nelle trasmissioni per soli uomini». Non è poco, e non mi stupisco. Ci fu un tempo in cui di Jane Russell, una diva di Hollywood provvista di un seno cospicuo che si imponeva, e non solo all'attenzione, si scrisse: «Questa ragazza ha l'avvenire davanti a sé».

La signora Parietti, oltre a quei pregi che colpiscono anche gli osservatori superficiali, pare abbia testa: ha capito il suo ruolo e lo recita con disinvoltura. Fra omaccioni che si fanno notare perché magari dicono «golasso», lei si impone per la grazia e anche per la composta disinvoltura; e del resto, diceva il grande Ziegfeld che di donne se ne intendeva, «chi onora la bellezza onora la verità». Parla di football a un pubblico di maschietti e dopo averli attirati con la minigonna li trattiene con le parole: brava.

Non do consigli perché non ne ho l'autorità, non sono richiesti e non servono a nulla: se le riesce, cerchi di non strafare. La televisione corrompe chi la fa e aggredisce chi la vede: adesso Alba canta, balla, discute, partecipa.

È pericoloso, perfino per la signora Levi Montalcini, apparire spesso sul teleschermo e anche in punta di piedi. Ricordi quello che diceva Enzo Ferrari: «Questo Paese perdona tutto, tranne il successo».

Dobbiamo perdonare il «padre» delle Brigate Rosse?

Il ministro Martelli ha incontrato in carcere Renato Curcio, il «padre» delle Brigate Rosse, e di nuovo si parla della grazia. Ma Curcio non si è mai «piegato» a chiedere allo Stato un atto di clemenza. È giusto, allora, perdonare l'ideologo di tanto orrore in Italia?

(F.C., Brescia)

La cosiddetta «rivoluzione armata», secondo l'associazione che riunisce le vittime del terrorismo, ha provocato trecentoquaranta morti. Toccherebbe ai parenti di quei caduti prendere la parola: dietro al nostro giudizio non c'è la sofferenza, e la «ragione politica», l'obiettività, il distacco sono pretesti; non si rimedia alla vita.

Renato Curcio non ha mai sparato, non ha mai ucciso: sua moglie, invece, è rimasta sul campo mentre stava affrontando i mitra dei carabinieri. È stato accusato, dunque, soprattutto per le idee, per la predicazione e anche per avere organizzato i primi brigatisti.

Le idee sono una colpa? Molti pensano che non possano essere processate. Il pensiero non dovrebbe mai essere considerato un reato. Eppure ci sono stati i roghi per gli eretici e le ideologie hanno provocato le guerre più crudeli. Mi sono chiesto tante volte se, senza i vari Rosenberg, i teorici dell'antisemitismo, ci sarebbero stati Himmler, i reticolati e i forni di Auschwitz o di Buchenwald: se quelle stragi non nascono anche dai libri, dalla propaganda, dal seme bacato che ha corrotto anche giovani menti.

Tornando a Curcio, posso anche rispettare la sua coerenza: non ha mai chiesto sconti, perché evidentemente non ritiene di doversi pentire del passato. Accetta la condanna ma non intende abdicare, con una supplica, a un capitolo della sua esistenza. È un suo diritto: ma non capisco perché gli debba essere concessa una grazia che non è richiesta. La società intende forse riparare a una sentenza ingiusta? Ci fu un errore?

Rispetto l'orgoglio di Renato Curcio e deploro anche la vergogna che è nei fatti: circolano liberamente degli assassini confessi ed è in cella un intellettuale che non ha mai usato la pistola. Tutto questo dimostra quanto sono malate la giustizia e la politica di questo Paese: c'è qualcuno, fra le autorità, che va a far visita, oltre che al detenuto Curcio, alle vedove di Casalegno, di Galli, di Tobagi?

Quale vocazione?

Sono una giovane studentessa e vorrei richiamare la sua attenzione su un fatto che mi ha sconvolto. Ho avuto la sfortuna di innamorarmi di un seminarista e questa esperienza mi fa vivere momenti drammatici. Che fare? Rinunciare? Mi creda, è un'esperienza terribile perché sento che anche dall'altra parte c'è sofferenza, indecisione e paura dell'amore e del sesso. D'altronde sappiamo che inevitabilmente l'uomo nell'età adolescenziale è portato per natura alla passione e alla tenerezza e questo succede anche ai seminaristi. Perché non si approva il matrimonio anche per i preti?

(A.A., Bari)

Se ho capito, anche l'oggetto dei suoi sentimenti, per via dell'età adolescenziale, si è invaghito di lei. Allora, dove sta il problema? Vocazione per il sacerdozio o per il matrimonio? I primi discepoli di Gesù erano sposati e lo seguirono:

oggi, forse, verrebbero denunciati per abbandono del tetto coniugale. Poi la Chiesa Cattolica ha scelto il celibato: cioè la dedizione totale. Se ne discute, e chissà che cosa riserberà il futuro. L'idea della donna come veicolo del peccato risale già a san Paolo: io non sono praticante e rispetto i pastori protestanti che hanno famiglia. Lei veda se è proprio il caso di formarne una con quel giovanotto dalla tonaca, mi sembra, troppo svolazzante.

Il figlio «diverso»

Ho cercato di educare i miei tre figli nel migliore dei modi e posso dire che i miei sforzi sono stati ricompensati perché sono cresciuti onesti, laboriosi e volonterosi. Fino a poco tempo fa, quindi, ero la mamma più contenta del mondo perché avevo l'impressione che Dio mi avesse concesso tutto il bene che avevo sognato per la mia famiglia. Ma, un giorno, un fulmine ha colpito la mia serena esistenza: mentre mettevo ordine nella camera di mio figlio, ho scoperto – tra le pagine di un libro – una lettera scritta in brutta copia. Era indirizzata a un amico e in essa il mio ragazzo si abbandonava a un linguaggio d'amore e di sofferenza per avere scoperto una omosessualità rimasta fino ad allora latente. Mi creda, sono distrutta, ho perso il sorriso. Non so con chi parlarne: ho paura, vergogna e mi sento tradita da questo figlio. La prego, mi dica almeno una parola. Che cosa devo fare?

(P.M., Reggio Emilia)

Non si senta ingannata e non consideri un disonore una condizione umana che nasce, forse, dai misteri della biologia o da qualche indecifrabile e complicata molla psicologica. Capisco il disagio e la sofferenza: a lei sembra, immagino, di non potere fare nulla per quel ragazzo diverso dagli altri. Perché non vuole, intanto, provare a capirlo? E perché, invece di cercare un interlocutore, non ne parla con lui? Sa che la medicina, in alcuni casi, ha dei rimedi tra i quali c'è la terapia psicoanalitica. In ogni modo, gli offra la sua comprensione: non lo colpevolizzi con il silenzio. La scienza discute se si tratta di anomalie fisiologiche ed endocrine o di una crisi dell'età evolutiva: non sono misfatti, ma «incidenti». Gli voglia, se può, ancora più bene. Lo accetti, lo aiuti.

La tv antimafia

Cinque ore non-stop su Raitre e Canale 5, tema la mafia. Con Michele Santoro e Maurizio Costanzo, un happening drammatico fra testimonianze, accuse, denunce, rivelazioni, polemiche. Una civile mobilitazione o solo uno show provocatorio e discutibile?

(E.R., Sondrio)

Non ho visto quella trasmissione perché ero proprio a Palermo impegnato per il mio lavoro. Non la giudico, quindi.

L'argomento trattato è insidioso e affascinante: la Sicilia è un'Italia esagerata, con tutti i problemi della Repubblica, più alcuni specifici della piazza. Che è difficile rappresentare correttamente in una «diretta», che ha il vantaggio della spontaneità, ma non quello della riflessione. Tutti, più o meno, parlano, ed è giusto, ma poi quello che è detto è detto, e non c'è né possibilità di approfondimento né di contraddittorio. Non solo si raccontano fatti ed esperienze, con testimonianze sincere e drammatiche, ma si processano persone che non hanno la possibilità di replicare o di difendersi.

In Sicilia si ha l'impressione che tutti combattano contro tutti: ed è molto difficile capire e distinguere le ragioni degli uni e degli altri. La politica, poi, gioca un ruolo determinante: e i lottatori si associano e si dividono, mutano le alleanze, gli amori e i rancori. E ci sono gli esclusi, i non convocati, che hanno le loro ragioni: insomma, già negli inviti si pecca di parzialità.

Insomma gli happening su Cosa Nostra comportano anche il rischio di segnare la vita di qualcuno con accuse che non nascono sempre dalla buona fede, ma dalla convenienza; e lanciato il sasso, e colpita qualche fronte, è poi difficile rimediare. Non so quindi fino a che punto queste battaglie televisive sono «civili»: di sicuro fanno *audience*, ma probabilmente non fanno camminare la storia.

Le mie sono soltanto perplessità di un vecchio cronista che non si propone come modello a nessuno: ma se qualche pentito fosse un impostore (caso Tortora), qualche giudice un malato di protagonismo (come sopra) e qualche onorevole sputtanato un innocente, la democrazia, la libertà, sarebbero state esaltate in un tripudio di luci?

Il fatto

> Ho il privilegio di non essere un giudice, penso che tutti meritino il perdono e mi metto in lista per i miei peccati. Però non dobbiamo esagerare: anche dei ladroni Gesù ne salva uno solo e non proclama che il furto è una trascurabile debolezza. Dunque: pietà anche per Maradona che dagli altari è caduto nella polvere, anzi nella polverina. Ma mi pare che esagerino quegli intellettuali napoletani che lo hanno, in qualche modo, santificato, con una solenne cerimonia a Castel dell'Ovo: nella quale, leggo sulla *Stampa*, «el pibe de oro» è stato paragonato a «un novello Cristo rinnegato da una società corrotta, cinica e venale». Credo che i suoi estimatori mi considereranno un «bacchettone»: ragazzi, scherziamo con i

fanti, e anche con i giocatori di pallone, ma lasciamo perdere i santi e la morale. L'asso argentino era prodigioso con i piedi e deboluccio con la testa: ha sbagliato e sta pagando il suo conto. Tanta era la pubblicità che lo circondava nei giorni della gloria, tanta è la cattiva fama che lo perseguita adesso che è ferito dalla sconfitta. È bello e umano che i suoi compagni di squadra lo ricordino con affetto e con simpatia, ma mi sembra anche giusto che si tracci un confine tra il genio e la sregolatezza. Un antico proverbio dice: «I cani abbaiano agli sconosciuti», ed è vero, ma scodinzolano e fanno festa anche ai cattivi padroni.

Vita di paese

Risiedo in un piccolo paese della Puglia dove non ci sono luoghi di incontro per i giovani. I bar (pochi, tra l'altro) sono frequentati solo dagli anziani e l'unico cinematografo è stato trasformato in un fiorente supermercato. Lei non immagina la rabbia che mi prende quando penso di essere costretto a vivere in un paese abbandonato da tutti perché questi «ipocriti politicanti» sono capaci di promettere mari e monti soltanto alla vigilia delle elezioni senza soddisfare mai le nostre aspettative. Questo disinteresse ha creato inoltre un «ristagno» della mentalità per cui, dalle mie parti, c'è gente che si scandalizza ancora quando scorge un ragazzo e una ragazza che passeggiano mano nella mano. È un altro mondo, non le pare?

(P.A., Sammichele di Bari, BA)

No: è questo. Conservatore nella stupidità, spregiudicato nel distruggere tradizioni che forse dovrebbero essere conservate. Ci fu la cultura del cinematografo, che era il luogo di convegno, come il sagrato la domenica; poi c'è stato l'avvento del piccolo schermo, che ha rivoluzionato costumi e mentalità. Le promesse elettorali sono le stesse ovunque: certo la voce dei villaggi è più debole di quella delle città. Sono meno anche i possibili clienti.

Innocenti a pagamento

Perché la pubblicità sfrutta le immagini dei bambini per vendere prodotti che nulla hanno a che fare con loro? Al proposito mi vengono in mente spot che esaltano la delicatezza di gusto di una carne in scatola oppure il potere sbiancante di un detersivo. Si tratta in verità di un vero e proprio sfruttamento del minore: spesso genitori avidi e ambiziosi costringono i loro rampolli a frequentare corsi di recitazione destinati esclusivamente a questi aspiranti piccoli attori. Ma non esiste in Italia una legge che vieta il lavoro prima dei quattordici anni? E come mai questa legge non viene applicata anche nel campo della pubblicità?

(L.G., Roma)

Come ogni legge, ammette le eccezioni. Quegli innocenti sono autorizzati dalle autorità e incoraggiati dagli stretti congiunti, felici di vedere le loro scimmiette che si esibiscono: a pagamento.

Ma tutti hanno qualcosa da rimproverare ai «caroselli»: pensi allo «sfruttamento» della donna che «promuove» birra, auto, superalcolici e, in coppia, profilattici. E allora?

Io non amo neppure le sfide canore tra fanciulli, anche quando sono organizzate a fin di bene: sviluppano la competitività, e penso all'orgoglio del vincitore e all'umiliazione degli sconfitti. È davvero solo un gioco? E non è sufficiente quello che poi impone la vita?

1992

Da ricordare...

7 gennaio: l'Italia è al primo posto tra i Paesi industrializzati per la presenza di criminalità organizzata (ricerca Censis).

10 gennaio: la produzione italiana di auto viene superata da quella spagnola che conquista la terza posizione alle spalle di Germania e Francia.

13 gennaio: esordisce il Tg5, diretto da Enrico Mentana.

15 gennaio: la Fiat presenta la nuova 500.

5 febbraio: Giovanna Amati, 29 anni romana, è ingaggiata dalla Brabham. È la quarta donna pilota di Formula 1 nella storia dell'automobilismo.

7 febbraio: a Maastricht (Olanda) i ministri degli Esteri e delle Finanze dei Dodici firmano il trattato che getta le basi per l'unione politica, economica e monetaria.

8 febbraio: si aprono ad Albertville i sedicesimi Giochi Olimpici invernali. Nella classifica finale l'Italia sarà al sesto posto con 14 medaglie.

10 febbraio: la giuria di Indianapolis (Usa) ritiene Mike Tyson colpevole di avere stuprato Désirée Washington.

17 febbraio: a Milano il giudice Antonio Di Pietro fa arrestare il socialista Mario Chiesa presidente del Pio Albergo Trivulzio. Inizia la clamorosa inchiesta «Mani pulite» che in 10 anni arriverà a: circa 5000 le persone indagate tra funzionari pubblici, politici, manager e imprenditori, 1251 i rinvii a giudizio, 1233 le condanne patteggiate, di cui 828 con rito abbreviato, 405 a conclusione dei processi ordinari, 429 assolti nel merito, 481 le assoluzioni per prescrizione o estinzione del reato.

29 febbraio: si conclude il Festival di Sanremo. Vince Luca Barbarossa, seconda Mia Martini.

12 marzo: a Palermo è ucciso in un agguato l'eurodeputato Dc Salvo Lima.

5-6 aprile: si svolgono le elezioni politiche. Una notevole affermazione la ottiene la Lega Lombarda guidata da Bossi che diventa il quarto partito dopo Dc, Pds e Psi.

28 aprile: il presidente della Repubblica, Francesco Cossiga, firma le dimissioni. Il suo successore sarà Oscar Luigi Scalfaro.

29 aprile: a Los Angeles e in altre città della California rivolte razziali causano la morte di 58 persone.

23 maggio: in un agguato mafioso sull'autostrada Punta Raisi-Palermo muoiono il giudice Giovanni Falcone, la moglie Francesca Morvillo e tre uomini della scorta.

30 maggio: l'Onu decreta l'embargo contro la Federazione Jugoslava di Serbia e Montenegro.

3 giugno: tutto esaurito l'Olimpico di Roma (83.000 spettatori paganti per 904.278.000 lire d'incasso) per la partita di beneficenza tra Nazionale Cantanti e Radiotelecronisti Rai.

12 giugno: il Cipe approva la privatizzazione dell'Eni e delle Ferrovie di Stato e la loro trasformazione in società per azioni.

23 giugno: in seguito alle inchieste sulle tangenti, ormai diffuse in tutto il Paese, crollano gli appalti di opere pubbliche.

23 giugno: in Israele il Partito laburista vince le elezioni politiche. Il 13 luglio Yitzhak Rabin diviene primo ministro.

25 giugno: papa Giovanni Paolo II approva ufficialmente il nuovo catechismo universale della Chiesa Cattolica.

7 luglio: scandalo per l'aumento del 25% degli stipendi dei top manager degli enti pubblici deciso dal governo Andreotti.

12 luglio: il papa è ricoverato al «Gemelli». Il 15 subisce un'operazione per l'asportazione di un tumore benigno dall'intestino.

19 luglio: a Palermo un'autobomba uccide il giudice Paolo Borsellino e cinque agenti di scorta.

25 luglio: si aprono i Giochi Olimpici di Barcellona. L'Italia si classificherà all'undicesimo posto con 6 medaglie d'oro.

13 agosto: l'agenzia americana «Moody's» abbassa di due punti la valutazione di affidabilità dell'Italia. È la seconda diminuzione in 2 anni.

18 agosto: naufraga l'unione tra Mia Farrow e Woody Allen. In una conferenza stampa, Allen conferma la sua relazione sentimentale con Soon-Yi, 21 anni, figlia adottiva della Farrow.

3 settembre: abbattuto un aereo dell'Aeronautica militare italiana in missione umanitaria tra Spalato e Sarajevo. Nell'incidente muoiono i quattro membri dell'equipaggio.

12 settembre: più fragile, più spaventato, più sensibile. È così l'uomo degli anni Novanta visto dalle italiane (Swg).

26 settembre: manifestazione di oltre 200.000 pensionati a Roma contro la manovra economica e i tagli alla previdenza.

4 ottobre: scompare a Foligno (PG) il piccolo Simone Allegretti. Il cadavere del bambino viene trovato due giorni dopo. L'anno successivo sempre a Foligno viene rinvenuto il corpo di un altro bambino, Lorenzo Paolucci. Per gli omicidi è arrestato e condannato, Luigi Chiatti, 30 anni.

20 ottobre: la Fininvest di Berlusconi acquista, sottraendoli alla Rai, i diritti per trasmettere il Giro d'Italia.

4 novembre: il democratico Bill Clinton con il 43% dei voti è eletto presidente degli Stati Uniti.

1 dicembre: in corso le nuove banconote da 50.000 lire.

9 dicembre: Carlo d'Inghilterra e Diana si sono separati. Lo annuncia ufficialmente il premier John Major.

10 dicembre: il Parlamento approva la partecipazione delle nostre Forze armate alle missioni internazionali in Somalia e Mozambico.

12 dicembre: mentre il matrimonio tra Carlo d'Inghilterra e Diana sta naufragando, la principessa Anna sposa in seconde nozze il comandante Tim Lawrence nella chiesetta di Crathie, in Scozia.

Animalisti o terroristi?

Prima le uova sulle pellicce delle signore, poi la liberazione di bestie piccole e grandi dai laboratori di ricerca, adesso l'inquinamento del latte: gli ultrà zoofili passano ad azioni sempre più dure. Gli animalisti rischiano di diventare, a modo loro, dei terroristi?

(L.C., Perugia)

Il rischio c'è. Spesso cause nobili sono rovinate da missionari imbecilli. Il Signore ci salvi da certi idealisti che per salvare un coniglio sono disposti magari a sacrificare un bambino. Ho incontrato di recente a Washington un grande uomo: Albert Bruce Sabin, lo scopritore del siero antipolio. Per arrivare al liquido da versare sulla zolletta di zucchero, poche gocce sufficienti per uccidere il virus che ha mutilato milioni di innocenti creature, dovette usare per gli esperimenti centinaia di scimmie: poi lo provò su di sé e sul suo assistente, poi sulle sue piccole figlie. Albert Bruce Sabin non ha ricavato nulla dalla sua caccia ai microbi: né un dollaro e nemmeno il premio Nobel. Secondo voi, è una persona insensibile, o addirittura crudele?

Adesso sono di moda gli animalisti, signori e signore dall'animo particolarmente sensibile che vanno in giro lanciando pomodori o frattaglie, con particolare riguardo per le spettatrici alla inaugurazione della Scala, gridando: «Le pellicce grondano sangue». Il che è incontrovertibile, ma anche le loro scarpe sono il risultato di un lavoretto sbrigato al mattatoio e nessuno ha dimostrato che il bue e il vitello soffrono meno dell'aristocratico visone. Devono andare a spasso scalzi, se vogliono essere coerenti, o con zoccoli di legno, e protestare anche con chi consuma tonno in scatola o sardine: perché i pesci sono muti, forse, ma non insensibili. E nessuno sa se l'insalata, quando la tagliano, è proprio felice. Ora si sono messi anche a combinare scherzi atroci ai supermarket, a infilare inchiostro nelle confezioni del latte per difendere le mucche e invadono i laboratori e infastidiscono gli scienziati.

Terroristi no, almeno per il momento. Ma certo gli animalisti non scherzano. Per evitare guai futuri la legge dovrebbe essere subito molto severa e porre un freno a queste iniziative incoscienti che possono condurre a guai più seri. Perché tra noi, diceva Flaiano, abbondano i cretini pieni di idee.

Paura dello straniero

Mi domando che cosa succederà tra qualche anno quando tutti gli extracomunitari che stanno in Italia riusciranno ad assicurarsi una fetta del nostro «benessere» e potranno permettersi una casa, una famiglia, dei figli. A proposito, m'è venuto in mente un film di James Bond nel quale la missione dell'«agente speciale» era quella di scongiurare il piano di uno scienziato che voleva spargere per il pianeta, sotto forma di gas, l'antidoto della fecondità. Si trattava di fantaspionaggio ma, considerato che al giorno d'oggi la biologia e l'ingegneria genetica compiono miracoli, tutto questo potrebbe diventare realtà. E chissà mai che qualche «saggio pazzo» non decida di sganciare qualcuna di queste impalpabili bombe su Bombay, Calcutta, Casablanca e via dicendo. Come la giudicherebbe lei un'azione del genere?

(L.S., Milano)

La giudicherei folle. E penso che il nostro benessere, che non è un'invenzione enfatica ma una realtà, dovremo rassegnarci a dividerlo con «quella gente», anche perché noi certi lavori non vogliamo più farli. È accaduto in America, quando sono sbarcati a Long Island i nostri primi emigranti, che non sapevano neppure l'italiano e avevano una religione diversa e abitudini e tradizioni che non assomigliavano lontanamente a quelle del mondo anglosassone. Abbiamo esportato, oltre alla pizza, alla mozzarella e al cappello Borsalino, anche Toscanini, Fermi e i genitori di Fiorello La Guardia, che fu un grande sindaco di New York, e anche un bambino siciliano, Frank Capra, che seppe raccontare come nessun altro il sogno e l'idealismo dei vari Mister Smith. Si rassegni, dunque.

Il personaggio

Lo hanno denunciato per vilipendio delle Forze armate. Avrebbe offeso, durante uno spettacolo, la Guardia di Finanza e un suo generale, che sedeva in platea, se ne è avuto a male.

Mi auguro che il processo non si faccia: perché se la battuta di Beppe Grillo era volgare, la causa potrebbe avere aspetti comici.

C'era in America un famoso cabarettista, si chiamava Lenny Bruce e se la prendeva con tutti, anche con il presidente degli Stati Uniti. Gli hanno dedicato un film, interpretato da Dustin Hoffman, e non è mai stato portato davanti a una corte.

Grillo è un po' il nostro Lenny al pesto: urla e protesta ma non demolisce nulla, né l'esercito né Berlusconi. Rispetta il codice dello spettacolo che contempla, oltre alla satira, anche l'insulto, ma non infrange il Codice Penale. È l'estetica, gridata, del «fanculo» che, nelle sue intenzioni, non dovrebbe provocare requisitorie, ma soltanto applausi. Cerca di interpretare l'animo popolare che sghignazza quando vede multare bambini che hanno comprato le caramelle, ma non hanno lo scontrino.

Del resto, è la legge: che fa più fatica a trovare i depositi bancari dell'ingegner Mario Chiesa, quello che sfruttava l'istituto dei poveri vecchi milanesi, piuttosto che il ragazzetto che esce allegro dalla drogheria ma senza la ricevuta fiscale.

Grillo, secondo me, ha un grande talento e una rispettabile coerenza: è un genietto dell'intrattenimento. Ha tante risorse che potrebbe anche fare a meno di «fanculizzare» i fanti, che non hanno la pazienza o la tolleranza dei santi. I quali, alle parolacce, hanno fatto l'abitudine.

La difficoltà di accettarsi

Sembro un ragazzo come tanti altri, ma la realtà è ben diversa. Nessuno mi vuole bene: non ho amici con cui uscire, non ho una ragazza, è come se non avessi famiglia: mia madre non mi dice mai niente. Così rimango sempre tappato in casa, senza far niente, non ho più voglia di studiare, di lavarmi, di pettinarmi (tanto per chi lo faccio?). Le poche volte che esco, vado in chiesa a pregare, ma ho l'impressione che anche il Signore non mi ascolti perché non ha tempo da perdere con uno come me. Alle volte penso addirittura di dar fastidio: il mondo è fatto solo per i vincenti.

(I.V., Trapani)

Prima di tutto, un bel bagno: poi una visitina a uno psicologo e a un sacerdote. Uno può spiegarle che molti giovani vivono crisi esistenziali (anche molti adulti); il prete può dirle che se Dio trova tempo per i gigli dei campi e per gli uccelli dell'aria, è certo che qualche attenzione la dedica anche a lei. Guardi: è bello vincere, ma in classifica ci sono tanti posti. E poi si faccia una domandina: la colpa dell'indifferenza che la circonda è proprio tutta degli altri? Mi vergogno un po' di elargire questi grani di buon senso ma, mi creda, non è facile per nessuno accettarsi.

Saper perdonare

Avevo un fratello, giovane, pieno di vita, che amava lo sport e lo praticava in modo eccellente, tanto da essere considerato, nonostante i suoi quindici anni, un formidabile portiere. Purtroppo, l'estate scorsa, la sua vita venne spezzata a un passaggio a livello per un incidente banale e assurdo. È passato del tempo, ma io non riesco a non odiare il responsabile di questa tragedia. La mia non è più una famiglia e sono arrivata al punto da non sopportare nemmeno la stanchezza di mia madre che si trascina per casa, assente e svuotata. Eppure mio fratello mi ha fatto sapere dall'aldilà che devo perdonare quell'uomo morto con lui. Ma non ci riesco.

(Alessandra, Viareggio, LU)

Cara Alessandra, vicende come la sua mi sgomentano, perché io non so trovare le ragioni per consolarla. C'è un rancore che è più prepotente della logica o della carità. La pace deve trovarla, se ci riesce, in se stessa: pensi, se lo vuole, all'innocenza di quella giovane vita troncata che chiede il ricordo, o la preghiera, non l'astio, il livore. E guardi quella creatura distrutta che è sua madre con pietà: la pena non è una colpa. Ma il mio discorso è inutile: tenti, se può, di lasciarsi vivere.

Il fatto

Eduardo De Filippo chiamava con sarcasmo il televisore «quell'elettrodomestico». Credo che, oltre a delle colpe, gli vadano riconosciuti anche dei meriti: sono convinto, per esempio, che la tv abbia fatto per l'unità degli italiani più o meno quanto Garibaldi. Durante le battaglie del Risorgimento i nostri compatrioti si sparavano addosso, quelli del Nord e quelli del Sud, perché non si capivano: adesso, almeno, parlano la stessa lingua. Anche la rivoltella, del resto, può servire per salvarti da un'aggressione o per combinare una rapina.

Il presidente americano George Bush attribuisce al piccolo schermo gran parte della responsabilità per l'ignoranza degli studenti Usa: non leggono quasi niente e passano almeno due o tre ore al giorno bloccati davanti alla tv. Vedo l'entusiasmo dei miei nipotini per le «cassette», per i cartoni animati o per Mary Poppins, che replicano fino al rincoglionimento, ma se non danno un'occhiata ai libri, se non rivelano altre curiosità, la colpa è dei nonni o dei genitori.

Bisogna avere pazienza, ascoltarli e parlargli: e sfogliare insieme certe pagine, e spiegare certe figure, e raccontargli certe favole. «Fortunati i ragazzi che crescono in una casa dove c'è una biblioteca» diceva il vecchio Massimo d'Azeglio.

Ma va tenuto presente che il cittadino italiano acquista, in media, un volume all'anno, e peggio di lui si comportano soltanto i greci. Nella televisione, come nella carta stampata, c'è di tutto: bisogna imparare a scegliere ed educare non soltanto la memoria, ma anche la curiosità. La tv è uno strumento, non un fine.

La prova d'amore

Abito in un paesino nei pressi di Salerno, dove sto sciupando la mia vita, piangendo. Ho commesso l'errore d'innamorarmi di un ragazzo del Nord che diceva di volermi bene; ci fidanzammo in casa, come si usa quaggiù dalle nostre parti, e io già sognavo l'abito bianco, gli addobbi della chiesa, i parenti che all'uscita lanciano il riso. Ma un giorno disse che voleva la prova d'amore, anzi la pretendeva. «O lo fai o vado via» insisteva. Rimasi davvero sconcertata, ma non cedetti, anche se lo amavo con tutta me stessa. E lui cominciò a insultarmi dicendo, tra l'altro, che io ero stata per lui solo un passatempo e che di me non gliene importava più di tanto. Conclusione: da noi impegnarsi con un giovane è un marchio che non ti scrolli più di dosso per tutta la vita e, anche se non ho fatto nulla di male, certamente non potrò più fidanzarmi. Sono distrutta e se sapessi dove trovare droga, e avessi la certezza che prendendola si dimentica tutto, non avrei un attimo di esitazione. Ma poi penso alla vergogna di mio padre: morirebbe di dolore. Mi scusi se l'ho importunata con questa storia, ma avevo proprio bisogno di sfogarmi con qualcuno e ho scelto lei.

(Felicita, Buscemi, SR)

Grazie della fiducia, ma anche il dolore degli altri mi sgomenta; non si dovrebbe giocare con la vita. Lei è una persona rara e pulita che ha incontrato un cialtrone: la «prova» l'ha data lui, ma della sua miseria. Non voglio consolarla, non so che cosa le riservi il futuro: di certo, lei merita molto di meglio di quel giovanotto del Nord. Lasci perdere certe tentazioni: la cosa più difficile è fuggire da se stessi.

Le manette

Durante i funerali del padre di un ragazzo chiuso nelle carceri di Bergamo, ho avuto modo di constatare, dapprima con grande pe-

na, poi con sdegno, che a volte la giustizia è amministrata da uo-
mini poco sensibili: il giovane detenuto, vestito malamente, scortato
da cinque o forse più agenti, ammanettato, è stato fatto sfilare lun-
go il corteo, tra il comprensibile disagio della madre, dei familiari,
di tutti i presenti. Perché umiliarlo così?

L'episodio mi ha fatto ancora più rabbia al pensiero che non è ra-
ro vedere in tv tanti delinquenti, ladri e mafiosi lasciati liberi in nome
della legge e per i quali si trovano spesso cavilli legali per lasciarli cir-
colare in santa pace. Allora, la giustizia non sa di giustizia se viene
gestita in questo modo: da una parte il rigore, con il totale disprezzo
della dignità umana, dall'altra il privilegio e, a dir poco, la compren-
sione.

(I.P., Santa Brigida, BG)

Quell'umiliazione poteva, doveva essere evitata. Ricordo le
file di detenuti nelle stazioni, legati tra di loro con le cate-
nelle, con le valigie o i fagotti tra le mani impedite, mentre
li trasferivano da un treno all'altro, verso i penitenziari, e la
curiosità della gente che doveva assistere a quella scena che
evocava altre e più drammatiche deportazioni, e la pietà che
quelle facce umiliate suscitavano. Ricordo Enzo Tortora ammanettato e mi sento ancora triste.

Mai più

Che cosa sta succedendo in Europa, in Italia? Che significato ha
questo ritorno di antisemitismo? E che dire poi dell'ondata di nazi-
smo e fascismo? Ho diciannove anni e credo di aver studiato abba-
stanza la storia per dire che rimpiangere gli anni del duce è pura
follia.

Sono figlia di un uomo nato a Predappio e mi capita spesso di
vedere i nostalgici in «pellegrinaggio» alla tomba di Mussolini. C'e-
ro anche il giorno delle celebrazioni per la Marcia su Roma: moltis-

simi i giovani, tra cui un centinaio di skinhead, e questo fatto mi ha procurato un grosso dolore. Ma perché negano l'olocausto e odiano indistintamente zingari, extracomunitari, drogati, omosessuali? Non hanno mai visitato un campo di concentramento? Io ho visto quello di Dachau e il ricordo delle baracche, dei forni crematori, della fossa comune mi ossessiona ancora. E proprio a Dachau si legge: «Mai più». Ma sarà così, davvero «mai più»?

(Beatrice, Forlì)

Quando le cose vanno male (crisi economica, politica, morale) si cerca sempre di dare la colpa degli affanni e delle sconfitte a qualcuno. Di solito ai più indifesi, ai «diversi». Adolf Hitler risolse prima il problema di sei milioni di disoccupati, poi quello di sei milioni di ebrei.

Non era migliore, mi creda, l'Italia di Mussolini: Giorgio Amendola, un austero comunista, diceva che non eravamo mai stati, come popolo, tanto bene come dopo il 1945. Ma c'è chi rimpiange, più del duce, la propria giovinezza: che non era un dono del fascismo.

Sono stato anch'io a Dachau e ho visto il volantino pubblicitario che invita i turisti: «Località famosa per le trote e per il vino».

Per qualcuno il passato è un peso troppo forte da sopportare e ai giovani bisognerebbe raccontarlo, senza retorica e con pietà. Sono stati anni terribili segnati dal dolore.

Farsi giustizia da soli?

Viva la franchezza, ma sconcerta sentire il ministro della Giustizia, Martelli, che dice in tv: «La delinquenza dilaga, e se un cittadino, un negoziante per difendersi da clan e racket si arma e magari spara, ha ragione. Meglio il Far West della mafia...». Davvero?

(M.D., Perugia)

Meglio morire di pistola o di lupara? Che deliziosa alternativa. È pacifico che esiste da tempi immemorabili il diritto alla difesa: alla seconda guancia da porgere si ferma anche Gesù. È evidente che nel nostro Paese lo Stato arranca: se ti sequestrano, sequestra i tuoi beni, ma i rapimenti delle persone continuano. Non credo esista al mondo un altro posto dove questo crimine viene praticato con tanta insistenza. Si sa da sempre che una rivoltella non è, di per sé, come mi spiegò mister Cummings, il più grande mercante d'armi, un oggetto buono o cattivo, dipende dall'uso: abbatte un bandito o rende possibile una rapina.

La Repubblica italiana si affida, in buona parte, a sceriffi, guardie del corpo, tutori dell'ordine privati: vedi le banche, gli enti pubblici, le persone che possono costituire un obbiettivo dei malvagi.

Anna, in Italia, come nei film americani, se ha un'impresa nel Sud, è prudente che prenda il fucile. Forse non serve, perché ammazzano anche magistrati o poliziotti con la scorta, ma è sempre meglio di niente.

Il ministro Martelli non mi scandalizza: perché la sua dichiarazione non è un eccesso verbale, ma rispecchia la realtà. Io ho rispetto per quelle che chiamiamo, oggi impropriamente, «le forze dell'ordine»; risolvono spesso casi che sembrano disperati, ma non ci si può affidare sempre al miracolo.

La prospettiva di affrontare il futuro in carovana, attenti ai Sioux o ai Cherokee, ai contrabbandieri di Winchester e di whisky, con i bivacchi, i fuochi, il consueto stufato di fagioli e un po' di sparatorie nel «saloon», come avviene dai barbieri o nei caffè siciliani, non rallegra. Ma non è rassicurante neppure l'inno alla legalità: sappiamo di brave persone che non subirono i ricatti, denunciarono gli estorsori e finirono, sul marciapiede, coperte da un lenzuolo. Se uno, in certe condizioni, per difendersi spara, lo fa per legittima difesa.

1993

Da ricordare...

15 gennaio: dopo più di un decennio di latitanza catturato nel centro di Palermo Salvatore Riina, considerato il numero uno di Cosa Nostra.

16 gennaio: a Mercatale Val di Pesa (FI) è arrestato Pietro Pacciani, il presunto «mostro» di Firenze.

22 gennaio: allarmanti cifre sulla disoccupazione: sono senza lavoro il 40% dei giovani nel Mezzogiorno e il 15% nel Centro-nord.

29 gennaio: per tangenti, avvisi di garanzia a molti parlamentari, ministri ed ex ministri. Tanti altri ne arriveranno nei mesi successivi dalle procure di mezza Italia.

29 gennaio: il presidente americano Bill Clinton toglie la proibizione per gli omosessuali di arruolarsi nelle Forze armate.

31 gennaio: il nipote dell'ultimo imperatore d'Austria, Carlo d'Asburgo e Francesca Thyssen Bornemisza, discendente della celebre dinastia dell'acciaio, si sposano nella basilica di Mariazeli in Stiria. 800 gli invitati.

22 febbraio: il programma *Un giorno in pretura* dedicato al processo Armanini con Antonio Di Pietro pubblico ministero è seguito da 7.760.000 spettatori, l'ascolto più alto mai registrato da Raitre.

27 febbraio: è Enrico Ruggeri il vincitore del 43° Festival di Sanremo.

16 marzo: il Cip liberalizza, in via sperimentale, il prezzo di pane e latte.

27 marzo: clamoroso avviso di garanzia per Giulio Andreotti accusato da sei pentiti di concorso in associazione di stampo mafioso.

2 aprile: abolito l'intervento straordinario nel Mezzogiorno.

7 aprile: Renato Curcio, l'ex capo delle Br al quale il tribunale di sorveglianza ha concesso la semilibertà, esce dal carcere romano di Rebibbia.

7 aprile: il presidente della Repubblica Scalfaro concede la grazia a Massimo Carlotto. Era stato arrestato a Padova nell'86 accusato dell'uccisione della studentessa Margherita Magello, delitto per il quale si era sempre dichiarato innocente.

10 aprile: si apre a Riccione un convegno per parlare di una nuova tendenza giovanile arrivata da Seattle. Si chiama «grunge». Chi vi aderisce è contro le trasgressioni e coltiva valori positivi, come l'ecologia, il pacifismo e l'antirazzismo.

18 aprile: si svolgono le votazioni per 8 referendum. Per il sistema maggioritario per l'elezione al Senato i sì sono l'82,7%, i no il 17,3%; aboliti il finanziamento pubblico dei partiti e i ministeri dell'Agricoltura, del Turismo, delle Partecipazioni Statali.

14 maggio: un'autobomba esplode nel quartiere Parioli a Roma. I feriti sono 21. All'attentato scampa Maurizio Costanzo.

27 maggio: un'autobomba esplode in via dei Georgofili a Firenze: 5 morti, 29 feriti e danni agli Uffizi.

31 maggio: il principe Ranieri di Monaco compie 70 anni e affida il primo incarico di responsabilità al figlio Alberto, 35 anni, in occasione dell'ammissione del principato di Monaco alle Nazioni unite.

20 luglio: l'ex presidente dell'Eni Gabriele Cagliari, coinvolto in un'inchiesta per tangenti, si uccide in carcere a San Vittore. Il 22 si suicida con un colpo di pistola Raul Gardini.

27 luglio: un'autobomba uccide a Milano 5 persone. Poco dopo due autobombe esplodono a Roma davanti a San Giovanni in Laterano (22 feriti) e alla chiesa di San Giorgio al Velabro.

14-16 agosto: sciopero nazionale della fame nelle carceri per denunciare le precarie condizioni dei detenuti: vi aderiscono in 40.000.

17 agosto: il governo mette a disposizione 454 posti letto per accogliere i feriti della guerra in Bosnia. I primi 19 arrivano il 24.

31 agosto: a Torino la Fiat presenta la «Punto» per la quale sono stati investiti 5600 miliardi di lire.

13 settembre: a Washington, il ministro degli Esteri israeliano Shimon Peres e il rappresentante dell'Olp Abu Mazen firmano il protocollo d'intesa sull'autonomia dei territori occupati di Gaza e Gerico. Durante la cerimonia, esortati dal presidente Clinton, il leader dell'Olp Yasser Arafat e il primo ministro israeliano Yitzhak Rabin si stringono la mano.

30 settembre: liberalizzati i prezzi di tutti i prodotti petroliferi.

15 ottobre: premio Nobel per la Pace ai sudafricani Nelson Mandela e Frederik Willem de Klerk, per aver svolto un ruolo decisivo nello smantellamento del sistema di segregazione razziale nel loro Paese.

15 ottobre: il gossip non dà tregua alla principessa Diana. Sotto esame il suo guardaroba che conta 600 paia di scarpe e 400 cappelli. La moglie separata dell'erede al trono britannico spenderebbe per vestirsi oltre mezzo miliardo all'anno, più della regina Elisabetta e più di Caroline di Monaco.

17 ottobre: si installa all'Aja il tribunale internazionale incaricato dall'Onu di giudicare i criminali di guerra della ex Jugoslavia.

31 ottobre: muore a Roma Federico Fellini, il regista non

americano più premiato dagli Oscar. Ne aveva avuti 5: nel '56 per *La strada,* nel '57 per *Le notti di Cabiria,* nel '63 per *Otto e mezzo* e nel '74 per *Amarcord.* L'ultimo, alla carriera, l'aveva ritirato lo scorso marzo dalle mani di Sophia Loren e Marcello Mastroianni.

1 novembre: entra in vigore il trattato di Maastricht. Nasce l'Unione Europea, erede della Cee.

2 novembre: solo il 67% degli italiani paga la tassa sulla salute.

13 novembre: si rende noto che la produzione industriale nei primi 9 mesi dell'anno è calata del 3,8%.Cassa integrazione per 24.500 lavoratori di 282 aziende.

4 dicembre: gli interventi della francescana tifosissima della Lazio, suor Paola, sono già un «cult». *Quelli che il calcio...,* programma di Fabio Fazio, in onda su Raitre la domenica alle 14.30, riscuote sempre più successo.

5 dicembre: vittoria dei candidati progressisti al ballottaggio delle elezioni amministrative: Rutelli sindaco a Roma, Bassolino a Napoli, Cacciari a Venezia, Sansa a Genova, Illy a Trieste.

21 dicembre: inflazione al 4%, il livello più basso degli ultimi 24 anni.

27 dicembre: Aosta, seguita da Parma, è la città dove si vive meglio. Fra le regioni, in testa l'Emilia-Romagna con quattro città, Parma, Piacenza, Reggio Emilia e Bologna, fra le prime 10 (*Sole 24 ore*).

Il fascino dei brutti

Ho compiuto trent'anni da poco, vivo in famiglia (mamma, sorelle, cognati, nipotini), tutti mi vogliono bene e sarei proprio un ingrato se mi lamentassi. Ma, al di fuori di questa cerchia, non ho altri affetti: mi manca soprattutto una compagna con la quale dividere il resto della vita. E la ragione di questa condizione è presto spiegata: non dispongo di grandi mezzi (anche se posso contare su un lavoro, modesto ma sicuro) e non sono certo un Adone. Penso che di me si dica: «Sì, è un bravo ragazzo, ma è proprio bruttino», oppure: «Non è uno stupido, ma quest'altro ha più possibilità, mi dà più sicurezza». Oggi le ragazze ragionano così: si lasciano attrarre solo dall'apparenza e dai soldi. Ma le altre qualità non contano più? La felicità, fino a prova contraria, non si può certo comperare e credo ancora nella validità di certi valori, anche se si dovesse capovolgere il mondo. Comunque, illusioni a parte, la realtà è purtroppo questa: chi non possiede la casa al mare, l'automobile di figura, il gruzzolo in banca si deve rassegnare a una vita solitaria.

(M.C., Mantova)

Un proverbio spagnolo dice che non esiste uno specchio che abbia riverberato la figura di una donna brutta. Credo che la massima valga anche per gli uomini, che in qualche caso della facoltà di essere sgraziati addirittura abusano. Ricorda Sammy Davis jr? Diceva di sé: «Ho tutto contro: sono negro, ebreo e guercio». Eppure appassionava la platea e le ragazze. E a proposito del fascino: a suo parere, Carlo d'Inghilterra è matto perché è preso dalla matusa Camilla e non dalla giovane e gentile Diana? Di sicuro i soldi sono un forte richiamo, e non è vero che per vivere bastano un cuore e una capanna. Ci vuol altro. Ma non credo siano una condizione assoluta per sposarsi una grossa cilindrata e il conto corrente: mi creda, anche per i nullatenenti c'è la speranza di una ragionevole felicità.

Padre padrone

Sono un ragazzo di diciotto anni e ho un grosso cruccio: non sopporto più mio padre. Litiga ogni giorno con mia madre, spacca tutto quello che gli sta intorno, vuole sempre avere ragione, non è capace di accettare le critiche, anzi, se qualcuno azzarda un'osservazione, diventa ancora più violento. Credo sia pazzo. Mi auguro che non osi alzare le mani sulla mamma perché allora dovrei proprio reagire, a costo di mollargli un pugno in faccia. E non vorrei arrivare a tanto, ma ho il sacrosanto dovere di difendere questa povera donna alla quale io voglio, tra l'altro, un sacco di bene. Non mi dica di affrontarlo con calma e di parlargli: l'ho già fatto. Sembra capire, ma poi, dopo un giorno o due, tutto torna come prima.

(Andrea, Milano)

C'è un libretto terribile, si intitola *Lettere al padre* ed è opera di un grande scrittore, Franz Kafka, che si sentiva infelice e incompreso. Lei ha anche a che fare con un genitore violento: forse malato, di sicuro nevrotico. Spero anch'io che si limiti ad alzare soltanto la voce; ma lei cerchi di non ricorrere agli stessi sistemi. Se non può volergli bene, lo sopporti. Tentate di spiegarvi, di conoscervi. È un problema che hanno avuto in molti: anch'io. Poi rimangono i rimpianti e i rimorsi.

Reliquia vendesi

Dalle pagine di un quotidiano di inserzioni: «Reliquia braccio destro san Carlo Borromeo con teca e sigilli autentici erede vende al migliore offerente». Saldo o svendita? Dica un po' lei.

(A.A., Piacenza)

Di sicuro una occasione: ma soprattutto per misurare ancora una volta la grettezza e la miseria umane.

Il personaggio

A metà maggio, a Ginevra, metteranno all'asta molte cose che appartennero a Charlie Chaplin: non la leggendaria bombetta, il bastoncino di bambù, le scarpe troppo grandi, ma gli oggetti degli ultimi trent'anni della sua vita, il periodo svizzero, quando, inseguito dai furori del maccartismo, venne a cercare con la moglie Oona e i suoi sette bambini la pace e un rifugio in Europa.
Poi ci sono i suoi archivi e qualche abito da cerimonia: quello che indossò quando venne ricevuto dalla regina Elisabetta a Buckingham Palace, i cravattini di seta nera, le carte con le quali componeva interminabili solitari.
Poi dei quaderni di appunti e anche delle note di canzoni: componeva sempre, come è noto, la musica dei suoi film.
Non ci sono prezzi per questa gara e non si sa chi saranno i compratori: gente, di sicuro, che ama i ricordi e che conserva un sentimento di gratitudine per Charlot. «Io credo» diceva «al potere del riso e delle lacrime come contrappeso all'odio e al terrore.»
Nelle sue memorie afferma: «Il successo rende simpatici», ma non è vero. Suscita anche profondi rancori: e Charles Spencer Chaplin ha avuto modo di constatarlo

nella lunga e travagliata esistenza. Nato negli slums, nei quartieri miserabili di Londra, era arrivato a Corte: ma la sua propensione per le giovani donne e le sue idee politiche gli avevano procurato non pochi dolori. Dice un suo personaggio, Monsieur Verdoux: «Sono convinto che il peccato è un grande mistero, come la virtù».

L'esempio di Falcone

Sono studente di giurisprudenza. Dopo le stragi dell'anno scorso a Palermo, ho cercato di documentarmi sul tema della criminalità mafiosa che, in questo momento, mi pare uno dei problemi più gravi della nostra democrazia e mi sono convinto che ognuno di noi ha il dovere di fare la propria parte in una nuova «resistenza» da opporre alle trame di un certo potere.

Mi ha commosso e affascinato l'eroica e nobile figura di Giovanni Falcone e mi indigna sentire come alcuni rappresentanti del mondo politico e della magistratura cerchino di strumentalizzarne la figura e l'azione. A lei, una domanda. Perché la stampa che oggi esalta, a volte oltre il lecito, i giudici milanesi non sostenne prima, con altrettanto vigore, l'impegno ben più arduo e rischioso del giudice Falcone, un uomo intelligente e giusto che il mondo intero ha ammirato?

(M.G., Bologna)

Non è proprio così. Penso che Giovanni Falcone le più forti ostilità le abbia incontrate nel suo ambiente. Non dimentichi che il Palazzo di giustizia di Palermo era stato battezzato «dei veleni». Certo, ci sono anche giornalisti che non lo amavano: andavano dietro a degli oppositori che accusavano il giudice di essere addirittura un insabbiatore di processi.

L'ho conosciuto e gli ho parlato: era una persona riservata, concedeva poco allo spettacolo, a differenza di qualche suo collega. La sera del suo matrimonio ero a cena con lui e la sua sposa, a Palermo, in casa di un amico. Lo rivedo sorridente e fiducioso: con molti rimpianti. Adesso c'è chi cerca di sfruttare la sua vicenda e il suo sacrificio: è malinconico, ma si usa. «Con la morte» ha scritto un poeta tedesco «si spengono le fiamme dell'odio.» E si accendono le speculazioni.

Nel bene non c'è romanzo

Sento e leggo sovente che la gente si lamenta del cattivo funzionamento delle strutture pubbliche e in particolare degli ospedali. Giudizi tanto negativi da farmi pensare: «Speriamo che non succeda mai niente a me e alla mia famiglia»; mi terrorizzava l'idea di dover mettere piede in un pronto soccorso.

Invece ho dovuto proprio ricredermi: ai primi di aprile scivolo con il motorino su una macchia d'olio, in una zona centrale di Roma. Vigili urbani e carabinieri arrivano immediatamente sul luogo dell'incidente, mi soccorrono e nel giro di pochi minuti un'autoambulanza mi trasporta al Santo Spirito, dove vengo sottoposta a ogni genere di controllo: non è stato sottovalutato neppure un graffio. Mi sono detta allora: «Perché in Italia non si parla mai delle cose ben fatte, ma si mette in luce solo ciò che è negativo?». Mi è venuto così il desiderio di ringraziare quelli che fanno il proprio lavoro con impegno, con dedizione e che, per colpa dei pochi che tirano a campare, sono squalificati da tutti.

(Laura, Roma)

Perché, come ha detto uno scrittore cattolico, «nel bene non c'è romanzo». Non si parla delle coppie felici, ma degli sposi che si dividono, non dei professori che insegnano, ma di quelli ignoranti, non del pensionato che consegna il portafoglio smarrito, ma dello scassinatore delle offerte in chiesa. Fa molto piacere sentire che, se stai male, c'è qualcuno che si cura di te.

C'è pentito e pentito

È saggio, secondo lei, tenere conto delle parole dei cosiddetti pentiti che, in quanto tali, si permettono di calunniare chiunque? Mi riferisco, in particolare, al caso del senatore Giulio Andreotti, così malvagiamente colpito. Mi auguro perciò che i magistrati a cui sono state affidate queste difficili indagini tengano conto che certi personaggi, qualsiasi cosa dicano, non hanno niente da perdere e che quindi, per motivi che solo loro conoscono (vendetta? convenienza?), gettano fango a loro piacimento.

(C.B., Brescia)

Anche tra i pentiti bisogna distinguere: ci sono i calunniatori e ci sono quelli che, fino a oggi, non sono mai stati smentiti. Di solito si tratta dei più intelligenti: sanno che, alla prima menzogna scoperta, perdono la credibilità e la protezione. Crolla, anche per loro, l'immagine e ciò significa distruggere un minimo di certezza per il futuro.

Io conosco il più famoso, Tommaso Buscetta: so che tutto quello che mi ha raccontato ha trovato poi conferma nei fatti. E qualche volta li ha anticipati. Ha dato a Falcone la chiave per aprire la porta dietro la quale si nascondevano il potere e l'organizzazione di Cosa Nostra.

Ignoro che cosa sa e che cosa ha detto di Andreotti: se ha parlato di ciò che ha visto oppure di quello che ha sentito.

L'innocenza di P.P.P.

Perché la televisione non ripropone i bellissimi film di Pier Paolo Pasolini? Sarebbe una buona occasione per far conoscere ai giovani questo straordinario personaggio di cui si parla sempre meno: eppure è stato un ottimo scrittore, un valido cineasta, ma soprattutto un

uomo geniale. Io ho cominciato a seguirlo più che altro per curio-
sità: perché spesso ascoltavo giudizi ironici o vaghi. Qualcuno mi
ha raccontato anche che la gente lo insultava per le sue ambiguità.
Lei lo ha certamente conosciuto e mi piacerebbe sentire la sua opi-
nione su questa figura tanto discussa.

(S.C., Lanciano, CH)

Forse la stupirò: ma Pier Paolo era un innocente. Le sue propensioni non incrinavano la visione che aveva della vita: così sensibile alle ingiustizie, così appassionato alla ricerca di una possibile verità. Forse ha capito, e anche anticipato, come nessun altro, questa stagione drammatica, questo tempo infelice.

Il fatto

Adesso il vecchio Frankie è finito. Durante l'ultimo concerto, a Manhattan, la platea gli ha urlato: «Va' in pensione!». Se ne è andata «The Voice» – «La Voce» è il soprannome di Sinatra – ed è sparita anche la memoria; a un certo punto, rivolgendosi al figlio che dirigeva l'orchestra, ha gridato: «Ma dove diavolo sono finite le parole?».

Ormai la gente celebrava più la sua vita movimentata, le molte imprese più o meno sentimentali, piuttosto che i suoi innegabili meriti artistici. Di certo ha inventato uno stile; e sullo schermo, davanti al microfono e nell'esistenza di ogni giorno ha sempre rivelato un'inconfondibile personalità.

Ricordo la sua prima tournée italiana: sbarcò da un bimotore, con l'allegra compagnia del nutrito seguito e, soprattutto, con la più acclamata delle sue mogli, quell'Ava Gardner che il produttore Samuel Goldwyn aveva definita «il più bell'animale del mondo». Dovevo fare un servizio sul memorabile evento e ho in mente la bellezza dirompente della diva e la figuretta trascurabile del consorte, con la pelle del collo offesa dalle cicatrici di non so quale disavventura infantile. Anche l'esibizione non fu straordinaria, almeno per le aspettative, o le pretese, della rumorosa platea che, alla «Voce», avrebbe preferito una meditata visione del «corpo» (di lei) e gridava: «Ava, Ava». L'invocazione disturbò assai quello che gli americani consideravano il «Numero Uno»; non gli piaceva quell'invito, per nulla sottinteso: «Venga, ma accompagnato dalla sua signora». Adesso non lo vogliono più.

La solitudine

Sono un giovane di ventisette anni e quando avrà letto il mio sfogo si renderà conto di quanto è stata avara la vita con me. Dopo un'infanzia e una giovinezza senza amici, trascorse sognando di fare il cantante o il ballerino proprio per evadere dalla triste presenza di un padre depresso cronico, mi sono ritrovato a vent'anni in mezzo alle disgrazie e per di più rovinato fisicamente e mentalmente. Ho cercato di uscire da questa insopportabile situazione rifugiandomi in una comunità di accoglienza, ma una volta rientrato tra le mura domestiche sono ricominciati i miei problemi: solitudine, nessun punto di riferimento, niente lavoro e un padre sempre nelle stesse condizioni. Mi sono rivolto allora ai servizi sociali dell'Ussl: mi hanno teso una mano, trovato un appartamentino e per sei mesi provvederanno a pagare l'affitto. Ma poi? Dovrò pensarci io e non ho ancora trovato un'occupazione. Sono scoraggiato, ma soprattutto deluso da questa società indifferente a ciò che accade in certe famiglie che sono isole dove può succedere di tutto. E poi ci meravigliamo quando si leggono notizie tragiche.

(G.S., Arezzo)

Come dice il poeta Quasimodo: «Ognuno sta solo sul cuor della terra». Il problema che l'affligge non è suo padre depresso, ma la sua insicurezza. Almeno così mi sembra. Questa società è certamente egoista, ma già trovo inconsueto che le abbia offerto un appartamento. So che è difficile trovare un lavoro; ma dia un'occhiata fuori dal palcoscenico. Magari, per il momento, ai mercati generali. Con umiltà e con la voglia di provare a farcela da solo.

Milano razzista?

Luglio '93, autobomba in via Palestro, a Milano: 5 morti. Dicembre, giorno di sant'Ambrogio: 4 medaglie. Gli «ambrogini» del Comune alla memoria del vigile urbano e dei pompieri morti, niente al marocchino ucciso mentre dormiva su una panchina. Non sa di razzismo?

(F.A., Como)

Spesso amo ricordare che Giovanni Giolitti diceva che un sigaro e una croce di cavaliere non si negano a nessuno. Il discorso, credo, vale anche per una medaglia, assegnata magari a un marocchino, vittima innocente della follia omicida. Driss Moussafir era arrivato in cerca di salvezza: ed è stato ucciso, una notte, mentre cercava di dormire su una panchina. Ma non è il caso di parlare di discriminazione anche fra poveri morti e tantomeno di razzismo. Gli «ambrogini» che Milano assegna il giorno del suo patrono vanno a cittadini benemeriti. E il sindaco leghista Formentini ha spiegato la non facile esclusione dicendo: «Abbiamo voluto onorare la memoria di chi è morto per assolvere un dovere civico, come i tre vigili del fuoco e il vigile urbano». E il povero «vu' cumprà» non ha meriti: il suo valore è forse nella rassegnazione alla sfortuna, nella forzata accettazione dell'ineluttabile. A ben vedere, se avessero deciso di dare anche a lui l'«ambrogino», nella scelta ci sarebbe stata una qualche retorica, uno slancio sentimentale che avrebbe appannato una lucida classifica dei meriti.

Evitiamo inutili polemiche. O discutiamo, più seriamente, di altre onorificenze, simboli sprecati di inesistenti virtù: quanti «cavalieri del lavoro» hanno ricevuto, oltre all'attestato che li decora, un avviso di garanzia? Quanti nastrini decorano i frac o gli smoking di certi politici che devono andare a rendere conto del loro operato in tribunale? La storia triste dell'uomo di colore può solo farci riflettere sulla fatuità delle vicende umane, su quella grande e misteriosa lotteria che è la vita. Del resto, diceva un grande pittore, Francis Picabia, gli uomini coperti di croci fanno pensare a un cimitero. Penso che le autorità di Milano farebbero un nobilissimo gesto se elargissero qualche concreto contributo alla famiglia del defunto. Che di croci ne aveva già avute abbastanza.

1994

Da ricordare...

1 gennaio: disagi nelle farmacie per il primo giorno di applicazione delle nuove norme sui medicinali.

9 gennaio: arrestati i ragazzi che hanno ucciso una donna lanciando un masso da un cavalcavia sull'autostrada A22 del Brennero.

11 gennaio: Indro Montanelli lascia *Il Giornale*. Fonderà il quotidiano *La Voce*.

18 gennaio: si scioglie la Dc e nascono due nuove formazioni: il Partito popolare italiano (Ppi) e il Centro cristiano democratico (Ccd).

25 gennaio: con un accordo extragiudiziale, la popstar Michael Jackson offre diversi milioni di dollari alla famiglia del ragazzo che lo ha accusato di molestie sessuali.

26 gennaio: con una videocassetta distribuita alle tv, Silvio Berlusconi annuncia il suo impegno diretto in politica. Fonda il partito Forza Italia.

28 gennaio: un giornalista e due operatori italiani, inviati del Tg1, sono uccisi da una granata a Mostar in Bosnia-Erzegovina.

2 febbraio: un sondaggio afferma che per il 26% degli italiani l'uomo più affidabile della politica è Silvio Berlusconi (Doxa).

4 febbraio: strage del pane a Sarajevo. 8 morti (tra cui 2 bambine) per tre granate lanciate sulla gente in fila per la distribuzione di generi alimentari.

26 febbraio: Aleandro Baldi, cantante non vedente, vince il Festival di Sanremo con la canzone *Passerà.* Anche tra i giovani vince un non vedente, Andrea Bocelli, con *Il mare calmo della sera.*

27 febbraio: le Olimpiadi si concludono per l'Italia con un medagliere mai raggiunto (7 oro, 5 argento e 8 bronzo).

3 marzo: la commissione parlamentare di vigilanza sulla Rai chiede la sospensione delle trasmissioni di satira (*Blob*, *Tunnel* e *Schegge*) fino alle elezioni. La Rai rifiuta.

20 marzo: Somalia: uccisi in un'imboscata Ilaria Alpi, giornalista del Tg3, e il cineoperatore Miran Hrovatin.

21 marzo: assegnati i premi Oscar. 7 statuette per il film *Schindler's list* di Steven Spielberg.

23 marzo: a 5 mesi dalla scomparsa del marito Federico Fellini, muore a Roma Giulietta Masina, 73 anni.

28 marzo: i risultati elettorali assegnano il 46% dei voti al centro-destra: Forza Italia è il primo partito e il Polo delle Libertà (Fi, An, Lega e Ccd) conquista la maggioranza assoluta alla Camera con 366 seggi e quella relativa al Senato con 154 seggi.

5 aprile: record d'ascolti e polemiche per *Combat film*, in onda su Raiuno, che mostra le immagini inedite girate dagli operatori dell'esercito americano in Italia nel '43-'45. La trasmissione è accusata di mettere sullo stesso piano fascismo e antifascismo.

13 aprile: un documento vaticano autorizza le bambine a fare le «chierichette», ma occorre il permesso del vescovo.

1 maggio: Ayrton Senna muore in un incidente nel gran premio di San Marino di Formula 1.

2 maggio: negli Stati Uniti una giuria di Detroit assolve Jack Kevorkian, il «dottor Morte», paladino dell'eutanasia. Dal '90 ha aiutato a morire 20 persone.

7 maggio: il giudice Antonio Di Pietro dopo un colloquio con Berlusconi rifiuta l'invito a entrare nel governo come ministro dell'Interno.

19 maggio: muore a New York, stroncata da un tumore, Jacqueline Bouvier Kennedy Onassis, 64 anni.

23 maggio: la Palma d'oro del Festival del cinema di Cannes va al film *Pulp Fiction* di Quentin Tarantino, film culto degli anni Novanta.

4 giugno: l'attore e regista Massimo Troisi muore per un infarto.

23 giugno: maxi operazione della polizia contro l'assenteismo a Napoli. Accusati di truffa aggravata ai danni del Comune, finiscono in carcere 160 netturbini.

28 giugno: in un'intervista televisiva Carlo d'Inghilterra confessa di essere stato infedele alla moglie Diana.

18 luglio: a Roma nasce Riccardo, concepito da una donna di oltre 62 anni, Rosanna Della Corte, dopo un'inseminazione artificiale eseguita dall'equipe del ginecologo Severino Antinori.

12 settembre: a Polistena (RC) una bimba di 2 mesi, Maria Ilenia Politanò, muore durante una veglia medianica per le percosse ricevute da genitori e altri congiunti, che la credevano «posseduta» dal demonio.

15 settembre: la pornostar più famosa d'Italia, Moana Pozzi muore in un ospedale di Lione.

18 settembre: nella tenuta del Borro (AR) un matrimonio in perfetto stile country, celebrato sotto un tendone bianco tra fragranze fruttate, per Mafalda di Savoia Aosta, 25 anni, figlia del duca Amedeo e di Claudia d'Orleans, e Alessandro Ruffo di Calabria, 30 anni, nipote di Paola del Belgio.

1 ottobre: al policlinico di Messina muore Nicholas Green, il bambino americano ferito in un tentativo di rapina sull'autostrada Salerno-Reggio Calabria. I genitori autorizzano l'espianto degli organi.

2 ottobre: in un'intervista al settimanale *News of the World* il maggiore James Hewitt rivela di essere stato per 3 anni l'amante di lady Diana Spencer.

26 ottobre: secondo l'Istat, in 3 anni, medici omeopati e farmacie omeopatiche sono quasi raddoppiati. L'omeopatia è stata «sperimentata» da 1.400.000 persone. Il ricorso all'agopuntura ha coinvolto invece 1.200.000 persone.

6 novembre: l'ondata di maltempo sul Nord provoca alluvioni e straripamenti devastanti soprattutto in Piemonte e Liguria. I morti accertati sono 65, i dispersi 7, i senzatetto più di 10.000.

11 novembre: a 89 anni, muore a Milano la soubrette Wanda Osiris.

21 novembre: la Procura di Milano iscrive nel registro degli indagati il nome del presidente del Consiglio, Silvio Berlusconi.

6 dicembre: dopo aver concluso la requisitoria nel processo Enimont, Antonio Di Pietro si toglie la toga e lascia la magistratura. Le sue dimissioni saranno ratificate il 27 aprile dell'anno successivo.

10 dicembre: a Oslo in Norvegia cerimonia di consegna dei premi Nobel per la Pace ad Arafat, Rabin e Peres.

In classe o in corteo?

Avevo deciso, trattandosi del mio ultimo anno di scuola, di non aderire agli scioperi. Ma con quale risultato? La reazione dei professori mi ha fatto proprio passare la voglia di applicarmi con diligenza, perché si sono mostrati infastiditi, o addirittura irritati, quando io, con qualche altra compagna, entravo in aula mentre il resto della classe andava a manifestare in piazza.

È vero che far lezione a solo tre o quattro allieve non dà soddisfazione, ma le confesso che non mi aspettavo certo questa insofferenza nei nostri riguardi e sono rimasta disgustata e delusa. Così ora, oltre ad avere perduto fiducia nel corpo docente, mi sono convinta che la scuola è «naufragata» anche per colpa loro. E poi sono sempre indecisa su come è meglio fare: insistere a entrare in classe perché ritengo che sia la cosa più giusta (anche se ho contro gli insegnanti che perdono una giornata libera con paga)? Oppure accodarmi ai cortei dei miei compagni che protestano perdendo ore di lezione?

(S.R., Catania)

La protesta usava anche ai miei tempi, specie durante le ore di matematica: e sempre per motivi patriottici e ideali. Lo sappiamo tutti che la scuola non funziona: come la giustizia, i trasporti, la burocrazia. Ma sono anche convinto che le responsabilità non sono soltanto del malgoverno: esistono anche i cattivi maestri e di sicuro molti professori svogliati.

La violenza dei grandi

Quando leggo di squallide storie di violenza sulle bambine, provo sempre molta sofferenza perché, purtroppo, mi fa tornare alla mente un periodo triste della mia esistenza. Anch'io, dai nove anni in su, ho subìto questo genere di molestie e «ci stavo», non perché capivo fino in fondo il significato di certi gesti o perché ardevo dal desiderio di avere un po' di piacere, ma perché, non avendo una guida (ero orfana di padre e mia madre non capiva niente), non distinguevo il bene dal male e non avevo regole morali.

Tutti si sentivano in diritto di approfittarne: parenti, amici e in particolare uno zio che aveva un negozio e con la scusa di darmi lavoro la faceva proprio da padrone. Ora, a trentasette anni, mi ritrovo con una gran voglia di pulizia e sono contenta di avere avuto il coraggio di scriverle queste mie esperienze dal momento che non ho mai potuto confidare a nessuno il mio segreto. Non le nascondo poi che quando ho sentito la reazione che ha avuto il padre della bambina di Civitavecchia nei confronti dello stupratore ho avvertito un senso di ammirazione e di liberazione: a distanza di anni qualcuno mi aveva vendicata.

(Luisa, Vicenza)

Cara Luisa, il suo scritto è la prova che c'è una purezza di cuore che nulla riesce a sporcare. Non esiste il peccato, secondo me, quando non c'è il senso della colpa. Quando il gioco del «dottore», che nei bambini è curiosità, coinvolge invece la brutalità dei «grandi». Lei si è «liberata» con questa lettera, non con quel bastone usato impropriamente dal padre della ragazzina. E non dimentichi che gli adolescenti sono crudeli, mentre certi zii e cognati sono delinquenti.

Un anno di carcere per assenteismo?

La maestra M.C., quarantadue anni, per la scuola di Arona, sul Lago Maggiore, era malata (con certificati medici), però faceva l'as-

sessore nel suo paese al Sud. E il pretore l'ha condannata a ben tre-
dici mesi di carcere per assenteismo. Una sentenza che fa discutere:
non sarà esagerata?

(V.M., Modena)

Sì, forse la sentenza è troppo severa: ma bisognava pure cominciare, facendo capire che adesso chi sbaglia paga. Sono
troppi i burocrati che soffrono di nevrosi e di depressione,
ma una maestra che su un anno scolastico è presente soltanto undici giorni non ha niente da insegnare ai ragazzini. Ha
una salute non solo cagionevole, ma soggetta a variazioni
ambientali: sofferente ad Arona, la signora invece diventa al-
legrona a Episcopia, in Basilicata, dove ha la residenza. Abbiamo visto scioperi di impiegati romani che volevano andare a prendere il cappuccino con il maritozzo, e nelle ore di
ufficio, fuori dal ministero; c'è in piedi una inchiesta su funzionari di polizia che avevano inventato, niente meno, l'in-
dennità di cravatta. Elegantoni.
     Vanno ristabilite certe regole: il Vangelo parla di «giusta
mercede», alla quale deve corrispondere un'onesta presta-
zione. È furto prendere una paga per un lavoro non fatto:
proprio come intascare una tangente. Ma questo, per antica
tradizione, è un Paese dalla sfrenata furbizia e dalle mille risorse: vedi le magliette con le false cinture da automobilista
inventate a Napoli. Gaetano Afeltra mi ha raccontato che
ad Amalfi, sulla strada che portava al tribunale, c'era un po-
veraccio che al passaggio degli avvocati sussurrava: «Serve
un testimone falso?». Non sono affatto una conferma della
genialità meridionale, che meriterebbe applicazioni diverse; nei miei deplorevoli trascorsi studenteschi c'era un tizio
che si noleggiava come congiunto per giustificare scorrettis-
sime assenze.
     Forse è venuto il momento di ristabilire quel principio
proclamato, prima che dagli ingenui socialisti dell'Ottocen-

133

to, da san Paolo: «Chi non lavora non mangia». Fino a oggi c'è chi invece si è ingozzato troppo e senza far nulla. L'assenteismo, insomma, non è una forma di protesta sociale: è un furto. La maestrina punita faceva poi, al natio borgo selvaggio, l'assessore: amministrava la cosa pubblica, ma, come si è visto, con qualche propensione, secondo i magistrati, per il privato.

Alcolisti

Mi piacerebbe sapere come giudica quelli che ostacolano il progetto di liberalizzazione della droga, ma che seguono imperterriti, e forse incuriositi, gli spot televisivi che invitano a bere in compagnia. Io, e non sono certo l'unica, ho visto morire mia madre alcolizzata e, vivendole accanto, ho conosciuto una realtà impressionante, da incubo: un lento e logorante stillicidio che distrugge non solo chi non sa resistere alla voglia di bere, ma anche chi deve prendersi cura di questo particolare tipo di malato. E allora, occuparsi solo di droga e di drogati (perché è un problema più attuale) non è forse ipocrisia? E perché non pubblicizzare anche la droga?

(M.R., Milano)

Hanno vietato la pubblicità del tabacco, ma la gente, nonostante le avvertenze stampate sui pacchetti di sigarette, continua a morire di cancro. Non si salva chi non vuole salvarsi e non bastano le leggi a imporre la virtù.

Perché l'antisemitismo

Prendo spunto da Schindler's List, *il film di Spielberg, per chiederle chi sono gli ebrei. Ho trentatré anni e nel corso della mia vita, prima studiando la storia e poi seguendo la stampa e la televisione,*

ho avuto modo di constatare (almeno così mi sembra) che questo po-
polo non è mai stato molto amato. Anzi, c'è ancora chi vorrebbe ster-
minarlo. Ma che cosa ha fatto questa gente per meritarsi tanto odio,
che cosa vuole? Ho interpellato i miei amici, ma nessuno mi ha mai
risposto in modo esauriente. E allora giro la domanda a lei.

(C.V., Comedo, VC)

Da che cosa nasce l'antisemitismo? Forse dal fatto che gli israeliti si consideravano, o si considerano, il popolo eletto? Forse perché in Polonia formavano la metà della classe dirigente e in Germania erano il sale dell'intelligenza? Su quaranta premi Nobel dati ai tedeschi, undici li avevano presi loro e tra questi illustri c'era anche uno strano tipo che si chiamava Einstein. Ma c'era chi identificava nel giudeo tutti i mali del mondo.

Lo sterminio cominciò con i crociati che, arrivando a combattere da lontano gli infedeli, non volevano lasciarne alle spalle qualcuno. Li accusavano di tutte le colpe: crocifissione di Gesù, uccisione di battezzati per utilizzarne il sangue nelle cerimonie di culto; quando scoppiano le epidemie la colpa è sempre loro.

La Chiesa condanna il prestito a interesse, ma l'economia non può svilupparsi senza disponibilità finanziarie e la società li costringe a lasciare i campi e i villaggi insicuri per cercare protezione dietro le mura cittadine, e vuole che sia lo «Jude», così lo chiamano, a commerciare il denaro. Prima esercitava ogni mestiere, ma le corporazioni non sopportavano la sua concorrenza. Per lui avere denaro liquido è un obbligo: una cassetta è comoda da portare via nella fuga. Non aveva nessuna vocazione speciale per la banca e gli affari: è la situazione che lo costringe a specializzarsi.

Si è chiuso, per un bisogno di protezione e per pregare insieme, in un quartiere; poi la legge lo obbliga nel ghetto: può uscirne solo in ore stabilite. Il IV Concilio del Laterano gli ordina anche di portare dei vestiti che lo distinguano: un cappello giallo per gli uomini e un velo per le donne; Hitler imporrà poi la stella di David per tutti. Nel Settecento, ogni principe ha il suo «ebreo di corte», che consiglia e rischia.

Quando possono gli ebrei si buttano nelle professioni liberali: giornalismo, politica, credito. E non sono visti con simpatia, né da alcuni grandi del pensiero, né da molta gente: in Germania, Kant e Wagner ne parlano con diffidenza. Troppo bravi e troppo ricchi.

Mi sono dilungato, ma spero di averle fornito qualche utile notizia per capire.

Il riscatto e il coraggio

Sono di Casal di Principe (Caserta), il paese tristemente conosciuto per la camorra, dove il 19 marzo scorso è stato commesso un atto infame: l'uccisione di don Peppino Diana. Non le scrivo per dirle che sono tutte chiacchiere e che i camorristi qui non esistono: ci sono, e pure numerosi. Li vediamo ogni giorno su lussuose automobili di grossa cilindrata, o camminare a testa alta, fieri della loro voglia di dominare, di possedere, non importa come. Abitano in ville che sembrano regge, le donne sfoggiano vestiti e gioielli, ma non hanno amici tra la gente comune. Perché gli onesti sono la maggioranza, una maggioranza che soffre soprattutto quando la terra si sporca di sangue.

Il giorno dei funerali di don Peppino ho visto che a rendere omaggio alla salma c'erano anche tanti giovani e questo mi ha un po' confortato perché per loro è più facile entrare nel tunnel. In quella piazza non si sentiva neppure fiatare, molti piangevano, forse intitoleranno una strada alla sua memoria, e questo è bello, anche se non servirà a mitigare il crepacuore della madre e il rimpianto dei parrocchiani. Perché le ho scritto? I giornali hanno presentato questo paese

*come un inferno e questi giudizi, oltre ad addolorarci, finiranno con
il toglierci anche la speranza di poterlo tramutare un giorno in paradiso. Abbiamo bisogno di aiuto.*

L'aspetto più malinconico della sua onestissima lettera anonima è il fatto che non è firmata. Capisco, ma è sconsolante.

Il personaggio

C'era chi tifava per Prost e chi per Senna: adesso sono
tutti dalla parte di Ayrton. La morte, ha detto un poeta,
spegne le fiamme dell'odio: figuriamoci se non cancella
le rivalità, anche quelle sportive, che sono sempre fazio-
se. Ma la triste parabola del giovane campione brasiliano
è anche una lezione sulla vita. Ricorda la fragilità del successo e quanto è provvisoria l'avventura umana. Sui fatti
di Imola si è scatenata, come sempre accade davanti a
queste tragedie, la retorica, e non solo quella nazionale:
dimenticando quanto c'è di crudele e di implicito in questo genere di manifestazioni, che ad André Frossard, un
acuto scrittore, accademico di Francia, ricordano le corse
dei carri dei romani: i conducenti avevano il permesso di
eliminarsi a vicenda, buttandosi fuori pista e colpendosi
anche con i manici delle fruste. Ho letto una poco nota
confessione del pilota caduto, che è una conferma: «Penso alla morte, evidentemente. In questo sport il pericolo
è un elemento fondamentale. Qualche volta ti spinge alla
sfida sotto la pioggia, senza visibilità, senza aderenza.
Dobbiamo prenderci dei rischi. Ma quanti? E fin dove?
Se vai troppo forte, può costarti molto caro. Se rallenti,
qualcuno ti passerà davanti. Il problema è trovare il punto di equilibrio. E il margine è minuscolo». Si è visto: ma
non è accaduto niente. Come nel circo, lo spettacolo deve continuare. Avanti con il prossimo «numero».

Un premio ai somari?

Da anni di parole ai fatti: approvato dal governo un disegno di legge che abolisce gli esami di riparazione a scuola. Cambiamento storico, reazioni contrastanti. Si elimina così un costoso e inutile rituale, costringendo a studiare di più? O magari si premiano i somari?

(S.A., Vercelli)

Il rischio c'è, in questo nostro Paese. Ma procediamo con ordine: intanto si castigano quei professori che d'estate fanno qualche soldo (quasi sempre senza ricevuta fiscale) con le ripetizioni. Forse riceveranno una integrazione, perché l'anno scolastico dovrebbe protrarsi fino alla metà di luglio. Ho sempre pensato che in un paio di mesi è improbabile che un ragazzo «ripari» matematica, italiano e inglese, per fare un esempio, ma io stesso ho qualche dubbio che il progetto del ministro D'Onofrio diventi una specie di condono per gli svogliati o gli incapaci; il seguito di quello che si sta facendo per gli evasori fiscali e i costruttori abusivi.

Mi piace l'idea dei «corsi di sostegno» per i più deboli e per i più poveri, quelli che hanno dovuto sempre arrangiarsi, perché la famiglia non poteva permettersi il lusso delle lezioni supplementari. Nobile il proposito di porre la scuola «al servizio dello studente»: ma di quello che fa il suo dovere, che si impegna, perché non ci si siede sui banchi solo per ricevere nozioni, ma anche per formare un carattere. I princìpi della riforma sono buoni, però, tutto sommato, non abolirei la prova di autunno: ma quando è presumibile un recupero, e non intesa come una punizione o un rituale.

Ho girato il mondo: di solito, il 1° settembre, si vedono le strade affollate di grembiulini colorati, di ragazzi con i libri che tornano nelle aule. È possibile tentare anche da queste parti? E qual è, amici insegnanti, la categoria che ha tre mesi, o poco meno, di vacanza? Uno, come tutti, non sarebbe più giusto? Ecco, questa è un'altra riforma da fare, se vogliamo che la scuola diventi una cosa seria anche da noi. Penso però che sia quasi impossibile adeguarsi a un calendario di tipo europeo: si rischia la rivolta degli albergatori e di chi campa sul turismo. La nostra Repubblica è fondata sul lavoro, sì, ma di solito degli altri.

Cercasi «mamma a ore»

In una pubblicazione di inserzioni gratuite leggo: «Famiglia di due persone con neonato cerca seconda mamma per organizzazione casa e bambino. Stipendio fisso. Telefonare numero...». Suo coetaneo, ho sempre sentito dire, condividendo, che «di mamma ce n'è una sola». Che ne pensa di una «mamma» del genere o, meglio, secondo me, degenere?

(L.P., Firenze)

Viviamo in una società che tende a delegare. Si scambiano le mogli, si noleggiano le madri. Non una balia, una precettrice, una maestrina. Forse servirebbe anche un secondo padre. Leggo nel *Dizionario del diavolo* di Ambrose Bierce, alla voce mammiferi: «Famiglia di animali vertebrati le cui femmine, allo stato naturale, allattano i loro piccoli, ma, una volta civilizzate e istruite, li affidano a una nutrice o utilizzano un biberon».

Belli e brutti

«Meglio esser buoni che belli» sentenziano le madri ai figli insoddisfatti del loro look nella convinzione di confortarli e di insegnare lo-

ro la virtù. Ma esser buoni è forse una consolazione? E poi ai giorni nostri è sempre così conveniente?

(R.C., Genova)

Non c'è sempre un rapporto tra le due condizioni. Lucifero era l'angelo più bello e disobbedì, peccò di orgoglio, perché era poco intelligente.

Di una ragazza bruttina in genere si dice che è un tipo, di un giovanotto così così che è intelligente. Jean Gabin, con quell'aria da sergente o da meccanico della Renault, era considerato più affascinante di Alain Delon: fu amato da Michèle Morgan e da Marlene Dietrich, che lui teneramente chiamava «Krautì».

Si è buoni per sé, non per gli altri. E poi il bene non fa rumore.

Il fatto

Ogni tanto si legge: «È un reduce del '68». E la definizione pare nasconda epici significati: ricordate i superstiti del Quadrato di Villafranca, che non si lavavano più la mano con cui avevano stretto quella del re? Si scrivono anche libri per rievocare quell'epoca e forse si tratta di uno spreco di parole perché non caddero né il Palazzo d'Inverno e neppure la Bastiglia. Che, del resto, quando venne occupata, era vuota.

Nulla di male se i reduci di quella stagione rivivono con nostalgia un momento magico della giovinezza. Ma ricordo che all'università si facevano gli esami di gruppo. A medicina ci fu uno studente che si rifiutò di parlare della gotta perché la considerava una malattia da benestanti.

C'erano professori che per far vedere quanto erano democratici si facevano dare del tu dai discepoli: il che non alzava i banchi, ma abbassava la cattedra.

Le femministe volevano bruciare i reggipetti: ma non tutte le ragazze potevano concedersi tanta liberazione. Quell'arnese, si dice, trattiene i forti e rafforza i deboli. Nei giornali si affermava, indipendentemente dalla sintassi, l'arduo principio dell'uguaglianza. Ricordo le polemiche sul nozionismo: c'era chi confondeva Rinascimento e Risorgimento.

In Russia fu Stalin che stabilì, con un gesto reazionario ma opportuno, che i somari andavano bocciati. Ricordo quando una delegazione di compratori americani venne accolta a pernacchie da un gruppetto di metalmeccanici dell'Alfa di Arese. Ce l'avevano con l'imperialismo Usa. Più tardi Occhetto ha spiegato ai capitalisti della City la bellezza del socialismo democratico. Con il Muro di Berlino sono cadute anche rispettabili illusioni e parecchie bugie.

Un giorno l'ammazzerò

Sono un padre condannato a subire quotidianamente le prepotenze di un figlio prima alcoldipendente e adesso drogato, che fa fuori un milione, un milione e mezzo al mese, oltre a portare malumore e malessere in famiglia. Ha venticinque anni, è un tipo violento e, pur avendo tentato tante cure, è recidivo. Ora mia moglie e io non abbiamo più la forza di sopportare questo continuo tormento, il medico di famiglia non sa più cosa consigliarci, i carabinieri neppure e noi non possiamo farlo ricoverare per forza. Siamo praticamente rimasti soli a reggere il peso delle minacce e dei suoi «tiri da matto». Perché i signori ministri non si decidono a cambiare le leggi? Hanno addirittura consentito la minima dose per uso personale: si vede proprio che non sanno cosa vuol dire vivere questa esperienza disperata. Io intanto ho de-

ciso: se non succede un miracolo, un giorno o l'altro l'ammazzo. La prego, pubblichi pure questo mio sfogo e stia bene lei che può.

(L.T., Verona)

Guardi, nemmeno io posso: ognuno, mi creda, ha qualche problema. Ma il suo mi sembra molto più angoscioso dei miei piccoli guai: non è sempre vero che, come diceva Titina De Filippo, «i figli sono figli». Ci sono situazioni insostenibili e non c'è amore che possa rendere accettabile la violenza o la pazzia. Ho ascoltato lo sfogo di un tassista che ha in casa un ragazzo dimesso dai vecchi manicomi: un inferno. Non basta fare leggi umane, bisogna anche prendere atto della realtà. Mi rendo conto della sua disperazione: a questo punto non è lei che deve sparare, ma tocca allo Stato intervenire. Se i carabinieri non l'ascoltano, provi con i giudici.

1995

Da ricordare...

23 gennaio: debutta *Il Fatto* di Enzo Biagi, trasmissione di approfondimento in onda su Raiuno subito dopo il Tg delle 20. Nella prima puntata l'analisi dei 7 mesi del governo di Berlusconi.

27 gennaio: il congresso di Fiuggi approva la proposta del segretario Gianfranco Fini di trasformare il Msi in Alleanza Nazionale.

4 febbraio: dopo il caso di Civitavecchia, statue della Madonna cominciano a piangere in tutta Italia.

9 febbraio: in un agguato in Somalia ucciso l'operatore del Tg2 Marcello Palmisano, ferita la giornalista Carmen Lasorella.

13 febbraio: Romano Prodi entra in politica alla guida del centro-sinistra e annuncia la costituzione del «Comitato per l'Italia che vogliamo», il cui simbolo è un albero di ulivo.

18 febbraio: Massimo Moratti è il nuovo presidente dell'Inter.

23 febbraio: a Los Angeles, il campione olimpico di tuffi Greg Louganis annuncia di avere l'Aids.

26 febbraio: al Festival di Sanremo vince Giorgia con *Come saprei.*

20 marzo: in Giappone 12 morti e 3800 intossicati per un attentato con gas nervino in metropolitana. Responsabile la setta Aum Shinrikyo.

28 marzo: nella cerimonia di consegna dei premi Oscar, pioggia di premi per *Forrest Gump* di Robert Zemeckis.

1 aprile: parte il servizio radiomobile con standard Gsm.

7 aprile: a Brescia, Antonio Di Pietro è iscritto nel registro degli indagati. Riceverà altri avvisi di garanzia, ma sarà sempre prosciolto dalle accuse.

12 aprile: chiude il quotidiano *La Voce* fondato da Indro Montanelli.

2 maggio: comincia l'attività dei giudici di pace.

10 maggio: scatta l'operazione Salento disposta dal governo per contrastare l'immigrazione clandestina in Puglia. Oltre 500 militari pattugliano sino al 30 giugno circa 70 chilometri di costa tra Brindisi e Santa Maria di Leuca.

14 maggio: trovata morta nella sua casa di Cardano al Campo (VA) la cantante Mia Martini.

17 maggio: arrestato a Creta Marco Furlan, 35 anni, fuggito nel '91 dal soggiorno obbligato. Era stato condannato a 27 anni per una serie di omicidi firmati dal gruppo «Ludwig». Sarà estradato in Italia nel gennaio '96.

23 maggio: secondo l'Istat, gli incidenti del sabato sera provocano 8,4 morti ogni 100 sinistri, esattamente il doppio rispetto alla media degli incidenti.

11 giugno: si vota per 12 referendum. Tra gli esiti, sì alla privatizzazione della Rai, no all'interruzione pubblicitaria dei film in tv.

21 giugno: inaugurata a Roma la più grande moschea d'Europa.

1 luglio: dopo 4 anni di attriti in famiglia, Sua Altezza Stephanie Grimaldi, principessa di Monaco si sposa con Daniel Ducruet, ex guardia del corpo. La coppia ha già due figli, Louis e Pauline.

6 luglio: il ministro della Sanità Guzzanti annuncia la sperimentazione della pillola del giorno dopo.

20 luglio: a Sestri Levante, Carlo Nicolini uccide i genitori e li fa a pezzi.

21 luglio: Bettino Craxi è formalmente dichiarato latitante.

21 luglio: la Cassazione stabilisce che un genitore «single» non può adottare bambini.

4 agosto: la Camera approva in modo definitivo la riforma delle pensioni.

11 agosto: Giovanni Agnelli annuncia l'ingaggio alla Ferrari di Michael Schumacher per il Campionato del mondo di Formula 1 1996.

16 agosto: arrivano in Italia Aladin e Sanja, bambini bosniaci privi di una gamba, per essere curati in una clinica di Budrio (BO).

27 agosto: Marco Pannella e altri militanti radicali vengono arrestati per aver distribuito a Roma bustine con hascisc e marijuana.

2 settembre: Anna Valle, siciliana, è eletta Miss Italia.

5 settembre: a Mururoa, nella Polinesia francese, il primo di una serie di esperimenti nucleari.

12 settembre: il traffico soffoca le città italiane, il Censis calcola che per andare al lavoro gli italiani impiegano 2 ore al giorno.

26 settembre: a Palermo comincia il processo contro il senatore Andreotti. Verrà assolto nel 1999.

28 settembre: la Camera approva la nuova legge sulla violenza sessuale.

18 ottobre: Marco Pantani viene ferito gravemente da un'auto pirata durante la «Milano-Sanremo».

4 novembre: in Israele un estremista di destra uccide il primo ministro Yitzhak Rabin durante un comizio.

21 novembre: a Dayton (Usa), Milosevic, Tudjman e Izetbegovic siglano un accordo di pace per la Bosnia.

21 novembre: estradato dall'Argentina, arriva Erich Priebke, l'ex capitano delle SS, responsabile dell'eccidio delle Fosse Ardeatine.

9 dicembre: Antonio Di Pietro espone il suo programma politico su un quotidiano.

13 dicembre: un aereo romeno precipita dopo il decollo dall'aeroporto di Villafranca; 49 morti, 31 dei quali italiani.

I nuovi nobili

Mesi fa, durante una vacanza in Germania, prestai soccorso a una coppia di anziani e distinti signori che con il loro autista erano rimasti impantanati in una stradina poco frequentata. Dopo i convenevoli del caso, mi chiesero chi ero, dove ero diretto e si rifecero vivi: seppi così che erano principi, membri di una delle 38 dinastie dell'impero tedesco. Come segno di gratitudine espressero l'intenzione di insignirmi del titolo di barone. Lusingato, accettai. La cerimonia avvenne alla presenza di un prete cattolico e di un notaio che mi consegnarono un sigillo, uno stemma, una pergamena in latino e un foglio notarile. Alquanto stupito, mi informai poi sulla validità dell'onorificenza e mi fu detto che in Germania usa ancora così. Ma che valore ha in Italia? Gli istituti araldici non mi hanno voluto includere nei loro elenchi nobiliari, mentre io pensavo, pagando naturalmente il dovuto, di avere il diritto di fregiarmi del titolo anche nel nostro Paese. No, mi è stato risposto, solo in Germania e in Austria. Ma come, uno è nobile solo in determinati Paesi? E perché non in tutto il pianeta? Insomma, dottor Biagi, sono o non sono barone?

(A.A., Roma)

Sì, ma solo all'estero. In Italia è un'altra cosa. «Noblesse oblige» anche a non prendere sul serio certe bischerate. Mi scusi, ma ho un altro concetto della nobiltà.

Al tribunale dei figli

Ho seguito con pena, durante la trasmissione Stranamore, *la vicenda di un signore di Roma che dopo il divorzio dalla consorte si è visto rifiutare dai figli con i quali, prima di allora, aveva sempre avuto ottimi rapporti. Io ho provato molta comprensione per quell'uomo che, ormai preso dalla disperazione, aveva deciso di affidarsi alla «magia» della televisione nella speranza di ricucire uno strappo di cui non si sentiva colpevole. Purtroppo «la magia» non c'è stata e i suoi ragazzi, seccati per un gesto forse plateale, hanno risposto senza esitazione: «Non vogliamo saperne di nostro padre, ha sbagliato e adesso deve pagare». Ma che tipo di errore si può attribuire a un uomo che si vede costretto a un passo difficile quale il divorzio? E come è possibile che dei figli possano smettere dall'oggi al domani di amare un genitore solo perché non si sente più attratto dall'altro? Mi viene in mente, a proposito, una frase molto bella letta da qualche parte: «L'amore fra un uomo e una donna potrà anche finire, ma il vincolo che intercorre tra genitori e figli è troppo forte per essere reciso». Evidentemente non tutti la pensano così.*

(A.R., Frosinone)

Esatto. Mi permetto di segnalarle una massima del citatissimo Oscar Wilde, che circola poco ed è tratta da *Il ritratto di Dorian Gray*: «I bambini cominciano amando i genitori; divenuti adulti li giudicano, qualche volta li perdonano».

Intolleranza quotidiana

Vado a scuola in autobus e fino a ora non mi erano mai capitate cose spiacevoli. Anche ieri me ne stavo tranquillamente seduta accanto a mia sorella quando a un tratto una signora sulla trentina ha cominciato a inveire contro i giovani: sono rammolliti, maleducati, non cedono il posto, e così via. Io mi sono guardata attorno e ho visto alle mie spalle una mamma con il bambino in braccio, in piedi. Mi sono alzata ed ero mortificata.

Poi l'episodio mi ha fatto riflettere: non è proprio vero che tutti i ragazzi sono screanzati e quindi non è il caso di fare di tutta l'erba un fascio, poi è ammissibile una distrazione. Bastava chiedere. Però la cosa che mi ha maggiormente turbata è un'altra: c'è in giro una intolleranza che fa paura. La gente oggi è stressata e tende a scaricare le proprie tensioni sugli altri: tutti alzano la voce. Perché non riusciamo più a sopportarci?

(D.B., Milano)

Ha ragione. Viviamo in un'atmosfera eccitata, rissosa, alimentata dalle difficoltà del Paese, dagli scontri, dalle scissioni, dai «tradimenti» del mondo politico: chi va, chi viene, ma tutti in marcia sulla via dell'ideale o delle poltrone. La baruffa dilaga, e c'è anche una massa di italiani che lotta per la sopravvivenza: hanno contato più di otto milioni di poveri.

L'importanza del cervello

Ho ventiquattro anni e sono un portatore di handicap.

È una menomazione di cui non ho certamente colpa, ma che sono purtroppo costretto a subire e che mi fa spesso trangugiare bocconi amari. Le voglio raccontare una delle mie ultime esperienze. Alcune settimane fa ho partecipato a una festicciola di carnevale che si teneva nel teatro di un paesotto del Napoletano, ma la serata, che doveva rappresentare un momento di piacevole svago, si è trasformata in un incubo. Mi sentivo osservato con troppa insistenza e più di una volta ho avuto l'impressione che mi deridessero. Il disagio si è trasformato in rabbia. Mi creda, sentirsi umiliati, come è capitato a me, è davvero insopportabile anche se ragionando si tratta del comportamento incivile di gente rozza e ignorante. Ciò nonostante...

(E.G., Novara)

Ciò nonostante lei, così intelligente e sensibile, si è sentito umiliato. Neppure Giacomo Leopardi poteva sfuggire a certe sensazioni, anche quando frequentava la cosiddetta «buona società»: invece che gobbo lo definivano «gibboso».

Penso sia stato lo stesso problema che dovette affrontare Roosevelt, presidente degli Stati Uniti d'America, colpito a vent'anni dalla poliomielite. Sua moglie, Eleanor, mi raccontò che la sera prima che lo eleggessero fece uno stupendo discorso e che lui, paralizzato, «sembrava che volasse». La testa, mi creda, resta sempre un accessorio importante.

La Madonnina di Civitavecchia

Le immagini della Madonnina di Civitavecchia con il volto segnato da lacrime di sangue mi fanno una gran paura, ma nello stesso tempo mi spingono a riflettere su quello che sta succedendo intorno a noi: guerre, atrocità, mancanza di fede.

L'idea, poi, che certa gente sfrutti il fenomeno come attrazione turistica mi sconcerta ancora di più. Lei che cosa ne pensa?

(S.S., Forlì)

Penso che la Beata Vergine avrebbe molti motivi per manifestare il suo sconforto. Si sa che i prodigi non hanno limiti: nessuno stupore, quindi, se le lacrime sono, secondo le analisi, di sangue maschile. Non ci è stato detto il tasso di colesterolo. La storia dei miracoli «popolari», quelli non riconosciuti dalla Chiesa, è gremita di immagini sacre che trasudavano plasma; famoso è il crocefisso, sempre dalle parti di Roma, che richiamava tanti pellegrini, e memorabile il gesto di papa Sisto che lo distrusse dicendo: «Come Cristo ti adoro, come legno ti spacco».

Sta scritto: non giudicare

Scrivo a nome di un gruppo di ragazze che praticano il mestiere più antico del mondo perché, viste le assidue campagne scatenate contro la prostituzione, abbiamo deciso di fare sentire anche la nostra voce. Ci accusano di offrire per le strade uno spettacolo sconcio, ma soprattutto ci considerano responsabili della diffusione di terribili malattie; chi punta il dito però non pensa che facciamo questo lavoro per vivere, non certo per morire, e che di conseguenza è interesse nostro prendere tutte le precauzioni possibili. E poi questi moralizzatori si sentono veramente così perfetti da pensare che, così facendo, agiscono in nome della virtù e di Dio, che tra l'altro ha detto: «Chi è senza peccato, scagli la prima pietra»? Anche Hitler credeva di operare in rappresentanza del Padreterno, tanto che sui cinturoni dei nazisti appariva la scritta: «Gott mit uns» (Dio è con noi) e poi senza pensarci due volte sterminava ebrei, polacchi e slavi.

Io credo che in Italia ci siano tanti altri problemi da affrontare, e ben più gravi. Perché allora non essere più tolleranti e provare a darci una mano? Ad esempio, come fare, volendolo, per uscire dal giro? Esistono comunità per i vagabondi e per i drogati, ma per la nostra categoria? Mi creda, anche a noi piacerebbe avere un lavoro normale, in regola, degli amici e non dei clienti, mettere su famiglia, avere dei figli da crescere come si deve. E se dà tanto fastidio la nostra presenza, perché non riaprire le famose case, chiuse tanto tempo fa dalla signora Merlin, in modo da lasciarci lavorare in pace, riconosciute dalla legge, con i tesserini sanitari, in ordine, e in più la libertà di passeggiare o frequentare i locali pubblici senza essere derise o molestate?

(Katia, Roma)

Ci sono istituzioni di volontari o di religiosi che si occupano di quelle ragazze che i francesi chiamano «di piccola virtù». A Roma, almeno due. Tutte le creature umane hanno diritto di essere rispettate e sta anche scritto: «Non giudicare».

153

C'è chi vorrebbe abrogare la legge Merlin: sarebbe una soluzione positiva dal punto di vista igienico, opinabile da quello morale. Lo Stato, fu detto al tempo della chiusura delle case, non può essere complice della prostituzione. In ogni caso non arruoliamo anche Dio: suppongo che preferisca marciare da solo, e ricordo che Gesù ebbe pietà dell'adultera e della Maddalena: alzandole da terra.

Il personaggio

La ricordavo in *Divorzio all'italiana,* il film di Germi: turgida, splendente, quella che gli esperti definiscono «una bellezza mediterranea». Era arrivata al cinema con i concorsi di bellezza: nulla di straordinario, in fondo. Come la Loren, come la Lollobrigida: due ragazze che erano diventate un mito. A Parigi, figuratevi, per dire tette ci fu un momento che le chiamavano «Les Lollo». Una breve notizia di agenzia, e qualche rapida rievocazione: l'attrice Daniela Rocca è morta in una casa di riposo per anziani, dimenticata da tutti. Anni: cinquantasette.
Neanche questa vicenda è eccezionale: dove è finita Yvonne Sanson, diva delle pellicole strappalacrime? E che ne è delle signorine dei «telefoni bianchi», delle linde adolescenti del primo De Sica o del prolifico e obliato Mario Mattoli?
Ma la storia di Daniela Rocca non ha in sé solo la malinconia dell'ineluttabile decadenza, ma anche la pena della depressione. Non era uscita solo dallo schermo, ma anche dalla vita. La ritrovai, durante un viaggio in Sicilia, nel manicomio di Siracusa: segnata profondamente dal male. Aveva perduto i denti, i capelli nerissimi si erano ingrigiti. «Voglio tornare a recitare;» mi diceva «però devono aiutarmi. Un'attrice ha bisogno di carne e qui non ne danno. Lo dica al professore: lei lo sa, è vero, chi

sono?» Aveva tentato anche di uccidersi: amava quell'uomo chiuso e solitario che fu Pietro Germi. Forse fu proprio l'incontro di due infelicità.

La vita è un'altra cosa

Amo leggere di tutto e mi piace ascoltare quello che dice la gente, ma mi sto accorgendo che al giorno d'oggi non c'è più da credere a nessuno, perché ci sono in giro soltanto dei cattivi maestri e, purtroppo, anche tra i giornalisti. Infatti, spesso ci presentano un'immagine distorta della vita: non solo di quella politica, ma anche di quella di tutti i giorni. Perché nessuno ha il coraggio di dire che le guerre ci sono dato che fanno comodo a chi vende armi e guadagna miliardi? Perché, quando si parla della distruzione delle foreste amazzoniche, non si fanno i nomi e i cognomi di chi è interessato all'affare? Si parla in maniera esaltante solo di gay, lesbiche e mondane di lusso e, quasi quasi, finisci con il pensare che l'anormale sei tu. Un periodico femminile, nel presentare la biografia di una donna di mondo che racconta come è riuscita a sedurre i potenti, esorta addirittura le sue lettrici: un libro «da leggere per imparare». E questo per me è un insulto per tutte le brave mogli che alla mattina corrono a portare i figli a scuola, vanno al lavoro e tirano avanti la famiglia. Altro che biancheria di lusso e vestiti raffinati! Mi scusi lo sfogo, ma se potessi andare in televisione avrei da contestare per un mese intero.

(M.B., Modena)

Forse è la vita che è cattiva, oltre ai cronisti che peccherebbero soprattutto di omissione. Non si possono giustificare le guerre solo con gli sporchi interessi dei mercanti d'armi. E l'affare della foresta amazzonica dovrebbe, credo, essere spiegato non con un elenco, ma con un libro. Lo sa che ogni volta che lei usa un detersivo inquina un po' il mare?

Non si narrano le storie delle mogli virtuose, ma quelle di Anna Karenina o di Madame Bovary. In materia di sesso, poi, non c'è niente da imparare: siamo tutti autodidatti; solo una dama inglese la prima notte di nozze, ma alcuni secoli fa, chiedeva al coniuge se anche la servitù se la spassava in quel modo.

Ma perché non vi parlate?

Ho lasciato il lavoro, con grande dispiacere, per stare più vicina ai miei figli: è stata una decisione che si è rivelata subito inutile o, peggio, dannosa per la pace familiare. Pare infatti che la mia presenza in casa dia qualche fastidio, e così mi ritrovo a pensare: «Ma guarda quanti sacrifici inutili per questi figli: metterli al mondo, crescerli, fargli capire il bene e il male, e poi? Ti guardano con fastidio, anzi con sufficienza perché ti manca l'istruzione che hanno loro e ti evitano per non essere disturbati». E così ho sempre il magone e la convinzione di avere sbagliato tutto.

(L.S., Torino)

Non ha sbagliato. Sono i tempi che determinano certi atteggiamenti. Più di vent'anni fa, durante il «mitico» '68, c'era chi sosteneva che la famiglia, come la coppia del resto, era finita e molti ragazzi se ne andavano da casa. Ricorda la fugace esperienza delle «comuni»? Finita. Adesso non se ne vanno neppure a calci. Babbo e mamma, con alloggio compreso, sono una bella comodità. È sempre stato difficile il rapporto figli-genitori: spesso si vive assieme e non ci si conosce. E poi, le parlo di me, viene il rimpianto, e anche il rimorso, per le occasioni mancate. Non si rattristi: la sua vita, il suo esempio, alla fine, conteranno più delle letture. Si consoli: non è facile per nessuno la parte di genitore.

Lavorare meno ma tutti?

Mi pare che nel nostro Paese il problema dei posti di lavoro vada di male in peggio e non è necessario intendersi della materia per affermarlo: è sufficiente prestare attenzione ai discorsi poco allegri dei vicini di casa. C'è chi è disoccupato e chi teme il licenziamento. A questo punto, secondo me, s'impone una riflessione: non sarà il caso di pensare a un cambiamento veramente radicale del nostro stile di vita? Ad esempio: lavorare di meno perché altri siano in grado di portare a casa uno stipendio, oppure ridurre il guadagno per consentire a tutti una vita decorosa. In fondo non mi sembra un'idea inattuabile, non le pare?

(A.C., Milano)

A quanto pare, lei sbaglia. Tutti vogliono lavorare di meno e guadagnare di più. Ognuno pensa a sé: perfino i controllori di volo, ai quali sfugge qualche aereo. L'inno nazionale si intitola *Fratelli d'Italia*: altro svarione. Questo è un popolo che tende a non procreare: massimo impegno un figlio unico.

Il fatto

Mai sentito questo nome? Militello Rosmarino, provincia di Messina. Un paese, all'apparenza, come tanti: chiesa, caffè in piazza, farmacia. Ma in un certo senso unico: su 1200 abitanti, 500 sarebbero invalidi. Un primato mondiale, ritengo, una specie di flagello di Dio. Che cosa avrà fatto questa brava gente per meritare questa maledizione? È probabile che abbia avuto a che fare con qualche uomo politico prodigo nel far distribuire certificati che attestano una menomazione.
Ma da quando lo Stato, in un raro sussulto di legalità, ha

ricominciato a controllare la salute dei suoi cittadini e ha scoperto che paga miliardi per sette milioni di presunti infelici, mentre in realtà (e per fortuna) sarebbero soltanto quattro, si sta verificando un fenomeno sconvolgente: le guarigioni prodigiose. I ciechi, in particolare nel Sud, vedono, gli zoppi giocano al calcio. Il miracolo dilaga.

La fede è una grande risorsa di questo popolo. Sulle cabine dei camionisti, accanto alla donnina nuda, è normale la scritta «Dio guidami». C'è in tutti un bisogno di mirabili segni, una forte richiesta di soprannaturale. Ora, oltre alle Madonne che piangono, ci sono gli inabili, si fa per dire, che ridono. «Chi non mistica non mastica» si diceva al tempo del duce, riferendosi agli esami di «mistica fascista». La battuta è sempre attuale.

Onestà

Mi sono sposata a ventinove anni e il mio più grande desiderio era quello di avere dei figli. Poiché purtroppo tardavano ad arrivare, presentammo domanda e con nostra grande gioia ci furono affidate due sorelline di otto e di sei anni. Pochi mesi dopo rimasi incinta, nacque Giovanni, accolto da tutti come un dono del cielo. Aveva soltanto un mese quando le bambine mi confessarono che mio marito a tarda notte entrava nella loro camera per molestarle. Mi rifiutai dapprima di credere ai loro racconti anche perché l'uomo che avevo accanto sembrava buono e io gli volevo bene. Ho cercato di tirare avanti mettendolo di fronte alla realtà, minacciandolo, ma lui negava con sfacciataggine e con me si mostrava sempre più cattivo e violento. Per il bene delle mie figlie dissi la verità e così furono allontanate e con grande loro sollievo perché ormai desideravano solamente andar via da lui. Io sono rimasta perché non sono una donna coraggiosa e soprattutto per proteggere il mio bambino. Sono trascorsi ormai molti anni, le fi-

glie sono entrambe sposate, spesso mi telefonano oppure vengono a trovarmi. Forse loro hanno superato quei ricordi, però la mia vita è finita.

(M.M., Potenza)

Lei è più che coraggiosa: è onesta. Con sé e con gli altri. Pochi sarebbero stati capaci di uscire pulitamente da una vicenda come quella che mi ha raccontato. Io la rispetto e le auguro di trovare la pace del cuore: lei la merita.

1996

Da ricordare...

29 gennaio: esce il primo numero del quotidiano *Il Foglio*, diretto da Giuliano Ferrara.

29 gennaio: a Venezia, un incendio distrugge il teatro «La Fenice».

15 febbraio: la petroliera *Sea Empress* si incaglia su uno scoglio vicino a una riserva naturale. 70.000 tonnellate di petrolio in mare.

22 febbraio: lanciato lo shuttle Columbia, con i primi astronauti italiani, Umberto Guidoni e Maurizio Cheli.

24 febbraio: Ron vince il 46° Festival di Sanremo. Ma sul piano spettacolare sono «Elio e le storie tese» i veri protagonisti del Festival con il pezzo *La terra dei cachi*.

26 febbraio: divorzio in vista per Adua Veroni e il tenore Luciano Pavarotti sorpreso in atteggiamenti inequivocabili con la segretaria Nicoletta Mantovani durante una vacanza alle Barbados.

28 febbraio: Cesare Romiti è presidente della Fiat, al posto di Giovanni Agnelli che diventa presidente onorario.

6 marzo: per il caso della Uno bianca condanna all'ergastolo per i fratelli Savi.

13 marzo: a Noto, Siracusa, crolla la cupola della cattedrale barocca di San Nicolò.

15 marzo: suscita scalpore Marina Ripa di Meana che posa nuda per un manifesto animalista contro le pellicce.

27 marzo: la Commissione europea blocca l'esportazione di

carne dalla Gran Bretagna per il morbo della «mucca pazza».

21 aprile: alle elezioni politiche vince l'Ulivo di Prodi, che ha una maggioranza condizionata dalla presenza di Rifondazione comunista, soprattutto alla Camera.

2 maggio: Prodi propone ad Antonio Di Pietro la carica di ministro dei Lavori Pubblici e Di Pietro accetta.

9 maggio: per le sponsorizzazioni tv invito a comparire per Pippo Baudo che si autosospende da direttore artistico della Rai. In ottobre, coinvolte nell'inchiesta anche Mara Venier e Rosanna Lambertucci. I tre faranno ricorso al patteggiamento.

18 giugno: ergastolo a Tullio Brigida per l'uccisione dei tre figli di 12, 7 e 3 anni e mezzo. L'uomo era andato a prenderli a casa della ex moglie prima del Natale '93. Da quel momento i bambini erano spariti. Del caso si era più volte occupata la trasmissione *Chi l'ha visto?*.

19 giugno: nubifragio in Versilia provoca 13 morti, 3 dispersi.

25 giugno: attentato con autobomba a Dahran in Arabia Saudita. 19 morti e 446 feriti tra i militari della base Usa.

3 luglio: «Moody's» alza il rating dell'Italia da A1 a AA3.

8 luglio: accordo sulle opere per il Giubileo, stanziati 350 miliardi.

4 agosto: si concludono le Olimpiadi di Atlanta (Usa). Italia sesta nel medagliere con 13 oro, 10 argento e 12 bronzo.

7 agosto: cambia la scheda di valutazione della scuola dell'obbligo, gli studenti si vedranno giudicati con 5 valutazioni, dall'«ottimo» al «non sufficiente», al posto delle attuali lettere (A, B, C, D, E).

28 agosto: fanno il giro del mondo le foto del marito di Stephanie di Monaco, Daniel Ducruet, insieme con una

164

spogliarellista belga. La principessa umiliata chiede il divorzio.

5 settembre: allarme per botulino nel mascarpone. Un morto in Campania.

7 settembre: eletta Miss Italia una ragazza di colore: Denny Mendez.

13 settembre: Bossi raccoglie l'acqua dalla sorgente del Po e dà inizio a tre giorni di manifestazioni che culminano il 15 con la proclamazione della Repubblica della Padania.

30 ottobre: a Bukavu, Zaire, tutsi uccidono il vescovo cattolico Munzihirwa. È l'inizio di un sanguinoso scontro fra le etnie tutsi e hutu nel Paese.

5 novembre: Bill Clinton (49%) è rieletto presidente degli Stati Uniti.

9 novembre: a Roma, manifestazione del Polo contro la finanziaria. I deputati di Polo e Lega non partecipano più alle votazioni sul Dpef.

30 novembre: boom nelle vendite di biglietti «Gratta e vinci», gli incassi dei primi 11 mesi dell'anno sono stati 3534 miliardi di lire contro 12.818 miliardi dell'intero 1995.

2 dicembre: secondo l'Istat in aumento in Italia i visitatori di mostre e musei, in calo per anni.

2 dicembre: 19 isole dell'arcipelago della Maddalena diventano parco nazionale italiano.

3 dicembre: in netto calo il reddito delle famiglie italiane; 1 famiglia su 5 vive con meno di 1,8 milioni di lire al mese. Il reddito mensile nazionale stimato è di 3.533.000 lire (Istat).

9 dicembre: l'Onu approva lo scambio «petrolio contro cibo» da parte dell'Iraq.

12 dicembre: papa Giovanni Paolo II, facendo un riferimento indiretto alle coppie gay, afferma che la Chiesa «non può rimanere indifferente al tentativo di cambiare sostanzialmente la struttura della famiglia».

13 dicembre: si tiene a Roma il vertice mondiale Fao sull'alimentazione. Presente Fidel Castro che, durante il soggiorno, incontra anche papa Giovanni Paolo II.

17 dicembre: entra in funzione il numero 117 del ministero delle Finanze per segnalare l'evasione fiscale.

19 dicembre: a Parigi muore l'attore Marcello Mastroianni, 72 anni, da tempo malato.

24 dicembre: la lira rientra nello Sme a 990 per un marco.

28 dicembre: nella zona ebraica del cimitero romano di Prima Porta vengono profanate una quindicina di tombe. Intorno alle sepolture viene alzato un recinto di filo di ferro al quale sono appese quattro svastiche.

La figlia single

Abbiamo una figlia trentenne che ci ha comunicato in questi giorni che andrà a vivere da sola. Non le dico il nostro sgomento. Dopo due fidanzamenti falliti e con il mondo che corre a gambe levate verso fatti sempre più spiacevoli avevo da tempo accantonato il sogno di vederla condotta all'altare, ma questa decisione di uscire di casa non me l'aspettavo proprio. Se avesse scelto di convivere con una persona capace di volerle bene e di renderla felice l'avrei capita, ma questa voglia di fare la single proprio non mi va giù e non desidero neppure venire coinvolta nella sistemazione dell'appartamentino nuovo. Mia figlia mi dice che il passo è uguale e che non debbo soffrire. Io ci provo, pensando che c'è gente che si droga, che gli ospedali sono pieni di persone sofferenti, ma il mio dolore rimane.

(L.P., Bologna)

Mi perdoni, signora: il suo è un dolore rispettabile, ma che deve trovare consolazione. A trent'anni una donna ha diritto di fare le sue scelte: non la ostacoli, non renda tutto più difficile. Non chiuda la porta: le dica, anzi, che per lei sarà sempre aperta. Sua figlia vuole uscire anche dai ricordi. Cerchi di capire.

Il male

Il filosofo greco Democrito, vissuto intorno al 400 avanti Cristo, sosteneva che «commettere ingiustizia rende più infelici che subirla» e la massima mi fa pensare che una buona parte del genere umano dovrebbe piangere sulla propria iniquità e percuotersi il petto non tre volte, ma «fino a settanta volte sette». Chissà se hanno pianto di più coloro che hanno scatenato le guerre o quelli che hanno visto la propria famiglia abbattuta da una scarica di mitragliatore? Io ho dei forti dubbi sulla «infelicità» dei primi, mentre ho la certezza della disperazione degli altri. Credo inoltre che tutti abbiano il diritto di pentirsi delle proprie colpe e forse si ha il dovere morale di perdonare, tuttavia ciò può in qualche modo modificare la radice dei mali?

(E.P., Cuneo)

Mi ostino a credere che sia meglio essere vittime che carnefici, anche se è amaro rendersi conto della inesorabile presenza del Male: dai cristiani sbranati nel circo, anzi, dai delitti della Bibbia alle atomiche, ai lager, a Sarajevo.

Il personaggio

Mi pare bellissima la storia di Magic Johnson, il campione di basket che ha battuto l'ossessione dell'Aids. Ha sconfitto soprattutto le paure che circondano questo male: c'è il lazzaretto per isolare i colpiti dalla peste, la diffidenza e il timore circondano i sieropositivi. Ricordate, forse, quel medico che baciò sulla bocca la ragazza afflitta dal virus: un'esibizione eccessiva che intanto ci assicurò che la stupidità non è di norma contagiosa. Ho passato alcuni giorni tra i condannati dal fino a oggi invincibile bacillo: chiusi nelle loro stanze, comunicavano con gli altri attraverso un oblò. Ascoltai i loro discorsi e i loro sogni: poter uscire e passeggiare su una spiaggia, passare il Natale in famiglia, una giovane mi parlò di un amore finito. Marvin Johnson, detto Magic, ha segnato molti punti anche contro il pregiudizio. Non è stato ingaggiato per pietà, ma per spirito affaristico. È ancora una volta il miracolo della volontà. Johnson ha insegnato quell'esercizio difficile che è la battaglia per la vita.

Nostradamus è veramente infallibile?

Ogni volta che nel mondo succede qualcosa di grosso e di tremendo, come ad esempio il recente assassinio del premier israeliano Rabin, saltano fuori con una regolarità impressionante le profezie di Nostradamus. Ma quest'uomo è veramente così infallibile, le sue profezie meritano di essere prese in considerazione, o sono delle sciocchezze? Desidererei saperlo: sono giovane, amo la pace e ci terrei a vivere oltre il mese di luglio del 1999, mese e anno in cui questo signor Nostradamus ha previsto l'inizio della terza guerra mondiale e l'apocalisse.

(M.A., Gorizia)

C'era chi lo considerava un ciarlatano e chi, come Caterina de' Medici, lo riteneva un profeta. Era un ebreo convertito ed era medico: si distinse per la carità con la quale assisté gli appestati. Predisse alcuni avvenimenti, pare perfino l'avvento di Mussolini, ma la sua visione si spinge oltre il Duemila, fino al 3797.

Un cittadino di serie B

Potrei essere un cittadino normale e invece ho scoperto che devo considerarmi di serie B perché, non per scelta o per «sport», ma purtrop-

po per necessità, non sono mai riuscito a comperarmi una casa. E se tengo conto che su dieci italiani sette sono proprietari di un alloggio, così almeno affermano le statistiche, non mi sento per niente protetto perché faccio parte di una minoranza che ha purtroppo sempre la spada di Damocle sospesa sulla testa. Fino a oggi, sono già stato sfrattato due volte: al padrone occorreva, naturalmente, proprio l'appartamento che occupavo io e ora – e siamo a quota tre – la casa è in vendita e dobbiamo fare di nuovo i bagagli. Mi creda, sono bocconi amari da ingoiare perché so che non c'è altro da fare: si deve sloggiare. Ma chi difende il cittadino «inquilino»? Di promesse i politici ne fanno sempre tantissime, purtroppo non le mantengono e io sono molto scoraggiato e non credo più a nessuno. Eppure paghiamo anche noi regolarmente le tasse.

(M.G., Palermo)

Capisco il suo rammarico e il suo problema; la politica edilizia ha consentito degli eccessi che non ne hanno favorito gli sviluppi e hanno messo in crisi anche i proprietari di stabili; ma ricordo anche le benemerenze del vecchio «Piano Fanfani». Il fatto che sette cittadini su dieci abbiano un tetto loro mi sembra già un dato positivo, il che non esclude che lei viva drammaticamente il suo problema.

Il fatto

È accaduto in un paesino poco distante da Brindisi. La Guardia di Finanza ha fermato Gino Calò, funzionario dello Stato, davanti al cimitero: in mano un mazzo di gladioli, dodici, come gli anni di Maria Giovanna, la sua bambina, morta di leucemia. I militari gli hanno chiesto se aveva nulla da dichiarare: non era in grado di mostrare lo scontrino di cassa del fiorista. Lo cercava, ma non lo ha trovato. Multa: 23.000 lire.

Non ha protestato, non ha fatto scene. Ha detto che capiva, che bisognava rispettare la legge. Che è, dicono, uguale per tutti. Però, a mio trascurabile parere, se non è umana, vale molto poco. E più che i controlli vicino ai morti, con tutto quello che si sa, sarebbero apprezzabili quelli nei dintorni dei vivi: con questa vicenda si esalta, forse, il senso del dovere. Quello che ci rimette, invece, è il sentimento della pietà.

Chiedereste a un condannato a morte che sta consumando l'ultimo pasto se si è lavato le mani?

«Ragazzi, siete troppo volgari!»

A mettere clamorosamente in dubbio il riscatto di Napoli è una professoressa di scuola media che, nella lettera a un giornale, dice: «Smetto, non resisto più con alunni irrimediabilmente pieni di violenza e volgarità». Apriti cielo! Lei che ne pensa: sceneggiata offensiva o coraggiosa denuncia?

(L.C., Bergamo)

Credo che anche per gli insegnanti esistano dei limiti alla sopportazione. La signora Camilla Aulisio, dopo ventisette anni trascorsi tra i banchi, ha giustificato la sua scelta: «Vado via perché vi ho dato l'anima e non ve ne siete accorti».

Sono episodi non nuovi: accadevano anche al tempo del «glorioso '68», quando alla facoltà di medicina c'era gente che si rifiutava di rispondere a domande sulla gotta considerata una malattia da benestanti: eccessi nel consumo di carne, quando perfino un insospettabile difensore dei lavoratori, Luciano Lama, veniva sbeffeggiato da rivoluzionari da corteo e le vetrine venivano rotte con saccheggio di salami o di golfini, furti poi definiti «espropri proletari».

È troppo comodo caricare la cattedra di funzioni che,

prima di tutto, dovrebbero essere sbrigate dalla famiglia. La mia generazione, che forse ha peccato per troppa retorica, veniva educata al rispetto del Signor Maestro, con la maiuscola. Nella storia di ogni uomo «riuscito» c'è sempre un libro e un professore che hanno scoperto una vocazione o inciso su un destino: la lettura di *Cacciatori di microbi* fa sognare l'adolescente Albert Sabin, al quale dobbiamo l'antipolio; un romanzo di Verne, che narra di un cannone che spara alcuni ardimentosi attorno alla Luna, ispirò il ragazzino Oberth, il maestro di Von Braun, e un giorno si sono costruite le navi spaziali.

Il provveditore di Napoli ha detto che la professoressa Aulisio sbaglia: è un punto di vista rispettabile. Ma perché non si chiede se dietro a quella rinuncia non ci sono altri e magari più gravi errori? La professoressa ha, se non altro, il merito di aver parlato chiaro, indicando le responsabilità delle famiglie e dell'ambiente. C'è un malessere generale, che qualche volta sfocia in un senso di rivolta. Dopo avere predicato tanto i diritti, forse è venuto il tempo di ricordare anche i doveri. Il che significa, in fondo, educare.

Il fratello teledipendente

Ho un fratello di quattordici anni che ormai è diventato un inguaribile teledipendente. Una sera, e per caso, mi trovo accanto a lui davanti alla televisione: sta seguendo un cartone animato, uno di quei programmi che lo mandano letteralmente in visibilio. E così mi rendo conto della pessima qualità di quello spettacolo ascoltando il dialogo tra padre e figlio che le riporto integralmente: «Padre, voglio diventare il padrone del mondo» risposta: «Non puoi, c'è già Dio»; e l'altro di rimando: «Allora lo ucciderò». Guardo mio fratello, ha gli occhi che brillano incollati allo schermo. Io sono così disgustata (da notare che ho solamente qualche anno più di lui) che mi vien voglia di dimostrargli quanto è ignorante (ed è una piccola cattiveria da parte mia). Gli chiedo a bruciapelo il nome dell'autore dei Promessi Sposi. *Non lo sa. Naturalmente conosce quello dello sceneggiatore giapponese autore di quelle scene. Scuoto la testa sperando, invano, nell'intervento dei miei genitori. Ma sembra proprio che a loro non interessi granché perché tacciono.*

(F.R., Macerata)

Non si angosci. Anche ai miei tempi i ragazzi preferivano le avventure salgariane dei pirati della Malesia alle prepotenze dei «bravi» che angariavano i poveracci che vivevano attorno «a quel ramo del lago di Como». È già qualcosa che ricordi qualche nome: vuol dire che almeno non pecca di indifferenza. Poi si vedrà.

Separazioni e Sacra Rota

Mi capita spesso di ascoltare il papa in televisione. Una volta l'ho sentito lanciare un appello alle coppie: non separatevi, è peccato. Vero. Ma ho letto che aumentano le sentenze di annullamento emesse dalla Sacra Rota e mi hanno detto che per appellarsi a quel tribunale ecclesiastico ci vuole una barca di soldi: quindi ne beneficiano solo i ricchi. E il povero cristiano? Finirà con l'abbandonare la strada della fede nella convinzione che il denaro conta più di tutto, anche di Dio. E così aumenterà il numero dei suoi peccati.

(R.B., Milano)

Non credo che, oggi, il costo di un annullamento sia più oneroso di un divorzio. Una volta erano le persone facoltose o celebri che ricorrevano alla Sacra Rota: fece scalpore il caso di Guglielmo Marconi, che aveva già avuto due figlie da una signora inglese. Sono stato testimone di recente di una sentenza che ha ridato la pace a una bravissima e modesta ragazza, molto religiosa, che aveva alle spalle una unione sbagliata e che voleva ricominciare a vivere con la benedizione della Chiesa. Non aveva né soldi né appoggi.

La prova

Mio figlio, a causa del «numero chiuso», non ha superato il test d'ammissione all'università. Perché questi ragazzi non possono iscriversi dove vogliono e, se desiderano continuare gli studi in una determinata disciplina, trovano la porta chiusa? Chi poi ha un basso voto di maturità viene penalizzato: lo studente non deve essere selezionato per quel voto e il test non è un metodo adeguato. Bisogna puntare sulle strutture e non sulla riduzione dei frequentanti. Non le pare?

(A.B., Milano)

Non mi pare. Sono dell'idea che è inutile buttare fuori ingegneri che, quando tira il vento, sono presi dall'angoscia, e medici a cui non rimane che curare se stessi: nei Paesi seri si ricorre al numero chiuso. Chi ha talento entra. Ovviamente, come in tutte le prove, esistono la fortuna, l'ingiustizia e il caso.

È giusto che la tv frughi nei fatti privati?

Impazzano le trasmissioni sui fatti e sui guai privati di coppia e di famiglia. Ad Ancona, un uomo si è dovuto rivolgere al tribunale per impedire alla moglie separata di partecipare ad Amici portando con sé le due figlie minorenni. La tv si è messa a fare la «guardona»?

(C.B., Lecco)

Questo tipo di televisione è indecente, qualche volta disumano e anche osceno. Perché esiste l'impudicizia dei sentimenti, che spesso è peggiore delle donne nude o del linguaggio delle parolacce. È una televisione a modo suo immorale, che mette in scena il dolore familiare, facendone una esibizione, i fallimenti amorosi (e non solo: mette in scena anche la morte come spettacolo, il cronista che ha l'asso nella manica, la diretta con il bambino messicano che sparisce sotto il fango del terremoto). Poi i tradimenti coniugali, raccontati non come la noia della signora Bovary, alla disperata ricerca di un'evasione, o come i rimorsi di Anna Karenina, che sconta con il suicidio la sua passione per il bellissimo Vronskij. E ancora le stupide liti tra fidanzati, con le reciproche accuse, che hanno spesso i toni della commedia dell'arte.

E in questa tv «guardona» e «impicciona» trovo offensive anche le «interviste» di quel tizio che usa il microfono come una mazza e insegue con una insistenza e con delle domande «provocatorie», degne di cause migliori, personaggi che non hanno nessuna voglia di avere con lui uno scambio di idee, anche perché presumibilmente l'ostinato reporter non avrebbe niente da metterci. Trovo di un'asfissiante banalità, invece, il «cronista mondano» che con giocondo trionfalismo va a rompere le tasche ai frequentatori dei night: i quali hanno il diritto di ballare con chi gli pare.

Così pure trovo insopportabili e beceri gli sgarbi intesi come filosofia, specie quando si accompagnano all'insulto. Il rispetto della vita degli altri resta una regola elementare: di un politico non dovrebbero colpire le avventure libertine, ma quelle finanziarie. Kennedy conta per l'idea della Nuova Frontiera, non per Marilyn. E lasciamo stare le lezioni sul sesso, pensa un po', o le confidenze delle frequentatrici dell'harem: più che scandalo, c'è tristezza.

Una giustizia atea?

Invece di eliminare lo scandalo del processo civile celebrato in tempi biblici, si pensa a cambiare la formula del giuramento, fatto non più «davanti a Dio». Una novità comunque carica di significato, che sorprende e fa discutere. La giustizia, secondo lei, si «ammoderna» diventando atea?

(E.M., Novara)

Di sicuro è la constatazione che circolano molti spergiuri, atei e indifferenti. Il Beccaria, che di delitti si è autorevolmente occupato, sosteneva che nessun giuramento ha mai fatto dire la verità a un colpevole. Non è scetticismo, è realismo. Una volta usava la «parola d'onore», ma erano altri tempi e la reputazione era considerata un grande bene. Ci fu un politico che si uccise perché colpito da accuse ingiuste. Si chiamava Pietro Rosano, era ministro delle Finanze di Giolitti, al quale mandò un'accorata lettera per scagionarsi, pregandolo anche di porgere i suoi ossequi alla signora. In questi anni di ruberie, vere o presunte, non abbiamo assistito a delle stragi.

Adesso, nei processi civili, l'espressione «giuro davanti a Dio e agli uomini» cambia in «consapevole della responsabilità che con il giuramento assumo, giuro». Mi pare opportuno e saggio non compromettere il Signore nelle nostre miserie, non mettere la mano sulla Bibbia o sui Vangeli, volumi così poco letti o consultati. I tribunali applichino la legge e mettano in carcere i mentitori. Del resto, la bugia ha bisogno, come è dimostrato, di una buona memoria o di una eccellente organizzazione: c'è chi la considera addirittura una scienza, e dev'essere ovviamente esatta.

È opportuno, dunque, guardare più alla sostanza che alla forma: abbiamo scoperto l'inutilità dei simboli. Ad esempio, le toghe: non proteggono gli uomini dalle tentazioni, né assicurano la serenità della giustizia. Dai giorni di George Orwell, è uguale per tutti, ma per qualcuno di più. Ma in un Paese che ha 200.000 editti è complicato non solo rispettare le norme, ma addirittura conoscerle. Le buone costituzioni degli Stati veramente democratici sono le più brevi. Del resto, Azzeccagarbugli, l'avvocato famoso e imbroglione, è un'invenzione del Manzoni, e il saccente e tronfio dottor Balanzone è una maschera bolognese.

1997

Da ricordare...

1 gennaio: chiudono gli ultimi 21 ospedali psichiatrici ancora attivi in Italia dopo la legge Basaglia del 1978.

1 gennaio: comincia il mandato del nuovo segretario generale dell'Onu Kofi Annan.

7 gennaio: a Reggio Emilia, celebrato il bicentenario della bandiera tricolore. Il presidente Scalfaro lancia un richiamo all'unità del Paese.

8 gennaio: esce il primo numero di *La Padania*, quotidiano della Lega. Nei dati meteorologici, Roma è inserita tra le capitali straniere.

12 gennaio: il pendolino Milano-Roma deraglia nei pressi della stazione di Piacenza. 8 morti e 30 feriti. Illeso l'ex presidente Cossiga.

15 gennaio: a Tortona, tre fratelli fermati perché sospettati di essere gli autori del lancio di sassi dal cavalcavia che ha ucciso Maria Letizia Berdini.

31 gennaio: per l'omicidio di Maurizio Gucci, avvenuto a Milano il 27 marzo 1995, la polizia arresta 5 persone fra le quali la moglie della vittima, Patrizia Reggiani Martinelli, 49 anni.

19 febbraio: fissato il nuovo calendario delle estrazioni del lotto, che a partire dall'8 marzo avvengono due volte la settimana, il mercoledì e il sabato.

22 febbraio: a sorpresa gli sconosciuti Jalisse vincono il Festival di Sanremo con *Fiumi di parole*. Dopo questo successo torneranno nell'anonimato.

7 marzo: la giornalista Alda D'Eusanio chiede 1 miliardo di lire di danni a un'enciclopedia della televisione perché nella voce che la riguarda viene riportata una dichiarazione che la definisce come «zarina» della Rai.

17 marzo: un proclama inneggiante al «Veneto Serenissimo Governo» interrompe la trasmissione del Tg1 a Venezia e nelle zone limitrofe. Interferenze analoghe si ripeteranno nelle settimane successive.

25 marzo: il film *Il paziente inglese* di Anthony Minghella vince 9 premi Oscar.

9 aprile: a Venezia, un commando di secessionisti occupa il campanile in piazza San Marco, alzando la bandiera del «Veneto Serenissimo Governo». Dopo qualche ora i membri del commando si arrendono e sono arrestati.

9 aprile: all'università «La Sapienza» di Roma un killer armato di una pistola ferisce con un colpo alla testa Marta Russo, una studentessa di 22 anni, che muore alcuni giorni dopo. Giovanni Scattone e Salvatore Ferraro, assistenti della facoltà di giurisprudenza, saranno condannati rispettivamente a 5 anni e 4 mesi e 4 anni e 2 mesi di reclusione.

15 aprile: per tenere sotto controllo i disordini in Albania scatta l'operazione Alba. Sbarcano a Durazzo 7500 soldati di 10 Paesi tra cui l'Italia. La missione terminerà l'11 agosto.

5 giugno: un settimanale pubblica la testimonianza di un ex paracadutista della Folgore, Michele Patruno, che avrebbe assistito a torture inflitte a prigionieri somali da parte di militari italiani. Il servizio contiene anche una serie di foto.

1 luglio: torna in Italia, dopo 14 anni di latitanza in Francia, Toni Negri, ex leader di «Autonomia Operaia». Deve scontare una pena residua di 4 anni e 11 mesi.

14 luglio: tra i 200 più ricchi del mondo 4 italiani, Berlusconi, Benetton, Agnelli e Del Vecchio, tra i miliardari emergenti il presidente della Pirelli, Tronchetti Provera.

14 luglio: secondo l'Istat, 1 famiglia su 10 vive al di sotto della soglia di povertà; di queste il 70% nel meridione.

15 luglio: lo stilista Gianni Versace è ucciso a colpi di pistola, davanti alla sua villa di Miami Beach, in Florida. Il presunto assassino è il «serial killer» omosessuale Andrew Cunanan.

22 luglio: per l'eccidio delle Fosse Ardeatine, il tribunale militare condanna Erich Priebke a 15 anni di prigione e Karl Hass a 10 anni e 8 mesi.

7 agosto: il direttore del Tg5, Enrico Mentana, «censura» in diretta Tiziana Rosati, cronista economica, perché va in onda con i capelli tinti di blu.

31 agosto: a Parigi muoiono in un incidente automobilistico la principessa del Galles Diana e il suo amico Dodi Al Fayed. Diana e Dodi avevano lasciato poco dopo la mezzanotte l'Hotel Ritz su una Mercedes inseguiti da alcuni fotografi a bordo di moto. L'autista ha perso il controllo dell'auto all'interno di una galleria che costeggia la Senna.

5 settembre: muore a Nuova Dheli madre Teresa di Calcutta, 87 anni. Aveva ricevuto il Nobel per la pace nel 1979.

21 ottobre: sottoscrizioni record per le azioni Telecom. Oltre 1 milione di richieste. Si va al sorteggio per le assegnazioni.

26 ottobre: in vigore in Italia il trattato di Schengen. Si parte in aereo per i Paesi della Comunità senza dover mostrare il passaporto. Entro il 30 marzo 1998 aboliti anche i controlli alle frontiere terrestri e marittime.

8 novembre: Silvestro Delle Cave, 9 anni, si allontana dalla scuola elementare di Cicciano (NA) e scompare. Il 15 novembre sono arrestati Andrea Allocca, 70 anni, e due

suoi generi, accusati di aver violentato, ucciso e brucia-
to il bimbo. Il 30 novembre Allocca muore per un ede-
ma polmonare. Il cadavere del bambino non è stato mai
ritrovato. In Italia si accende il dibattito sulla pedofilia.

13 dicembre: muore stroncato da un tumore rarissimo Giovannino Agnelli, 33 anni, figlio di Umberto e Antonella
Bechi Piaggio. Presidente della Piaggio, era già stato de-
signato erede del grande impero automobilistico torinese.

14 dicembre: gli allevatori con i trattori marciano su Roma
protestando per le quote latte. Il prefetto li blocca alle
porte della capitale

16 dicembre: il pretore di Maglie, Carlo Madaro, impone alle
autorità sanitarie la somministrazione della terapia messa a punto dal professor Di Bella a base di farmaci autorizzati dal Servizio sanitario per altre indicazioni (soma-
tostatina). Seguiranno in tutta Italia decine di ricorsi di
questo tipo.

Sei mesi per «censire» le auto blu: ma quante sono?

«Finalmente!» pensi alla notizia che il governo, con decreto urgente, riduce drasticamente le auto blu, costoso privilegio di troppi notabili. Poi, sorpresa: lo Stato si prende ben sei mesi di tempo per «censirle», quindi si vedrà... Ma come, neppure sa quante sono e chi le usa? Le sarei grato se mi volesse dare il suo parere in proposito.

(G.S., Lecco)

Pensate che ci sia stato un censimento, ad esempio, delle case cantoniere che si trovano, chiuse e abbandonate, lungo le grandi strade provinciali? E le caserme, gli impianti dell'esercito fuori uso, che potrebbero avere più utili sistemazioni? Nel groviglio inestricabile di norme e di scartoffie della nostra pubblica amministrazione non c'è posto per un semplice e chiaro elenco di auto blu con relativi beneficiari. Da noi è assai diffusa l'approssimazione. Ricordo che a un convegno internazionale sull'atomo noi inviammo un nostro «esperto» che alla domanda: «Che quantità di uranio usate?» rispose: «Così così». Si vede anche quello che accade in materia finanziaria: il deficit o il fabbisogno dello Stato sono sempre variabili (in rialzo...) e contraddittori a seconda delle fonti che li calcolano.

Quello poi del parco macchine di ministeri e di altri enti è ormai un tormentone al quale sembra impossibile porre fine. Anche quando ci sono le migliori intenzioni, come nel caso del governo Prodi. È paradossale che si debba fare la conta delle automobili ed è assurdo che s'impieghino sei mesi. Poi, per i due mesi successivi alla «pubblicazione dei risultati della ricognizione» l'uso da parte degli attuali titolari viene mantenuto comunque. Insomma, con un decreto firmato il 3 gennaio, solo a settembre si comincerà a far scendere qualcuno dall'auto blu. *Forse.* Cominciò a provarci già Fanfani, presidente del Consiglio: può essere criticabile, ma non in fatto di carattere. Partita persa, nonostante l'impegno. Intanto poteva succedere che un galantuomo, l'ingegner Felice Ippolito, usasse a Cortina, per una gita, il fuoristrada di un ente e avesse una carriera troncata e anche guai giudiziari. Ma la vita cambia, e anche la morale. Nel 1956 circolavano in Italia poco più di un milione di auto, oggi sono trenta milioni; allora il problema era averla, adesso parcheggiarla. Chi conta veramente non usa più una vettura di rappresentanza, ma un jet: i più economici, quelli dell'Aeronautica militare.

I sassi di Tortona e i «bravi figli»

Dell'orribile vicenda di Tortona, ciò che più mi ha impressionato è la «normalità» dei colpevoli: «teste vuote», come ha detto il giudice, ma più o meno uguali agli altri giovani, che infatti li emulano. «Bravi figli» (a sentire la madre), assassini per gioco. Cosa ne pensa? E che cosa dobbiamo dire ai nostri figli?

(F.B., Bari)

Possiamo solo dire, a noi stessi e ai nostri figli, che esiste anche l'imbecillità morale: il codice inglese la prevede e la condanna. Esistono persone che non hanno il senso del bene e del male, che non valutano le conseguenze dei loro gesti. Non capiscono che colpire un'automobile lanciando un sasso da un cavalcavia non significa avere fatto centro o Bingo, ma eventualmente aver compiuto un omicidio. Purtroppo i deficienti abbondano. Il famoso Phineas T. Barnum, quello che andava in giro mostrando fenomeni, a un cronista che gli chiedeva le ragioni del suo successo rispose con una domanda: «Su cento signori che lei vede sfilare sul marciapiede quanti, a suo parere, sono intelligenti?». Il giornalista rispose: «Credo una decina». «Io» concluse Barnum «mi dedico agli altri.» È probabile che la sua visione peccasse di un eccesso di pessimismo, ma il generale De Gaulle, a un estimatore che urlava: «Mio generale, morte ai coglioni!», rispose: «Si calmi. Il suo programma è troppo ambizioso».

Quei giovanotti di Tortona, a mio parere, più che malvagi sono stolti. Avevano inventato una versione rusticana della «roulette russa», quel gioco tragico che consiste nel far girare il tamburo di una rivoltella puntata contro la propria tempia: solo che loro, i mascalzoni del cavalcavia, miravano alle teste degli altri. Aver paura dei giovani d'oggi? Per fortuna, in maggioranza non sono così. Cosa dire ai nostri figli? Non mi pare un problema di discorsi, di esortazioni: bisogna cercare di farli crescere con una rispettabile idea dei valori, e la vita umana non è tra quelli trascurabili. Bisogna stare attenti a controllare che le loro teste contengano qualche idea del bene e del male e non restino invece pericolosamente vuote. Quello di Tortona è un crimine provocato più dalla pochezza mentale che dalla malvagità. Ma, intendiamoci, non consente il perdono: qualsiasi giustificazione, ogni attenuante, per non dire un'assoluzione, avrebbe il sapore della complicità.

Che Stato è questo?

Sono nata nel 1946 e, visto che in famiglia c'era bisogno di aiuto perché eravamo in tanti, sono andata presto in fabbrica e non ho ancora smesso di lavorare. Dopo trentasei anni sono proprio stanca, avrei tanta voglia di riposarmi, perché il lavoro talvolta è massacrante e poi ci sono la casa e la famiglia cui badare, per cui non ho un attimo di tempo libero. Ma, naturalmente, ho sbagliato il momento: adesso i nostri politici devono tirare i cordoni della borsa e allora fanno i confronti con gli altri Paesi dove proprio nessuno va in pensione a cinquant'anni. Possibile che se ne siano accorti solo ora, dopo che per anni hanno sperperato concedendo le cosiddette pensioni baby, aiutando gli invalidi inesistenti, proteggendo e finanziando i pentiti che dovrebbero essere mandati, loro sì, ai lavori forzati? Io ho fatto enormi sacrifici per conseguire un diploma di terza media e poter accedere ai concorsi statali però... vincevano sempre i raccomandati. Vorrei chiederle una cosa: è così sbagliato aver voglia di cacciare due dita negli occhi ai politici vecchi e nuovi? Sono nonna e vorrei godermi i nipotini visto che non ho potuto farlo con le mie bambine. Mi scusi lo sfogo.

(M. R., Cantù, CO)

Cara nonna, la capisco. Lei sta pagando, come tanti, conti non suoi. Questo è un Paese che rischia la bancarotta e il fallimento della politica che si traducono in ulteriori sacrifici per i cittadini. Un terzo della mia pensione, e ho versato per mezzo secolo, va in tasse: aveva ragione Vittorio Emanuele III che, alla vigilia della seconda guerra mondiale, credeva nei destini della Patria, ma aveva fatto un'assicurazione con i Lloyd di Londra.

Il personaggio

Allora: l'autista che guidava la Mercedes sulla quale viaggiava Lady D. aveva in corpo otto whisky, sufficienti quasi a sbronzare tutte le guardie di Buckingham Palace, e un'adeguata dose di antidepressivi. «Non era in sé» hanno decretato i medici dopo l'autopsia.

Non l'hanno uccisa, quindi, né i paparazzi, né la «stampa rosa»: sono i fatti, in realtà, che hanno un loro colore. L'hanno ammazzata un tunnel, una Mercedes che correva intorno ai duecento, guidata da un irresponsabile, e che aveva a bordo due signori distratti o che non avevano voglia di dire: «Non potrebbe andare più piano?».

Il desiderio di favole è tale che la storia di questa brava ragazza, già maestra d'asilo, che poteva diventare regina, si è trasformata subito in una leggenda: c'è la strega, come in tutti i racconti fantastici, che potrebbe essere Elisabetta, la sovrana cattiva, o Camilla, la vecchia amica di Carlo.

Peccato che il Principe Azzurro avesse un nome inadeguato: Dodi fa venire in mente più il torneo di tennis di Wimbledon che la Torre di Londra. La mite e dolcissima Diana esce dalla vita ed entra nel mito: come Grace, come Evita, che posavano sul trono, o come Marilyn, che faceva altrettanto, nuda, sui calendari. Lady D., come la chiamavano, ha reso un ultimo servizio alla monarchia, una istituzione forse inadeguata al presente, ma che tiene in piedi alcune tradizioni e, se non è più un simbolo, rimane sempre un forte richiamo turistico.

Nostalgia e targhe

Rivoglio la mia vecchia targa automobilistica. Quelle nuove non mi piacciono e sono di difficile lettura: basti pensare al caso in cui uno deve segnalare, per un motivo qualsiasi, la targa di un automezzo a un organo di polizia, magari in seguito a un incidente... Ma a chi dobbiamo la trovata peregrina di renderla anonima? Era

così bello poter individuare la provenienza delle vetture che ci passa-
vano accanto sull'autostrada: «Ma guarda quei milanesi, sempre
di fretta. Cosa ci fa da queste parti uno di Potenza?». Era un modo
simpatico per riconoscersi, per ricordare luoghi e persone, per fanta-
sticare. In fondo, era anche un modo per sentirci più uniti.

(U.V., Torino)

Non ho mai capito chi ha avuto la trovata e perché. È vero,
quelle targhe erano anche un segno di appartenenza etnica: sono dei nostri. Ho in mente che cosa voleva dire incontrare una comitiva di modenesi sulla Muraglia cinese o un
autobus di gitanti di Avellino a Praga, mentre stavano per
arrivare i carri armati russi. Sono così poche le cose che ci
uniscono: neppure gli spaghetti. Chi li vuole all'amatricia-
na, chi alla marinara e c'è perfino chi li preferisce alla put-
tanesca. Come dice il poeta, «Italia gente dalle molte vite».

Impronte digitali e razzismo

Mentre scattano le prime misure per il rimpatrio degli albanesi, su-
scita nuove polemiche la proposta di identificare finalmente con si-
curezza tutti i clandestini attraverso le impronte digitali. Una pra-
tica seguita da vari Paesi, compresi gli Stati Uniti. Ma molti parla-
no di idea razzista. È vero?

(E.A., Bologna)

Non direi: le impronte digitali non sono un indice di delinquenza, ma un elemento di identificazione degli stranieri,
tra i quali c'è troppa gente con vaghissimi elementi di riconoscimento. Mi pare ragionevole sapere con chi si ha a che
fare; del resto il sistema è praticato anche in altre rispettabili democrazie. Purtroppo, o anche per fortuna, l'Italia è un
Paese che ha circa 8000 chilometri di coste che si prestano a

ogni arrivo e a ogni traffico: sono un'apertura sul mondo e anche agli ospiti clandestini o indesiderabili. Fino a oggi il governo italiano ha praticato una politica di larghissima tolleranza, che poteva essere interpretata anche come una dimostrazione di impotenza: adesso è stata posta una scadenza di tre mesi per fare un po' d'ordine.

Noi, va sempre ricordato, abbiamo anche bisogno di manodopera straniera per certi lavori che gli italiani considerano non più confacenti per loro: a Berlino sono i turchi che spazzano le strade. Come nell'esercito dei ragazzi della via Paal, dove tutti erano promossi generali, toccava al piccolo Nemececk la parte dell'unico soldato semplice.

Sul concetto di razzismo esistono diverse interpretazioni: conobbi Malcolm X, leader del movimento per i diritti civili dei neri americani, in una «cafeteria» della 125ª Strada, a New York. Una stampa rappresentava l'*Ultima cena*: attorno a Gesù tutti gli apostoli erano neri, tranne uno, il bianco Giuda. Un altro esempio più divertente. Raccontavano di un negro balbuziente che si era presentato a un concorso per speaker della radio: era stato ovviamente respinto, ma lui diceva: «È per il colore della mia pelle». La verità è la stessa per tutti, ma esistono differenti culture e diverse eredità spirituali.

Certe polemiche sono gratuite: istituire un'anagrafe è una faccenda burocratica e non una scelta ideologica.

Milano divisa sulla festa a Dario Fo

Finisce in politica, e in diatriba, anche un evento storico come la conquista di un Nobel: il Consiglio comunale di Milano battaglia sull'idea di una grande festa in onore di Dario Fo e tutta la città pare più divisa dalle polemiche che unita dalla soddisfazione. Non pensa che tutto questo sia deprimente per l'ex «capitale morale»?

(T.D.G., Milano)

In un vecchio film del regista Renato Castellani, *Sotto il sole di Roma*, c'è una scena indimenticabile: 8 settembre, due soldati in fuga indossano strane divise, chiedono soccorso in un casolare di campagna. Ricevono una pagnotta e un pezzo di cacio, poi la contadina lancia un urlo straziante: «A Pasqua', so' italiani». Non erano prigionieri, ma, ahimè, dei nostri. Nessuno è profeta o vincitore in patria, e talvolta in famiglia. Giosue Carducci ricevette il premio Nobel nel 1906 e, alla moglie che gli leggeva il telegramma arrivato da Stoccolma, disse: «Elvira, hai visto che non sono un cretino?». Toccò poi a Luigi Pirandello: e credo che, mentre riceveva l'assegno delle migliaia di corone svedesi, gli venne in mente che quando usciva dai teatri dove recitavano i suoi primi copioni c'erano spettatori indignati che gli lanciavano monetine in segno di disprezzo; così veniva trattato l'autore dei *Sei personaggi*, qualche volta accompagnato dalla figlia piangente. Ero accanto a Quasimodo il giorno che ebbe l'annuncio della sua vittoria in Svezia: non gioì tanto per la sua affermazione, quanto immaginando la delusione di un concorrente, Giuseppe Ungaretti. Adesso è il turno di Dario Fo: di sicuro un personaggio di rilievo internazionale, ma che per il suo impegno politico divide l'opinione pubblica. I suoi copioni sono determinati da una visione politica (come ogni opera letteraria, del resto), ma qualcuno, più che l'aspetto letterario della sua opera, vede le bandiere rosse sulla Palazzina Liberty, l'impegno per il Soccorso Rosso e magari le esaltate versioni della Cina descritta come patria della democrazia. L'arte è un altro discorso. Céline è forse il più grande scrittore francese del secolo e simpatizzava per i nazisti. Così un altro Nobel del 1920, il norvegese Knut Hamsun: diede il suo appoggio al governo fantoccio nazista di Quisling. Già: Pirandello si iscrisse al fascio dopo il delitto Matteotti. Distinguiamo.

Il fatto

A un congresso di scrittori, a Leningrado (allora si chiamava così, e io c'ero da cronista), conobbi Tibor Dery, un ungherese superstite del diluvio che aveva travolto tanti idealisti, quelli che credevano nella giustizia e anche nella «dittatura del proletariato». Aveva scritto un bel racconto, ispirato dalle sue esperienze: *La resa dei conti*. Protagonista era un vecchio professore; c'era un'allieva che era andata a congedarsi perché voleva cercare la libertà oltre la frontiera. Diceva l'insegnante: «Questo popolo non ha espiato ancora il passato e l'avvenire. Non si può riparare a nulla. Non si possono resuscitare i morti. Bisogna vivere onesti, non riparare». Questa storia mi è tornata in mente seguendo la cronaca: il papa chiede scusa per l'Olocausto, i vescovi di Spagna e di Francia si pentono per l'appoggio dato al fascismo antisemita. È bello, certo, è nobile avere il coraggio di riconoscere i propri errori ed essere capaci di chiedere indulgenza. Ricordo quei tempi perché c'ero: il cardinale di Bologna, Nasalli Rocca, offriva la croce pastorale per incoraggiare il nostro tardivo colonialismo. Il cardinale di Milano, Schuster, definiva Mussolini «uomo della Provvidenza». Gli riconoscevano il merito di combattere «il materialismo ateo», come se il nazismo non fosse una nuova religione, che aveva anche il culto della razza. A Pio XII è stato rimproverato, anche con un copione teatrale, di non avere pronunciato una condanna di quei regimi: si intitolava *Il silenzio*. Forse, qualcuno dice, un suo intervento poteva provocare guai peggiori: ma non parlò.

Ma che legge è quella che permette ai «morti» di avere dei figli?

La notizia, tanto per cambiare, viene dall'America, dove pare che la legge consenta gli «esperimenti» più inquietanti. Una donna morta l'anno scorso sarà «madre» tra poco: l'embrione fecondato estratto dal suo corpo e congelato è stato infatti impiantato nell'utero d'una «mamma in affitto». Non pensa che sia una cosa aberrante?

(P.C., Pisa)

Ci sono storie che per me sono allucinanti. Come questa della signora americana morta di leucemia nel 1996, che diventerà «madre» nei primi mesi del 1998. I dottori le avevano estratto l'embrione e poi l'hanno introdotto nell'utero di un'altra donna. E la legge lo consente. Certo che è aberrante.

Come ha camminato la scienza! È nel 1906 che un medico inglese fa entrare nel vocabolario una parola nuova: genetica. Definisce una giovane scienza che studia il mistero e la natura dell'esistenza. Che richiedono grande rispetto.

In ogni cellula di essere vivente vi è un certo numero di cromosomi: quattro in quelle del moscerino, venti in quelle del granturco, quarantasei in quella umana. Nel cromosoma è rinchiusa gran parte del nostro destino: perché dal gene malato nasce l'uomo malato, nascono i nani che si vedono nelle pitture di Goya, i bambini affetti da sindrome di Down, o dalla lussazione congenita dell'anca, e forse anche i delinquenti.

Con le risorse della tecnica abbiamo avuto la madre che presta l'utero alla figlia, così il nascituro sarà nipote della mamma fisica, e contemporaneamente fratello di quella anagrafica. È lecito?

Le possibilità sono tante: gli ovuli di una donna sterile e

194

gli spermatozoi del marito sono stati trasferiti nelle tube della sorella infeconda. Dopo il concepimento il feto è ritornato alla destinazione desiderata, perché lo portasse a compimento. Anche due lesbiche hanno avuto le gioie della maternità senza, ovviamente, i precedenti...

Due scienziati inglesi hanno trovato il mezzo per determinare il sesso dei conigli. Ed è stato Robert Edwards, di Cambridge, dopo tre anni di prova, a realizzare l'allucinante previsione di Orwell e Huxley: la nascita dei figli in provetta. Ho conosciuto il «risultato» del riuscito esperimento: si chiamava Louise Brown, ed era una vispa e bella ragazzina. Ma era solo l'inizio.

Io odio me stessa

Ho vent'anni, studio filosofia, mi interesso di politica e a detta di molti sono carina, educata, intelligente. Un'esistenza apparentemente perfetta. E potrebbe esserlo se, dietro questa maschera impenetrabile come un muro di cemento, non ci fosse quello che io chiamo il «mio problema»: l'anoressia prima, la bulimia dopo. Malattie poco considerate, ma che danno origine a depressione e infelicità. Con gli altri cerco di mantenere il modello di comportamento che mi sono prefissata, ma quando sono a casa, da sola, mangio e vomito fino a desiderare di annientarmi fisicamente e moralmente per sfuggire ai miei sensi di colpa. Odio me stessa, il mio corpo che come una fisarmonica si allarga e si restringe, e mi isolo. Non so se lei è d'accordo con me, ma io in questi ultimi tre anni, riflettendo sulla mia esperienza, ho maturato l'idea di una società costituita da individui oppressi e non liberi di manifestare la loro più intima natura perché in lotta continua con modelli falsi, irraggiungibili. Dove sono il rispetto per la cultura, la sensibilità, il senso dell'amicizia, l'interesse per le persone in quanto interiorità?

(Alessandra, Pavia)

Cara Alessandra, una personcina come lei, capace di ragionare, di guardare attorno e in se stessa, con un eccesso, credo, di severità, dovrebbe essere anche capace di accettarsi. «Vogliatevi bene» esortava san Paolo, che non era titolare di una rubrica di buoni consigli. Io non vedo, francamente, attorno a me una società così oppressiva che non ci consenta di essere quello che siamo: egoisti o generosi, intelligenti o stupidi. Circola anche qualche cretino truccato, ma di solito alla lunga non regge. Vada da un bravo medico: forse basterebbe un buon amico. La felicità è una piccola cosa; per Léautaud, un anticonformista scrittore francese, «è andare dietro un cane mangiando ciliegie». Lei ha tante altre risorse.

1998

Da ricordare...

5 gennaio: la regina Elisabetta d'Inghilterra commissiona un sondaggio per conoscere cosa pensano i sudditi della monarchia.

14 gennaio: per la prima volta il Tg5 delle 20 sorpassa il Tg1. Il Tg5 è stato seguito da 7.889.000 spettatori contro 7.459.000 del rivale della Rai.

21 gennaio: comincia la visita di papa Giovanni Paolo II a Cuba, è il primo viaggio di un pontefice nell'isola.

28 gennaio: la Corte d'Assise di Verona condanna all'ergastolo il serial killer Gianfranco Stevanin, responsabile dell'omicidio di 6 donne.

5 febbraio: un Top gun americano in un volo a rasoterra trancia la fune portante della funivia del Cermis in Val di Fiemme. 20 persone a bordo si schiantano al suolo da 120 metri.

18 febbraio: rivoluzione a Buckingham Palace, per la prima volta una donna di colore, Colleen Harris, è chiamata a far parte del personale di Corte.

19 febbraio: niente più tatuaggi né piercing per i minorenni. Chi ha meno di 18 anni e vuole «bucarsi» l'orecchio può farlo con il consenso dei genitori.

24 febbraio: a Modena raccolte 2000 firme per l'abolizione della legge Merlin. L'iniziativa fa già scalpore, e in altre città si segue l'esempio, come a Prato dove è stato proposto un referendum.

28 febbraio: nella 48ª edizione del Festival di Sanremo che vede le nuove proposte in finale insieme ai campioni la vittoria va ad Annalisa Minetti.

23 marzo: domenica a piedi in 200 città italiane di cui 14 grandi (Roma, Milano, Torino, Catania, Napoli, Cagliari, Genova, Firenze, Bologna, Bari, Messina, Palermo, Trieste, Venezia-Mestre) per abbattere il livello d'inquinamento da gas di scarico.

1 aprile: si svolgono i funerali dello squatter Edoardo Massari suicida in carcere a Torino. Era stato arrestato perché ritenuto implicato negli attentati compiuti in Valle di Susa contro l'alta velocità ferroviaria. Alcuni mesi dopo si toglie la vita anche la sua compagna, Maria Soledad. L'Italia scopre la realtà dei centri sociali.

12 aprile: infuria la polemica sulle inclinazioni sessuali di chi opera nella scuola. Le dichiarazioni di Gianfranco Fini, che vorrebbe l'esclusione dei gay dall'insegnamento, dividono il Paese.

22 aprile: in occasione dell'ostensione della sindone tutti i sacerdoti della diocesi torinese potranno rimettere la scomunica legata al peccato dell'aborto e imporre loro stessi la specifica penitenza.

2 maggio: il Parlamento europeo approva la lista degli 11 Paesi che daranno vita all'euro. Ufficializzata la nomina di Wim Duisenberg a presidente della Bce.

5 maggio: alluvione in Campania: frane di fango dalle montagne che costeggiano il fiume Sarno devastano Quindici e Lauro (AV), Sarno, Siano e Bracigliano (SA). I morti accertati sono 147.

6 maggio: viene arrestato Donato Bilancia, il «serial killer della Riviera ligure» reo confesso di 17 omicidi commessi tra l'ottobre 1997 e l'aprile 1998.

15 maggio: muore all'età di 82 anni Frank Sinatra, soprannominato «The Voice».

2 giugno: dopo 16 mesi di lavori, fallisce la Bicamerale.

2 luglio: ai Mondiali di calcio in Francia il sogno degli azzurri cade ai rigori dopo una partita contro i padroni di casa.

18 luglio: ricoverato al Policlinico Gemelli di Roma per un aneurisma, Alberto Castagna, reduce da un recente intervento al cuore. Il conduttore di *Stranamore* tornerà a casa dopo 9 mesi.

29 luglio: il servizio studi della Camera ha finalmente accertato che abbiamo 10.845 leggi, 944 Regi Decreti leggi, 307 decreti legislativi luogotenenziali, 659 decreti legislativi, 5267 regolamenti vari tipo leggi, 20.000 leggi regionali.

7 agosto: secondo il Cnel, gli occupati nell'area dell'economia sommersa coinvolge 5 milioni di lavoratori.

16 agosto: partono in alcune città del Nord le crociate contro la prostituzione. Sanzioni con multe da 333.000 lire fino a 1 milione ai clienti che si fermano dalle «lucciole».

18 agosto: il presidente americano Clinton parla alla nazione della relazione fisica «impropria» avuta con Monica Lewinsky.

24 agosto: con la sua impresa che gli ha regalato la vittoria di Giro d'Italia e Tour de France, Marco Pantani entra nella leggenda del ciclismo.

29 agosto: l'Italia fanalino di coda in Europa per la lettura dei giornali. 8,8 giornali su cento abitanti, cioè nemmeno 6 milioni di quotidiani contro i 25 milioni in Germania o i 18 milioni in Inghilterra.

9 settembre: scompare a 55 anni Lucio Battisti. Più di 1 milione gli accessi in giornata al sito dell'Ansa che mostra due sezioni dedicate alla morte dell'artista.

13 settembre: dai dati diffusi negli ultimi giorni dai gestori di telefonia cellulare emerge che i possessori di telefonini in Italia sfiorano i 17 milioni, quasi 1 italiano su 3, neonati compresi.

13 novembre: Abdullah Ocalan, leader del Pkk curdo arriva da Mosca a Fiumicino e si consegna alle autorità italiane. Scoppia un complicato caso politico-diplomatico. La Turchia ne chiede l'estradizione, ma l'Italia rifiuta.

1 dicembre: la Camera approva la riforma degli affitti che mette fine all'equo canone e sostituisce anche i patti in deroga.

7 dicembre: a Napoli, le nozze tra Aniello Formisano e Sabrina Battaglia, entrano nel guinness dei primati per l'abito da sposa più prezioso del mondo, tempestato di 6000 brillanti, del valore di circa 10 miliardi.

16 dicembre: le Olimpiadi, i Mondiali di calcio, le partite ufficiali della Nazionale e il Giro d'Italia sono i principali avvenimenti che dovranno essere trasmessi solo in chiaro, non potranno, cioè far parte delle offerte esclusive della pay-tv.

I giorni terribili della contestazione

Secondo lei, gli anni tumultuosi e sotto un certo punto di vista anche esaltanti della contestazione giovanile, quelli del '68 per intenderci, furono una sana ribellione all'autoritarismo o non piuttosto il segno di una confusione culturale? Io sono molto giovane e di quel periodo so quello che mi raccontano i miei genitori e quello che leggo, ma vorrei conoscere il suo pensiero. Per favore, può spiegarmi qualcosa di quel periodo?

(R.A., Partanna, TP)

Fu, prima di tutto, un fenomeno di importazione: la rivolta cominciò in California, poi dilagò in Europa e, inevitabilmente, arrivò anche da queste parti. C'era in giro tanta baraonda: alla testa dei cortei dei ragazzi marciavano i ritratti di Che Guevara e di Ho Chi Minh. Simboli di ideali però anche di fallimenti. Gli studenti volevano «l'esame di gruppo» e la fine del nozionismo e non sapevano che differenza ci fosse tra triumvirato e quadrumvirato. In America ammazzavano Martin Luther King e Robert Kennedy, mentre i carri armati sovietici invadevano la Cecoslovacchia e Richard Nixon entrava alla Casa Bianca. Furono giorni terribili.

Non sempre il male può esser riparato

Quando ero bambino, la vecchia suora del catechismo ci insegnava che in Cielo si fa più festa per un peccatore pentito che per cento giusti. Sono quindi rimasto stupito da una sua affermazione che suona più o meno così: «Non si può rimediare a nulla. Bisogna vivere onesti, non riparare». Anche i grandi santi dicevano di essere peccatori e alcuni lo furono pure in maniera eclatante: se si condanna o si sminuisce la redenzione, che possibilità rimangono? Sia sincero: è più bella la storia del bandito Cavallero, la belva umana che ha passato gli ultimi anni della sua vita a servire nel volontariato, oppure quella di troppi signor Rossi, vissuti senza aver fatto nulla di male e niente di bene?

(F.R., Pavia)

Non mi sento calvinista e credo al pentimento e alla redenzione. Ma sono convinto che a certe cattive azioni non c'è modo di riparare: quando distruggi, ad esempio, la reputazione di una persona. «La rettifica» diceva il grande giornalista Mario Missiroli «è una notizia data due volte.»

Il fatto

Forse avremo una rete televisiva senza pubblicità. Che peccato: perché spesso sono gli spot commerciali che, in pochi secondi, sfoggiano il maggior numero di invenzioni. Non mi pare una straordinaria trovata: serve forse più agli equilibri politici che ai desideri degli spettatori. La «réclame», come dice Funari, quando è intelligente diverte e magari anche informa.

Io mi preoccupo quando sento alcuni esteti, o dei raffinati intellettuali, che propongono una tv culturale: non sono Goebbels, ministro devoto di Hitler, che quando sentiva alludere al sapere aveva la tentazione di tirar fuori la pistola, ma penso che il massimo per chi lavora per il piccolo schermo sia fare davvero la televisione. Che, come diceva l'insospettabile Benedetto Croce a proposito della poesia, guai a metterle accanto degli aggettivi. «Tutto è grazia» scrive Bernanos nel *Diario di un curato di campagna*. Parafrasando, si potrebbe aggiungere: tutto può essere buona televisione, basta saperla fare. Non tocca alla stampa quotidiana diffondere la cultura: per questo ci sono i libri e le università. I giornali devono semplicemente informare su quello che avviene nel settore: le mostre d'arte o i concerti, il teatro e le novità editoriali, anche la moda, anche le canzoni, anche il costume. Forse che il cantautore Trénet o i Beatles non hanno dato lustro a Francia e Inghilterra più di certi noiosissimi saggisti?

La tv, che ha molte colpe, ha anche tanti meriti. Ha, per esempio, insegnato agli italiani la loro lingua: non sarà granché, ma bisogna accontentarsi di certi presentatori o di certi telecronisti. Siamo diventati più uguali nel comportamento, nel mangiare, nel vestire. Se andate a un mercatino di paese, scoprirete che sono esposti gli stessi modelli in voga a Roma o a Milano: cambia magari la qualità del tessuto. E pensate agli infiniti villaggi che compongono la Repubblica e alle antenne che spuntano sui casolari: a questa gente la televisione fa un po' di compagnia. E porta le voci del mondo.

Quello a Gesù fu il primo processo politico nella storia?

Per il presidente della Camera, Luciano Violante, Gesù Cristo è stato un sovversivo del suo tempo e la sua condanna è dovuta al primo processo politico che la storia abbia registrato. Una tesi ardita non tanto quella del sovversivo, quanto quella del processo. Ma è stato proprio così?

(V.F., Sassari)

Non credo; già pare che il dissidio tra Caino e Abele fosse nato da ragioni corporative: il contadino Caino contro il pastore Abele, considerato un uomo privilegiato.

Secondo la legge in vigore in Palestina al tempo di Gesù, chiunque provoca «rivolte o tumulti eccitando il popolo» deve essere messo in croce, o dato in pasto alle belve, o deportato in un'isola «secondo la classe sociale alla quale appartiene». Pare che l'avvenimento che fece scattare «l'azione» legale contro Gesù sia stata la resurrezione di Lazzaro. Si riunisce il Sinedrio (cioè il supremo consesso politico, religioso e giudiziario ebraico, composto da 71 anziani) ed ecco l'accusa: «Quest'uomo compie molti segni, se lo lasciamo fare, tutti crederanno in lui, e verranno i romani e distruggeranno la nostra nazione».

Duro compito per Ponzio Pilato, che rappresenta l'autorità di Roma, è decidere la sorte di uno che dice «non ha fatto nulla per meritarsi la morte».

Tenta di salvarlo con una manovra: fa scegliere al popolo tra Barabba, accusato anche di omicidi, e Gesù, che ha fatto solo discorsi e prodigi. Davanti ai tumulti e alla folla, si fa portare una bacinella e si lava le mani: «Vedetevela voi».

Dà così agli ebrei la responsabilità della sentenza: non vuole avere fastidi con i suoi superiori che stanno nella capitale dell'impero né con la gente di quello «Stato satellite», già di per sé difficile da tenere a freno.

D'ora in poi si parlerà di «soluzioni pilatesche»: tali regole vennero applicate molte volte anche in questo secolo.

I nazisti, nei territori occupati, si avvalevano di collaborazionisti e il norvegese Quisling diventerà un simbolo. Ce ne furono parecchi, perché è molto diffusa quella tendenza che consiste, secondo uno scrittore satirico, nel correre in soccorso dei vincitori.

I giustiziati non hanno nazionalità

Quando in America un detenuto finisce sulla sedia elettrica o gli viene iniettata la sostanza letale, in Europa scoppiano le polemiche. Il popolo di sinistra grida alla barbarie, scende in piazza, fa appelli. Come mai allora in Cina (e tralascio Cuba perché spero che dopo la visita del papa sia cambiato qualcosa) ogni giorno avvengono condanne capitali, legalizzate, e lo stesso popolo di sinistra rimane indifferente? I giornali a malapena danno notizia dell'esecuzione, la televisione tace. Mi spiega perché mai?

(F.T., Forlì)

I morti ammazzati, a mio parere, dopo una sentenza, non hanno nazionalità. È una legge crudele e disumana. Dell'America si sa tutto, della Cina molto meno. La televisione ci fece vedere la rivolta dei ragazzi di piazza Tiananmen: ma la muraglia esiste ancora. Si sa che le famiglie dei fucilati devono rimborsare allo Stato anche il costo delle pallottole.

Ilona Staller mamma dell'anno 1998

Nell'Italia, Paese dei premi per eccellenza, non poteva mancare quello di «mamma dell'anno». Ci ha pensato la maison Gattinoni, chiamando a raccolta trenta signore dello spettacolo (tra le altre: Enrica Bonaccorti, Sabrina Ferilli, Marisa Laurito). Per il 1998 la prescelta è Ilona Staller. Non le pare una scelta discutibile?

(F.Z., Como)

Forse è stata una trovata un po' stravagante, ma ogni tempo ha i suoi modelli. Una volta si citava Cornelia, la mamma dei Gracchi, che presentava le creature, come dicono a Napoli, con qualche enfasi. «Questi sono i miei gioielli», poi abbiamo avuto tante varianti.

Ci fu perfino chi, per spillar soldi ai gonzi, inventò una genitrice al milite ignoto. Nessun cittadino del mondo ha più mamme dell'italiano: che si fa viva specialmente quando c'è da sbrigare qualche servizio militare. Pare invece che i soldati degli altri Paesi siano tutti figli di N.N.

Marco Pannella portò Ilona Staller (meglio conosciuta con il suo nome d'arte: Cicciolina) in Parlamento, forse tenendo presente che la verità di solito si presenta nuda, ma convinto, credo, di non avere nelle sue file un'altra Margaret Thatcher.

Che cosa si aspettavano dall'onorevole Ilona, che seguisse le tracce di Gipsy Rose Lee, la leggendaria regina del burlesque, o quelle di Golda Meir, guida degli israeliani? Non siamo calvinisti e tutti vogliamo credere nella redenzione umana: non c'è peccato che non possa trovare la via del riscatto. È anche vero che Cicciolina, nel suo spudorato candore, non aveva proprio nulla da nascondere; mentre ci sono «rispettabili» rappresentanti del popolo che non si presentano nudi, ma avvolti nel sospetto o nelle denunce. Certo che come deputato si distinse soprattutto per l'assenteismo: si piazzò al settimo posto, dopo alcuni democristiani e missini. In definitiva Cicciolina dava del suo, mentre tra i deputati c'era anche chi, sempre in nome degli ideali, arraffava cose d'altri.

C'è aria di recupero: ci fu un tempo, del resto, in cui nel mondo ecclesiastico si lanciarono caritatevoli proposte in memoria di Moana Pozzi, pornodiva ma cattolica. Era diventata l'esponente del «partito dell'amore», o pensava di associarsi con quello dei pensionati. e l'idea aveva qualcosa di provocatorio: di solito quella è gente che non consuma. Nessuno scandalo: oggi il concetto di purezza ha acquistato altri valori. La si applica magari ai brillanti o, più modestamente, all'olio di oliva.

Ma la colpa è sempre degli altri?

Ho appena sedici anni e già sono snervata dall'atmosfera familiare: siamo in cinque, cinque persone che non riescono a convivere e la situazione tende a peggiorare. Mamma, fin da quando ero piccola, mi ha dedicato ben poco del suo tempo: se ne sta spesso e volentieri davanti alla televisione, come una rimbambita, perché adora le televendite. Mio padre è sempre scocciato e guai a disturbarlo; ho una sorella acida e la nonna, poveretta, chi l'ascolta? Anche perché non si fa mai gli affari suoi. I giorni sono tutti uguali, lunghissimi, senza novità: gli imprevisti qualche volta contribuiscono a movimentare la vita, e forse mi farebbero sentire meglio. La scuola è stata un disastro, le amiche mi rimproverano in continuazione perché non ho voglia di uscire e dicono che sono una frana. Ogni tanto i miei genitori si accorgono che ci sono e allora mi chiedono meravigliati: «C'è forse qualcosa che non va?». A me verrebbe voglia di rispondere: «Sì, tutto», ma lascio perdere, tanto non ne vale la pena.

(Alessandra, Roma)

Disse una volta John Fitzgerald Kennedy: «Invece di chiedere di continuo cosa fa lo Stato per te, prova a domandarti che cosa fai tu per lo Stato». Perché non si pone il problema: «Sbagliano mamma, papà, mia sorella, la nonna, o non c'è qualcosa di eccessivo, forse troppe pretese in me? Sono io la misura del giusto?».

Il personaggio

In America è l'uomo del giorno: parlo di Rudolph Giuliani, sindaco di New York. Un altro italo-americano, come lo fu il leggendario sindaco Fiorello La Guardia che, con il suo strampalato linguaggio radiofonico, ci fece compagnia negli anni della guerra. Giuliani ha ingaggiato una coraggiosa e dura battaglia contro la delinquenza: ha piazzato un agente all'angolo di ogni strada. Sta anche attaccando i mafiosi e distruggendo il racket. Era già riuscito a rinviare a giudizio, da procuratore di Stato a Manhattan, i capi delle «famiglie» Genovese, Gambino, Bonanno che comandavano in città. Ma forse qualcosa contano ancora.

Dal padre, proprietario di una rosticceria a Brooklyn, Rudy ha ereditato l'odio per la criminalità organizzata. Ha frequentato scuole cattoliche e per un certo periodo era convinto di essere chiamato al sacerdozio. È stato l'accusatore in due processi: contro dei poliziotti e contro un deputato democratico, Bertram L. Podell, accusati di corruzione. Durante il controinterrogatorio, martellato dalle domande di Giuliani, Mr. Podell perse il controllo e ammise la sua colpevolezza.

Giuliani detestava Cosa Nostra e l'aria romantica di certi film e di certi romanzi che facevano dei delinquenti quasi degli eroi. Tracciava un quadro allarmante degli effetti dell'Onorata Società: «Le prime vittime» mi raccontò «sono stati i connazionali: hanno cominciato estorcendo denaro ai poveri italiani immigrati. Allora si chiamava "Mano Nera". Non vi è mai stato nulla di ammirevole nel loro operare. Droghe, imposizioni, infiltrazione nei sindacati. E poi investimenti nelle attività oneste che, con i loro metodi, rendono illecite». Giuliani ha reso New York più vivibile. Andrà ancora avanti, e molto.

Quest'anno il topless non è più di moda

Incredibile: da una recente indagine otto donne su dieci dichiarano di non prendere mai il sole in topless e sette italiani su dieci sono contrari al nudo in spiaggia. Sembrerebbe quasi che a esibire i seni al mare siano soltanto le star. C'è da rallegrarsi di questa inversione di tendenza nei gusti?

(G.S., Trento)

Cambia il mondo e cambia anche quello che il codice definisce «il comune senso del pudore». Secondo l'ironico scrittore Alfredo Panzini, che osservava le caste spiagge del suo tempo, quello delle donne lo avrebbero inventato gli uomini. Pudore, ha detto Guido Crepax, il creatore di Valentina, «è mancanza di volgarità». Le sottane dall'inizio del secolo si sono accorciate, partendo da terra, di quasi un metro. Pare anzi che l'unica rivoluzione della moda di questo secolo sia stata la minigonna. A me sembra, tutte queste invenzioni, più o meno sessuali, di averle già viste, o ne ho sentito parlare: il bikini, per esempio, l'ho ritrovato in Sicilia nei mosaici di piazza Armerina.

È assai probabile che i confini dell'eros siano stati spostati, e in avanti: ma è forse più merito delle conquiste della tecnica che dell'evoluzione della morale. Affermava con sicurezza lo scettico Anatole France che in materia di sesso Adamo ed Eva erano informatissimi e ne sapevano più di noi. La sensualità, spiegava Luchino Visconti, è anche sfiorarsi con una mano: ai tempi delle crinoline i nostri antenati si eccitavano per una caviglia. Gli eroi dei racconti di Vitaliano Brancati, sbarcati a Milano, sostavano alla fermata dei tram in piazza della Scala per intuire, più che vedere, le gambe delle ragazze che affrontavano il predellino.

Una ragionevole revisione del costume (cominciando da quello da bagno) non può che essere apprezzata. Troppa confusione: «Ciò che un tempo si chiamava amore» diceva Alberto Moravia «oggi si chiama sesso». Non si può mostrare più di tanto, e alla fine non rimarrebbe che ricorrere alla radiografia. Ormai si è fatta tanta strada anche in televisione, da quando erano un problema le gambe delle sorelle Kessler e l'ombelico della signorina Carrà, che continua a essere esibito, ma che rischia di diventare un reperto archeologico come il volto truccato di Nefertiti (Museo di Berlino). Sfilano seni al naturale, ondeggianti sugli arenili, che non dovrebbero essere esibiti, ma andrebbero sostenuti e raccolti dagli appositi contenitori. Un governo sensibile dovrebbe istituire delle licenze per le donne meritevoli di questa attenzione: è inutile tutelare il paesaggio, se poi ritrovi in mostra particolari anatomici che mettono in crisi le incontaminate, bellissime e sconosciute spiagge della Calabria, o i mondani Lidi veneziani.

Come c'è una stagione per la caccia ce n'è una anche per le tette.

1999

Da ricordare...

11 gennaio: muore il cantautore Fabrizio De André, 59 anni.

13 gennaio: una donna di 31 anni vedova da 1 anno e mezzo diventerà madre con il seme del marito morto.

14 gennaio: nell'ambito dell'operazione «Dea Bendata» gli agenti del commissariato di Cinisello Balsamo (MI) accertano che da almeno 6 anni le estrazioni del lotto a Milano erano truccate. 9 persone arrestate.

23 gennaio: si svolge in forma privata a palazzo Grimaldi a Montecarlo il matrimonio tra Caroline di Monaco e il principe Ernst August di Hannover. Alla cerimonia presenti anche i tre figli della principessa e i due del principe.

29 gennaio: il principe Carlo d'Inghilterra e la sua compagna Camilla Parker-Bowles in pubblico per la prima volta l'uno accanto all'altra si sono lasciati immortalare da centinaia di fotografi nel centro di Londra.

10 febbraio: la Corte di Cassazione afferma che non ci può essere stupro se una donna indossa i blue-jeans perché questo tipo di pantaloni non si possono sfilare «nemmeno in parte, senza la fattiva collaborazione di chi li porta». Viene così annullata con rinvio la condanna del violentatore di Rosa, 18 anni, di Potenza.

11 febbraio: le deputate del Polo protestano contro la sentenza ed entrano alla Camera indossando jeans.

15 febbraio: con un cachet di 24 milioni di dollari, pari a 42 miliardi di lire, Julia Roberts, 31 anni, diviene l'attrice meglio pagata nella storia del cinema.

27 febbraio: camicia sbottonata, cravatta allentata, Fabio Fazio inaugura Sanremo. Lo affiancano il premio Nobel Dulbecco e la modella francese Letizia Casta. Tra gli ospiti Neil Armstrong e Michail Gorbačëv. Vince Anna Oxa con *Senza pietà*.

12 febbraio: per il caso sexgate, il Senato assolve Bill Clinton sui due capi di accusa che prevedevano l'impeachment del presidente.

1 marzo: entra in vigore la Convenzione di Ottawa sul bando delle mine antiuomo, sottoscritta da 134 Paesi.

4 marzo: Monica Lewinsky racconta per il network inglese «Channel 4» la vicenda del sexgate. Per l'esclusiva, riceve circa 1 miliardo e 200 milioni di lire.

22 marzo: 3 premi Oscar a *La vita è bella* di Roberto Benigni come miglior film straniero, per il migliore attore protagonista e per la migliore colonna sonora (di Nicola Piovani).

24 marzo: gigantesco rogo nella parte francese del traforo del Monte Bianco. I morti sono 39.

24 marzo: poco prima delle 20 cominciano i bombardamenti della Nato contro la Serbia accusata di pulizia etnica nei confronti dell'etnia albanese kosovara. Belgrado proclama lo stato di guerra.

15 aprile: ancora in diminuzione gli spettatori del cinema. Nel primo trimestre 1999 rispetto allo stesso periodo dell'anno precedente, si sono venduti 4.206.000 biglietti in meno.

18 aprile: al referendum per abolire la quota proporzionale vota solo il 49,6%, il quorum non è raggiunto.

24 aprile: in vigore la legge che consente di comprare il giornale anche nei supermercati, bar, tabaccherie e librerie.

2 maggio: papa Giovanni Paolo II proclama beato padre Pio di Pietralcina.

12 maggio: Vittorio Cecchi Gori si separa dalla moglie Rita Rusic. È anche la fine di un sodalizio imprenditoriale.

13 maggio: Carlo Azeglio Ciampi è eletto presidente della Repubblica al primo scrutinio.

20 maggio: ucciso Massimo D'Antona, docente di diritto del lavoro, collaboratore del ministro del Lavoro Bassolino. L'omicidio è rivendicato dalle Brigate Rosse.

1 giugno: una mappa dell'Italia del dissesto stabilisce che frane, alluvioni e anche valanghe mettono a rischio quasi la metà dei Comuni italiani (45%).

10 giugno: la Nato annuncia la sospensione dei bombardamenti contro la Federazione Jugoslava.

23 giugno: si svolge per la prima volta l'esame di Stato che sostituisce la vecchia maturità.

7 luglio: il prezzo della benzina supera per la prima volta la soglia di 2000 lire al litro.

11 agosto: milioni di persone guardano l'ultima eclisse totale di sole del millennio.

16 agosto: muore Ketha, la bambina per la quale i genitori avevano chiesto la libertà di terapia con il metodo Di Bella.

25 agosto: torna in Italia Silvia Baraldini condannata in Usa per terrorismo. Il ministro Diliberto accompagna la mamma della Baraldini all'aeroporto: polemiche e richieste di dimissioni.

3 settembre: il Consiglio dei ministri approva il disegno di legge per la graduale abolizione del servizio militare di leva.

19 settembre: muore Leo Valiani, 90 anni, uno dei padri della Repubblica. Nel 1980 era stato nominato senatore a vita da Sandro Pertini.

29 settembre: il Senato approva in via definitiva la legge costituzionale per il voto degli italiani all'estero.

15 ottobre: premio Nobel per la Pace a «Medici senza frontiere» per il loro aiuto pionieristico umanitario in tutto il mondo.

31 ottobre: mondiale piloti Formula 1 a Mika Hakkinen con la vittoria in Giappone, alla Ferrari il titolo costruttori.

4 dicembre: muore Nilde Jotti. Rieletta ininterrottamente alla Camera dal 1946, ne era stata presidente per 13 anni, dal '79 al '92.

11 dicembre: la commissione stragi del Senato rende pubblico il dossier Mitrokhin che contiene la trascrizione di 200.000 documenti del Kgb, risalenti al periodo tra il '72 e l'84, con i nomi di informatori tra cui anche degli italiani.

Rischia il posto per aver posato seminuda: è giusto?

Scandalo in Germania: la giornalista Susan Stahnke, conduttrice del telegiornale della prima rete pubblica, è apparsa in posa sexy sulla copertina del settimanale Gala, *imitando Marlene Dietrich. Il suo direttore vuole licenziarla per «avere danneggiato la credibilità del tg». Secondo lei le giornaliste non possono posare?*

(P.F., Merano, BZ)

A mio parere dipende dove, con chi e perché. La verità, di solito, viene rappresentata senza niente addosso: potrebbe anche aver tentato di simboleggiare un'aspirazione del mestiere. Va ricordato che la sua, e la nostra, antenata Eva si ricoprì solo dopo avere peccato.

Teniamoci ai fatti. La signorina Susan Stahnke non è una persona qualunque: è la conduttrice, termine orrendo per dire che legge le notizie, al tg della prima rete tedesca. Una specie della nostra Lilli Gruber o di Maria Luisa Busi che sono molto graziose, ma non credo che cadrebbero mai in queste insidie.

Fräulein Susan ha molte giustificazioni: tra l'altro, in quelle immagini cercava di impersonare un mito del passato, nientemeno che Marlene Dietrich dell'*Angelo azzurro*, il film che rese famoso il suo volto scavato e, soprattutto, le sue cosce scultoree. La spiegazione dei capi che non hanno apprezzato ufficialmente la foto sexy è la consueta: la televisione entra in tutte le case, deve essere come l'acquedotto, e di solito l'acqua non è frizzante, e c'è da rispettare la morale familiare.

«Famiglie, io vi odio» è la famosa ed esasperata battuta di André Gide. Non credo proprio che la tv sia un diabolico strumento di corruzione, visto anche quello che si dicono e si rinfacciano i congiunti quando vanno a esibirsi, suppongo dietro compenso, in certi discutibili programmi del piccolo schermo.

A mio parere, trovo più immorali e più nocive certe trasmissioni fondate su una specie di dissenteria sentimentale, con lacrime e abbracci in diretta, con gente che fa finta di ritrovarsi, ma dopo essere passata all'ufficio scritture, viaggio pagato e compenso pattuito, per andare a interpretare le proprie disgrazie e la finalmente raggiunta felicità. Le parole sono spesso più impudiche, come gli applausi a comando, come certe confessioni di detenuti che rievocano il loro delitto, quasi fosse un fumetto che non contempla la morte e il dolore.

Con l'erotismo che esaltano manifesti, spot, pubblicità – ed è pure un aspetto della vita – sarei tollerante come pure con la signorina Stahnke che deve essere, oltre che disinvolta, anche molto graziosa. Ha dato del suo.

Quasi tutti si danno del «tu»...

Oggi anche tra persone che si sono appena conosciute, ma anche tra chi non si conosce affatto, l'uso del «tu» sembra quasi d'obbligo. Un cameratismo di maniera che, sostengono alcuni attenti osservatori del costume, annulla l'autenticità dei rapporti: tutti indifferenziati. Secondo lei è meglio tornare al «lei»?

(P.B., Imperia)

Credo che il «tu» comporti confidenza, amicizia. Una volta a Botteghe Oscure un militante che arrivava dalla provincia disse all'allora segretario del Pci, Palmiro Togliatti: «Compagno, come devo regolarmi?», e si riferiva al linguaggio. Togliatti rispose: «Mi dia del lei». Ci fu il tempo della retorica fascista in cui, dietro un'infausta proposta del letterato Bruno Cicognani, a tutti venne imposto «l'italianissimo voi». Che i vecchi, del resto, usavano naturalmente anche tra coniugi: il che non voleva dire minore tenerezza. Quando un giovanotto e una ragazza, se non erano compagni di studi, facevano la proposta: «Diamoci del tu», si passava di solito da una forma di cortesia a un discorso che poteva anche presupporre più cordiali e affettuosi rapporti.

Perfino nel melodramma il «voi» imperversava: «Voi lo sapete mamma,/prima di andar soldato,/ Turiddu aveva a Lola/eterna fè giurato» (*Cavalleria rusticana*). Il lei funziona invece nella *Bohème*: «Che gelida manina, se la lasci riscaldar».

Penso che Renzo e Lucia si davano del voi, ed erano già promessi sposi, ma del resto non si abbandonavano a gesti o a discorsi passionali. Non credo sia un problema solo di galateo, ma l'espressione anche di una considerazione sbagliata dei ruoli. Per me sono insopportabili quei signori che, per esempio, danno del tu al cameriere; preferisco in questo caso i tedeschi che gli si rivolgono con la formula ossequiosa «Herr Ober», signor cameriere.

Penso che il rispetto non si dimostri solo con le parole, anche se è vero che in qualche caso diventano pietre, ma sono i fatti che hanno una logica inoppugnabile. Un'amicizia, un rapporto umano deve affrontare gli ostacoli, gli inconvenienti, i fastidi quotidiani: l'amore, ha detto qualcuno, è ripetere le stesse frasi e sentirle come se fossero sempre nuove. Un illustre letterato ammetteva che difficilmente c'è di meglio di quelle che vengono cantate o sospirate a

Sanremo. C'è una canzone napoletana che vale quanto le rime che Dante dedica a Paolo e a Francesca: *Te vojo bene assaje.*

Il personaggio

Sono felice perché il mondo si è accorto che Roberto Benigni è un genio dello spettacolo. Come lo erano Chaplin, se mi è concesso un confronto che non considero ardito, e Buster Keaton.

È una maschera italiana e sembra inventato da Collodi: certamente è stato compagno di Lucignolo e di sicuro ha conosciuto Gianburrasca. È eccessivo in tutto, anche nelle trovate, e diffonde attorno a sé un senso di libertà e di allegria. È toscano, come Boccaccio, e la sua scurrilità è innocente. Anche quando adopera le brutte parole. Fa venire in mente i cipressi, i fagioli all'uccelletto, l'olio buono, il pane insipido e la pittura dei primitivi. Nessuna innocenza sarà stata turbata sentendolo parlare della gattina e della passera, del pipino o del pisellino, che oltretutto sono diminutivi e non possono scatenare l'erotismo.

Lo hanno chiamato «giullare», «saltimbanco»: sono complimenti, non offese. Anche san Francesco veniva trattato da buffone di Dio, ed è sempre meglio che fare da cantastorie (in gergo: portaborse) a qualche onorevole.

In ogni caso Roberto anche tra funamboli, acrobati, equilibristi e giocolieri sarebbe sempre il meglio della compagnia.

È anche uno straordinario narratore: «Quando cammino per Firenze, il Duomo non lo guardo neanche, me lo sento tutto addosso, e mi pesa ogni mattone. Io sono ogni mattone. In un certo senso è come se il Duomo lo avessi fatto io. Tra me e Firenze c'è un rapporto sfuggente, l'attraverso di corsa, come un ladro, per paura di essere preso».

Che tempo fa? Non lo so, ma parliamone

Il maltempo dell'inverno passato ha fatto parlare di sé per la sua eccezionalità; l'estate scorsa è stata più volte menzionata come una delle più calde degli ultimi anni. Oggi addirittura un quotidiano titola un articolo: «Preparatevi, è in arrivo un'estate torrida». Ma perché tanto allarmismo? È ovvio che d'inverno faccia più o meno freddo e che l'estate sia più o meno calda. Del resto non viviamo in quei Paesi privilegiati dove le temperature rimangono sui 25 gradi fissi per dodici mesi. Cosa spinge allora i giornali e la televisione a parlare tanto del tempo? Non sarebbe più opportuno dare finalmente delle case decenti ai terremotati che da più di due anni, invece, vivono in scatolette metalliche che non riparano né dal freddo né dal caldo? Questo sì ci deve preoccupare e allarmare: costringere tanta gente ad affrontare infiniti disagi nonostante i miliardi stanziati per offrire condizioni di vita migliori, da uomini. Lungi da me l'idea di fare polemiche: vorrei solo mettere in evidenza il fatto che spesso ci lasciamo prendere (e preoccupare) dalle «non notizie», quelle che servono solo a riempire le pagine dei giornali.

(M.D.P., Castel S. Giovanni, PC)

«Che tempo fa?» appartiene ai dialoghi consueti e alle trasmissioni televisive più seguite, anche per gli inglesi che escono spesso di casa con l'ombrello infilato sotto il braccio. È un discorso scontato, forse banale, ma anche chiedere «Come stai?» lo è, non sempre presume un affettuoso interesse. Una volta, il mio amico Giovannino Guareschi mi fece l'elogio del luogo comune «È bello dire: "Ricordi l'inverno del '29? Non ce n'è stato più uno così freddo"».

Protesto in nome della normalità

Uno scarno accenno trasmesso in coda ai servizi di un telegiornale della sera (era morta la giovane signora che, pur essendo in coma, aveva dato alla luce un bambino) mi ha fatto riflettere. Possibile, mi sono detta, che non si possa dare più spazio alle vicende umane? Proprio quella sera si erano dilungati sul passaggio di azioni tra due griffe della moda: allora, ho concluso, sono più importanti i giri di denaro che la scomparsa di una mamma. E questo mi è parso molto triste. Nella storia di quella povera donna io ho visto la speranza più che il dolore, la fatica di un bimbo prematuro che lotta per vivere, il sacrificio di un padre che dovrà crescere un figlio. Come si possono trascurare questi fatti che appartengono a tutti noi? Io faccio parte della gente comune che lotta quotidianamente con realtà ben diverse da quelle a cui si dà tanta importanza oggi e non posso anzi non voglio, credere che la vita della gente semplice si possa raccontare in un minuto.

(B.L., La Spezia)

C'è gente che è entrata nella storia anche per una parola: vedi Cambronne; o ha aggiunto alla sua gloria il valore di un atto di umiltà, Garibaldi che risponde a un invito di Vittorio Emanuele III con un messaggio che è esempio di sintesi: «Obbedisco». Non c'è paragone possibile tra i due fatti che lei racconta, che non si misurano del resto con la lunghezza di una notizia televisiva; ma si sa che è difficile raccontare il bene: si presta poco al romanzo.

Cattolica e innamorata

Forse le sembrerà un argomento futile, ma sono stata lasciata improvvisamente dell'uomo di cui ero follemente innamorata. Una storia un po' complicata, durata troppo poco. Lui in piena crisi matrimoniale e prossimo al divorzio e io cattolicissima con i sensi di colpa pensando di non poter far coesistere lui e Dio. All'improvviso, come un fulmine a ciel sereno, la moglie ritorna e io vengo abbandonata. Mi sono sentita sporcamente usata, soffro tantissimo, piango in continuazione: eppure è trascorso già parecchio tempo. Ho trentacinque anni ed era la prima volta che vivevo una storia così bella e intensa. Si dice che il tempo guarisce le ferite: ma le mie sembrano non rimarginabili. Volevo chiederle una cosa: è giusto che la Chiesa non ammetta il matrimonio con un divorziato?

(N.F., Brescia)

Mi pare che una volta i divorziati fossero esclusi anche dalla comunione; mi risulta che oggi ci sono sacerdoti che invece la somministrano. Un tempo furono scomunicati i comunisti, però non mi accorsi che venissero cacciati dalla comunità dei cattolici. La Chiesa ammise il secondo matrimonio di Guglielmo Marconi; concedendogli l'annullamento. Era Marconi.

La torta «proibita»

La responsabile del servizio Igiene degli alimenti dell'Asl n. 8 di Quartu (Cagliari) ha chiesto di dichiarare fuori legge le torte e i pasticcini «dalla provenienza dubbia», compresi i dolci fatti in casa da mamme e nonne. Per le feste di compleanno in classe solo prodotti confezionati. Non crede che sia esagerato?

(E.M., Monserrato, CA)

Ci sono alcuni versi del Giusti che un mio vecchio zio preside mi recitava con insistenza: «Il buonsenso che un dì fu caposcuola/or nella scuola non esiste affatto./La scienza sua figliola/lo uccise per veder com'era fatto». Ma davvero la scolaresca corre dei rischi se mangia la ciambella che un ragazzo ha portato da casa? Ma chi sono le avvelenatrici? E questi saggi dell'istruzione, questi tutori della salute seguono, ogni tanto, la cronaca?

Riassumo alcuni precedenti. Una nota ditta, che compariva anche in *Carosello* e mostrava sempre una famiglia raccolta attorno al desco che brindava lieta con il «buon vino», respingeva l'idea tradizionale di ricorrere alla vite e imbottigliava acqua di pozzo, zucchero e ammoniaca. Altri cantinieri, più ispirati, fabbricavano Freisa e Albana con l'essenza di arancio, l'infuso di iride e il distillato di rosa bulgara. A Cremona furon rinvenuti migliaia di quintali di «burro di prima panna» che se, come nei cartoni animati, avesse chiamato la mamma, invece di una mucca svizzera si sarebbe presentata una palma tunisina.

Poi c'è stato il dolciere che impastava i biscotti con l'acido borico, e si giustificava dicendo che, fino a quel momento, nessuno lo aveva proibito, ma sul piano delle invenzioni venne superato da un concorrente che metteva in commercio un surrogato di cioccolato fatto con il mangime destinato ai vitelli. Rimase forse sorpreso quando lo denunciarono, dato che l'associazione agricoltori non si era lamentata e i bambini neppure. Poi c'è stato il salumificio lombardo che «lavorava» maialetti colpiti da peste africana, trasformandoli in appetitosi salami e in gustosi prosciutti. E dopo, l'acqua minerale di Parma, che i batteri rendevan viva e frizzante: veniva infatti confezionata con liquidi pompati da rivoli malsani e alcuni ospedali della zona se ne rifornivan con larghezza. Gli infermi che superavano la prova del bisturi o sfuggivano all'infarto dovevano poi subire l'attacco del microbo.

Ma continuiamo a insegnare ai ragazzini la storia e a consentirgli di dimostrare quanto son brave in cucina le madri: questa è la patria di Lucullo, che stabilì le regole del banchetto, di Caterina de' Medici che portò in Francia, alla

226

corte di Enrico II, il genietto che gettò le basi della esaltata cucina d'Oltralpe, e da qui partì Marco Polo, che imparò dall'Oriente il segreto dei vermicelli, dei maccheroni e degli scampi fritti. Diamo spazio alla fantasia domestica.

Il fatto

Un matrimonio è saltato per colpa, dicono i giornalisti, di un «adulterio virtuale». Sognato, non consumato. Dunque: la storia si svolge su un autobus. Protagonisti: il conducente e una passeggera di nome Anna. Stato civile: coniugata. L'autista non gradisce le molte attenzioni della signora: bigliettini, assidua e incombente presenza che lui non considera gesti d'amore, ma molestie. Il soggetto del corteggiamento si rivolge prima ai carabinieri, poi allo sposo che rischia le corna: che restano soltanto come sogno, o fantasia erotica. Questa avventura, che sarebbe piaciuta a Messer Boccaccio o ad Achille Campanile, finisce alla Corte di Cassazione che, non avendo il senso del comico, considera quella passione incompiuta come se fosse stata effettivamente consumata. Vengono in mente le barzellette ispirate dall'argomento. Quella della ragazza di campagna che aveva un appuntamento serale con il «moroso», ma aveva un problema che l'angosciava e che confidò alla madre: «Mi ha detto che vorrebbe fare l'amore platonico: che cosa vuol dire?». «Non lo so, ma per stare tranquilla fai la doccia.» O quella del peccatore che sussurrava nel confessionale: «Quando vado a letto con mia moglie, penso a Marilyn Monroe». E il sacerdote: «Neh, che aiuta?». Eppure la suprema corte ha stabilito che la gelosia è «espressione di un sentimento egoistico tutt'altro che nobile ed elevato». Infatti praticamente è scomparso quello che si chiamava «delitto d'onore». L'adulterio non è più reato. La gente, se ha le corna, se le tiene o divorzia. Otello e Desdemona non sono più di moda.

Atei e battesimo

Il battesimo non può essere cancellato perché è un sacramento. Così avevano risposto le autorità religiose a un uomo che, divenuto ateo, aveva chiesto la cancellazione dai registri parrocchiali. E dello stesso parere è stato il garante della privacy: un atto avvenuto non può essere annullato. A me sembra una prevaricazione. Lei che ne pensa?

(T.N., Vercelli)

Ritengo che sia un problema inesistente: a uno che non crede in Dio, che cosa gliene importa di un gesto deciso da altri e compiuto da sacerdoti che per lui rappresentano qualcuno che non esiste? Davvero considera limitata la sua libertà dall'appartenenza a una Chiesa che non frequenta e alla quale è stato iscritto d'ufficio? Il battesimo è un sacramento, per chi crede, che non si può cancellare: ma è patetico che un indifferente o un ostile chieda la libera uscita dalla Chiesa, che per lui è una specie di caserma. Cancellare il proprio nome dai registri parrocchiali non significa eliminarlo da qualche obbligo fiscale, come accade invece in altri Paesi: qui c'è la libertà di scegliere la confessione che più risponde ai propri convincimenti.

Ci sono prelati che si dichiarano disposti a scrivere negli atti che un parrocchiano ha cambiato idea e desidera essere escluso dalla comunità nella quale è stato immesso, ovviamente senza possibilità di consultazione, dai genitori. E anche lo Stato, secondo il garante della privacy, potrà prendere atto del cambiamento. Con una nota a margine che non cancella un fatto, ma testimonia del mutamento. I nostri atti, dunque, anche quelli che dalle nostre parti accompagnano le nascite, ci seguono. Mi pare che il miscredente, il negatore di Dio, sia un po' ridicolo con la pretesa di annullare anche un atto burocratico, del quale poi se ne infischia allegramente. Per lui, quell'acqua che gli hanno versato in testa è stata più che altro un lavaggio igienico, una cerimonia che per i suoi congiunti fu l'occasione per una festa, la consacrazione di una nuova vita.

Del resto, esiste il divorzio, ma per i cattolici praticanti c'è solo l'annullamento del legame sancito da un tribunale ecclesiastico. Si potrebbe invece auspicare che questo sacramento, come accadeva ai primi cristiani, fosse amministrato agli adulti, più consapevoli. Ma lo «sbattezzo» è un ritorno a un passato anticlericale che oserei definire ridicolo: abbiamo visto l'ex materialista Michail Gorbačëv, nell'ora del dolore, pregare con pietà.

Rispettare chi soffre

Mia madre stava molto male e quando è entrata in ospedale era impaurita. Durante il ricovero è stata colpita da un ictus cerebrale che le ha tolto la parola e così cercava di farsi capire con gli occhi e qualche piccolo gesto. Il giorno dopo, durante il giro delle visite, uno dei medici, davanti a lei, si è portato un dito alla tempia e picchiettandosela rideva e diceva che ormai mia madre non c'era più con la testa. E invece, povera donna, capiva e, terrorizzata, mi chiedeva con lo sguardo perché e io ho saputo solo dirle che non era così, che non doveva preoccuparsi. Ma non l'ho protetta e mi resta questo dolore. Ma perché tanta cattiveria?

(F.L., Reggio Calabria)

Aggiorni la domanda: perché tanta stupidità? O tanta indifferenza per il dolore degli altri? Non c'è nessuna giustificazione «professionale» per questo atteggiamento: il bravo chirurgo non si impressiona per il sangue, ma rispetta il malato.

2000

Da ricordare...

1 gennaio: il timore del baco del millennio si dimostra infondato, tutto funziona e il passaggio al 2000 crea pochi e limitati danni.

1 gennaio: all'inizio dell'anno santo, dopo San Pietro e San Giovanni, il papa apre la terza porta santa delle basiliche romane, quella di Santa Maria Maggiore.

4 gennaio: chiude *Noi donne*, il mensile storico del Movimento delle donne fondato dall'Udi (Unione donne italiane) nel giugno 1944.

12 gennaio: suscita polemiche l'intervista televisiva ad Agnese e Leonardo, i due amanti fuggiti dal paesino umbro di Montecastrilli (TR) e poi tornati. Per l'intervista la Rai avrebbe pagato 30 milioni di lire.

19 gennaio: ad Hammamet, in Tunisia, muore Bettino Craxi.

24 gennaio: al termine dell'ottavo processo per l'omicidio del commissario di polizia Luigi Calabresi confermata la condanna a 22 anni di reclusione per Adriano Sofri, Ovidio Bompressi e Giorgio Pietrostefani.

1 febbraio: le partite di calcio potranno essere sospese se sono esposti striscioni razzisti.

7 febbraio: gli italiani perdono il sonno per Luna Rossa. Sono oltre 3 milioni i telespettatori che seguono in diretta le regate della Coppa America in onda dopo mezzanotte su Raidue.

12 febbraio: secondo i dati Oms, nel mondo sono almeno

80 milioni le coppie infertili, in Italia sono circa 40.000.

21 febbraio: comincia il 50° Festival di Sanremo. Jovanotti e Bono sono per la cancellazione dei debiti dei Paesi poveri. Vincono gli Avion Travel con la canzone *Sentimento*.

28 febbraio: primo concorso per l'ammissione a una accademia militare aperto anche alle donne. Per 28 posti si presentano in 6500, il 51% degli aspiranti allievi.

28 febbraio: un giudice del Tribunale di Roma autorizza un procedimento di fecondazione assistita mediante l'uso del cosiddetto «utero in affitto». La sentenza del magistrato provoca polemiche.

12 marzo: il papa Giovanni Paolo II per la prima volta nella storia della Chiesa, chiede sette volte perdono per le colpe storiche e attuali dei «figli della Chiesa».

29 marzo: il Tribunale dei minori di Milano approva in via definitiva la richiesta di una madre di dare ai suoi figli solo il suo cognome.

30 marzo: in vigore l'obbligo del casco per tutti i maggiorenni che usano le due ruote.

31 marzo: è una «farfalla tecnologica» il nuovo marchio Rai.

13 maggio: il segretario di stato vaticano Angelo Sodano rivela per grandi linee i contenuti del terzo segreto di Fatima.

16 maggio: il mare italiano riesce a strappare 53 chilometri in più all'inquinamento: la percentuale di costa balneabile passa dal 66,8% del 1998 al 67,6% del 1999.

1 giugno: *Se scappi ti sposo*, interpretato da Julia Roberts, con oltre 32 miliardi di lire di incasso, è il film più visto della stagione 1999-2000.

2 giugno: il Consiglio dei ministri approva il disegno legge, proposto dal ministro per la Solidarietà Sociale Livia Turco, che innalza da 40 a 45 anni la differenza di età fra gli aspiranti genitori e i bambini da adottare.

7 giugno: a Chiavenna (SN) tre ragazze uccidono a coltellate una suora per un rito satanico.

29 giugno: muore nella sua casa di Roma per una crisi cardiaca l'attore Vittorio Gassman, 77 anni.

8 luglio: circa 200.000 persone sfilano per il World Gay Pride dalla Piramide al Circo Massimo, passando a fianco del Colosseo.

11 luglio: la popolazione straniera residente in Italia è di 1.270.553 unità, con un incremento del 13,8% rispetto al 1999. A crescere sono soprattutto i minorenni stranieri che, secondo dati Istat, sono aumentati del 23%.

14 luglio: in un'intervista al Tg1, Vittorio Emanuele di Savoia dice di essere pronto a giurare fedeltà alla Repubblica italiana.

4 agosto: a Londra, circa 40.000 persone stipate lungo il percorso da Clarence House a Buckingham Palace, salutano la regina madre, lady Elizabeth Angela Margaret Bowes Lyon, che compie 100 anni.

19 agosto: oltre 2 milioni di ragazzi a Tor Vergata per il Giubileo dei giovani.

23 agosto: *Libero*, il quotidiano diretto da Vittorio Feltri, pubblica i nomi di 16 pedofili condannati con sentenza definitiva per reati sui minori.

4 settembre: le donne in gravidanza possono restare al lavoro fino all'inizio del nono mese per avere poi 30 giorni in più per stare a casa con il neonato.

14 settembre: comincia su Canale 5 il *Grande Fratello*, con 10 concorrenti che entrano nella casa-bunker che li ospiterà per 100 giorni.

27 settembre: le edizioni serali del Tg1 e del Tg3 mostrano immagini esplicite riguardanti un'inchiesta sulla pedofilia. Si scatena una bufera sulla Rai, nonostante le scuse dei direttori Lerner e Rizzo Nervo che si dimettono.

28 settembre: la visita del primo ministro israeliano Ariel Sharon alla Spianata delle moschee a Gerusalemme est innesca la seconda intifada palestinese. Inizia una serie interminabile di attentati kamikaze.

15 ottobre: maltempo e alluvioni in Valle d'Aosta, Liguria, Piemonte e Lombardia. Muoiono 25 persone.

2 novembre: il Telefono Arcobaleno, contro la pedofilia, annuncia la chiusura.

15 novembre: muore suicida Edoardo Agnelli, 46 anni.

17 novembre: nuovo allarme mucca pazza: il governo blocca l'importazione di carni di bovini adulti e con l'osso.

24 novembre: per accaparrarsi un esemplare della Playstation2, migliaia di appassionati fanno la fila per tutta la notte davanti ai negozi in tutta Europa. In Italia, in 3 ore le nuove console vengono esaurite.

1 dicembre: la Corte di appello di Roma conferma che Manuela e Claudio Garofolo sono figli di Claudio Pica, nome vero di Claudio Villa.

Vezzi e vizi all'italiana

È incredibile! Non passa giorno in cui uomini politici e personaggi pubblici non rilascino ai giornali o alla televisione dichiarazioni che poi puntualmente smentiscono o dicono essere state «fraintese». Possibile che tutti i giornalisti non capiscano l'italiano?

(F.G., Castegnato, BS)

C'è una storiella bolognese che, lo dico senza eccessi campanilistici, a mio parere ha un valore universale. In un bar, forse per questioni di biliardo o di tifo sportivo, succede un parapiglia, arriva la polizia e fa una retata di rissosi. Ma c'è un signore che passa subito sulla difensiva e proclama: «Io non c'ero, e se c'ero ero in bagno». Potrebbe essere un motto nazionale, confermato da fatti recenti, per cominciare la «Missione Arcobaleno». Gli aiuti degli italiani per i poveri kosovari non hanno avuto sempre la giusta destinazione: c'è chi li ha lasciati deteriorare, e chi ha pensato di dar vita a un lucroso mercato. Con grave danno alla reputazione degli enti assistenziali, con offesa alla buona fede e alla generosità dei cittadini. Leggo sul *Manifesto*, «D'Alema smentisce D'Alema e rinnega la lettera sulla flessibilità firmata da lui e da Blair». Dice: «I giornali non hanno capito perché quel testo è scritto in inglese e in francese». Di solito, si dice così dei cronisti anche quando certe dichiarazioni sono fatte in italiano: ma a volte la colpa può essere anche di chi non sa spiegarsi. Non è sempre vero che la stampa fraintende: i cretini sono divisi, più o meno con equità, tra tutte le categorie. Altra polemica con scambio di accuse tra il superprocuratore antimafia Pierluigi Vigna e il Consiglio superiore della magistratura: colpa del sostituto Giovanni Lembo, accusato di avere legami con i mafiosi. Non finisce mai la possibilità di intrighi: scambi di favori e di regali, dovuti alla regola: «Se io do una cosa a te, tu ovviamente ricambi». Così è stato, pare.

Un appello per il mondo

Ho trentacinque anni, due bimbi e posso dire di essere una persona serena per quanto lo consentano i tempi. Vorrei parlarle di un programma televisivo proposto da Raitre il lunedì sera, alle 20 e 50, che si occupa dell'infanzia tribolata in Africa, in Sudamerica, in Asia, nell'ex Urss: realtà così disperate che attanagliano il cuore. Quei grandi occhi gonfi di pianto sui quali le telecamere indugiano, mi fissano, mi svuotano, ma poi mi prende la rabbia quando compaiono sullo schermo i numeri dei conti correnti postali per l'invio delle offerte. Non credo che quella gente abbia bisogno del poco che possiamo donare, di un gesto di carità. Dove sono, mi chiedo, le superpotenze, i colossi della finanza, le grandi menti politiche? Perché è così importante andare su altri pianeti per scoprire possibili forme di vita, mentre la vita sulla Terra non è tutelata? Ma che cosa stanno facendo? Questa gente ci chiama e vuole il nostro aiuto.

(A.D.S., Pescara)

La sua visione è molto cristiana e le fa onore. Una volta dicevano «Nessuno piange per la morte del mandarino cinese»: era un fatto lontano. Poi hanno inventato la televisione, e abbiamo visto uccidere, in diretta, un presidente degli Stati Uniti, e ci hanno mostrato i ragazzi di piazza Tiananmen che a Pechino andavano contro i carri armati, e prima un uomo passeggiare sulla Luna. «I care» era il motto degli studenti americani, al tempo dei «figli dei fiori». Voleva dire: mi riguarda, mi coinvolge. Vale anche oggi.

«Scandalo» in tv?

Sono una sua assidua lettrice e vorrei porle anche a nome di un gruppetto di amiche, un quesito che riguarda la tv. Le sembra giusto che anche quest'anno Raiuno riprenda il programma Per tutta la vita *con Frizzi e Romina? Come possono proprio loro trattare certi problemi? Secondo noi mancano di rispetto ai telespettatori e noi, per principio, non li seguiremo più. Come possono distribuire consigli a destra e a manca quando proprio loro hanno mandato all'aria due matrimoni che duravano da una vita? La cosa non ci piace proprio.*

(Un gruppo di amiche, Milano)

Abbiate pazienza. Un poeta americano ha scritto: «Questo è il dolore della vita: che per essere felici bisogna essere in due». E se la colpa fosse dell'altro, o dell'altra? I drammi più grandi, secondo Tolstoj, sono quelli della camera da letto. Non abbiate la pretesa di risolverli voi.

Il fatto

Dopo diciotto anni, Oliviero Toscani divorzia da Benetton. Pare che all'origine della separazione ci sia la reazione ostile di una grande catena di magazzini Usa che non ha apprezzato l'ultima invenzione del «creativo»: quei manifesti con le facce smarrite dei condannati a morte, difficilmente collegabili ai maglioni della multinazionale veneta. Che aveva «comunicato» soprattutto delle «provocazioni»: il prete che bacia la suora, Luciano Benetton fotografato nudo (che non è poi una immagine indimenticabile), la donna nera che allatta il bimbo bianco, in attesa del babbo bianco a letto con la donna nera, i preservativi colorati che fanno tanta allegria, specialmente quando hanno un sostegno, le croci di un cimitero di guerra, mentre si combatteva nel Golfo. E poi il neonato legato alla mamma dal cordone ombelicale: tutti pretesti per sbalordire. C'è un precetto che esorta: «Vestire gli ignudi», che il duo Benetton-Toscani interpreta diffondendo l'immagine del fondatore della ditta di Treviso prima, suppongo, di entrare nella doccia. Confesso il mio fastidio per le sfide, le istigazioni anche perché non è sempre chiaro quello che vogliono scatenare, oltre all'ovvio compenso per gli autori delle trovate. Non mi sembra che ci sia molto spazio per lanciare nuove bravate, ingiurie o provocazioni: basta ricordare che il brevetto ce l'ha il Padre Eterno (vedi la Bibbia) quando chiede a Caino se ha notizie di suo fratello Abele. Forse è il momento in cui c'è più bisogno di riflessioni che di incitamenti. Benetton ha presentato «scuse ufficiali» alle famiglie delle vittime della camera a gas o della sedia elettrica: oltre alle critiche deve rispondere a un'azione legale dello Stato del Missouri. Quanto rumore, e purtroppo per poco.

Vigile, se ci sei batti un colpo

Sarei lusingata di conoscere la sua opinione su un fatto di cui sono stata recentemente testimone. Ferma a un passaggio pedonale davanti a un semaforo rosso, sono accanto a un vigile urbano in servizio. Transita un motociclo. Alla guida un giovane che non in-

dossa il casco, obbligatorio. *Il giovane si accorge della presenza «inopportuna», ma, pur consapevole di essere destinato a incorrere in una sanzione, procede con disinvoltura. Nessuna multa. Mi volto verso il pubblico ufficiale, e non dico nulla entrando anch'io a far parte della schiera dei remissivi e rassegnati. Attraverso la strada, ma mi fermo sul marciapiede opposto perché mi accorgo che un altro tizio, privo di casco, si sta avvicinando alla guida del suo motorino. Sono certa che l'integerrimo vigile questa volta noti l'infrazione. Niente. Oggi non ha proprio voglia di fare il suo dovere. Posso solo dire «a sua difesa» che non ha usato due pesi e due misure. Mi avvio verso casa delusa e infastidita. Delusa perché la legge, viene applicata in modo arbitrario, infastidita perché oggi l'hanno fatta franca i «più furbi».*

(L.T., Trieste)

Faccia un'altra prova, se capita a Milano: si fermi davanti a una corsia «preferenziale». Passano tutti, considerandosi, ovviamente, tra i favoriti. Cerchi un vigile: beato chi lo vede. Una volta c'era la loro Befana: avrebbe forse difficoltà anche a consegnare un dono.

L'irriverenza è nel Dna della satira

Non seguo la trasmissione Striscia la notizia *e solo per caso mi è capitato poco tempo fa di vedere immagini e filmati riguardanti il nostro papa Giovanni Paolo II.*

Credo che i due conduttori volessero ricordare e onorare l'ottantesimo compleanno del pontefice: avrebbero fatto meglio a ignorarlo. Hanno dato prova di una irriverenza, di una mancanza di rispetto, di una tale scortesia non solo nei confronti del diretto interessato ma anche di quei milioni di persone che, al di là della loro fede e formazione cattolica, hanno imparato ad apprezzare e stimare il Santo Padre per il suo alto senso di spiritualità, di intelligenza, di

241

cultura, di amore, di solidarietà, di pace, di attualità che questa
persona ha portato nella nostra storia.

Se la satira sulle istituzioni e sulle persone che le rappresentano
si traduce nella provocazione e nella mancanza di rispetto, credo
che anche in questo abbiamo «toccato il fondo».

(R.Z., Voghera, PV)

Ho in mente un signore che, parlando di un libro, diceva: «Non l'ho letto e non mi piace». Non sono un estimatore di questi personaggi, non ho visto il programma a cui lei si riferisce ma ho molta stima di Antonio Ricci: fa della satira, e può darsi che non sempre sia possibile rispettare certi limiti. L'irriverenza c'è già nelle poesie del Belli, e potrei trovare altri esempi. Non è un peccato, credo.

Il personaggio

Lo incontravo ogni giorno dalle parti di piazza della Scala: Enrico Cuccia andava al suo ufficio in via Filodrammatici. Credo che prima passasse da una chiesa, e ogni tanto compariva alla libreria Rizzoli. Guardava le copertine e se ne andava. Camminava a testa china, e suppongo che pochi abbiano sentito la sua voce, e quasi nessuno lo abbia sorpreso sorridente, anche se c'è chi racconta che da giovane era brillante e addirittura scherzoso. Era cognato di Remigio Paone, il grande impresario: avevano sposato due sorelle, ma non mi pare di averlo mai visto alle leggendarie «prime» del Teatro Nuovo.
Un personaggio, Enrico Cuccia, molto riservato, quasi misterioso: forse i «grandi» della finanza debbono essere così, anche se Georges Soros, l'ungherese che ha subìto le persecuzioni contro gli ebrei, si è distinto in generosissime operazioni filantropiche.

Ma Cuccia detestava apparire: certo, da devoto cattolico, aveva in mente l'ammonimento: «La sinistra non sappia che cosa fa la destra». Si allude alla mano, ma credo valga anche in politica.

L'ho visto, in televisione, nel momento forse più duro della sua lunghissima storia: in un'aula del tribunale, durante il processo per la morte dell'onesto avvocato Luigi Ambrosoli, colpito dagli scherani di Michele Sindona. Secondo me, non ne uscì bene neppure lui: non mi pareva il racconto di una persona coraggiosa, anzi. I necrologi lo descrivono come «il grande timoniere del capitalismo», per Amato è stato il meglio del suo campo, Ciampi dice che l'Italia gli deve molto. Camminava rasentando i muri, quasi volesse sparire.

Dicono che ha avuto pochi amici e che aveva una severa morale. La sua filosofia era: «Le azioni si pesano, non si contano». Un personaggio da serata tv: nella sua lunga vicenda, la storia d'Italia.

Operai «d'allevamento»

Ho visto recentemente in tv un dibattito al Parlamento sulla «triste condizione in cui vivono i polli negli allevamenti». Pur esprimendo tutta la mia solidarietà per i poveri pennuti, vorrei che si spezzasse anche una lancia in favore di un'altra specie animale, quella cui appartengo. Sono un operaio specializzato nel settore metalmeccanico, lavoro da ventitré anni nelle piccole aziende. Purtroppo sul piano sicurezza, ambiente, umanità, la situazione è quasi la stessa di cinquant'anni fa: le leggi sulla sicurezza sono ignorate, i controlli sono inesistenti o molto sommari. Non parliamo poi d'igiene: le stalle moderne sono migliori dei refettori e dei servizi igienici. Qualcuno parla di 35 ore lavorative settimanali, sarebbe già velleitario pensare di lavorarne «solo» 40 invece di 50 o 60 e poter usufruire per in-

*tero di tutte le ferie e i permessi contrattuali senza dover avere il mor-
to in casa. Mi rattrista pensare che a nessuno freghi niente della
sorte di questa sottospecie di «polli». Vorrei tanto sentire il suo parere e che questa lettera fosse pubblicata. Sfido chiunque ad affermare
che esagero o che racconto balle.*

(G.G., Orbassano, TO)

Come vede, le accordo senza perplessità la mia considerazione. Ma esistono ancora gli «ispettori del lavoro»? E che
fanno? E i sindacati, che una volta si movimentavano perfino per il Nicaragua, possibile che non sappiano nulla di ciò
che accade a Orbassano? Ma è proprio sicuro che gli
«straordinari» sono una maledizione? Ma gli operai del Sud,
che hanno tanto «tempo libero», non sognano il pieno impiego? Niente sicurezza, niente controlli, niente pulizia:
non nelle Madonie ma in Piemonte. C'è qualcuno disposto
a dare un'occhiata? Resto in sfiduciosa attesa.

L'obbligo della solidarietà

*Ho ventitré anni e le scrivo perché la stimo. Vado subito al punto.
Giorni fa, nella chiesa che io frequento abitualmente tre volte la settimana per ascoltare il Vangelo, il prete ha detto una cosa che mi ha in-
fastidito molto perché mi è parsa ingiusta. Ha affermato che, per lui,
le persone che non aiutano i poveri, gli anziani bisognosi di affetto e
non stabiliscono con loro rapporti amichevoli sono da considerarsi
persone «morte». Io ho sempre ammirato questo sacerdote, ora però mi
ha deluso perché mi pare non tenga presente che non sempre si è disposti a dare una mano perché, dopo una giornata di duro lavoro, alla
sera non se ne può più, oppure, ed è il mio caso, non si è ancora pron-
ti per il volontariato o addirittura non si è portati a farlo. Per molti di
noi la vita è difficile: perché dobbiamo anche sentirci in colpa?*

(F.B., Napoli)

La visione di quel sacerdote mi sembra, come minimo, terroristica: gli dica che Gesù moltiplicò i pani e i pesci, ma non aprì una catena di ristoranti, resuscitò il figlio del centurione, ma non svuotò i cimiteri; nel deserto dovette perfino scacciare le tentazioni. Ho sempre pensato che è difficile considerare, in ogni occasione, tutti gli uomini fratelli: in qualche momento è umano sentirsi figli unici.

La pornostar in cattedra

Per un'assemblea sul sesso gli studenti del liceo scientifico Belfiore di Mantova oltre a invitare prete, medico, psicologo hanno avuto un'idea «originale»: far intervenire anche una pornostar originaria della loro città, Antonella Del Lago. Ma è educativo che una sexydiva tenga lezioni di sessualità?

(L.S., Volano, TN)

Be', la competenza dovrebbe essere fuori discussione. Opinabile è invece l'opportunità di questo insegnamento. Anatole France sosteneva che Adamo ed Eva, in materia, erano già informatissimi, insomma: ne sapevano abbastanza. Ma poi, in America, in un certo momento, otto insegnanti su dieci avrebbero voluto introdurre l'eros come materia di studio nei programmi scolastici. Con un paio di dollari, nelle edicole si poteva acquistare *The Official Manual*, che vi informava su tutto quello che avreste dovuto sapere «per diventare un compagno eccitante e raffinato». Certo ne è passato del tempo da quando il rigore puritano dei Padri pellegrini imponeva di offrire alle signore soltanto il petto di pollo, perché la coscia poteva assumere significato allusivo, e il toro era, nei discorsi, «il marito della mucca». Poi è venuto Sigmund Freud a dirci che gran parte delle nevrosi hanno una origine sessuale. Poi sono cominciati i giorni della pace e dell'abbondanza, ed è arrivata Connie Chatterley e con il guardacaccia Mellors ci ha spiegato l'umanità e la gioia di certe funzioni. Poi c'è stata Hollywood che ha mitizzato l'anatomia. Vi erano attrici che diventavano simboli: Jane Russell «il seno», Angie Dickinson «le gambe», e la letteratura ci ha narrato, con esplicito linguaggio, i caldi amori del Sud, le promiscuità di Harlem, i peccati della provincia, la perfidia delle Lolite. Il cinema, e gli scrittori realisti, ci hanno infine indotti a pensare a un nuovo tipo di americano, quasi leggendario: ardente, prepotente, violento. Dopo vai a rileggere le confessioni raccolte nel *Rapporto Kinsey*, e ti accorgi che una coniugata su dieci non raggiunge l'orgasmo e che il periodo di maggiore vitalità va dai diciassette ai venticinque anni. «Il sesso», ha detto Alex Comfort, un famoso medico inglese, «è il più importante e salutare degli sport praticati dalla specie umana.» La pillola poi annulla le antiche limitazioni in un attimo. In Danimarca e in Svezia si comincia a trattare l'argomento al giardino d'infanzia.

Sesso e pensioni

Hanno raccolto le confessioni di 60.000 italiani e la conclusione è inedita: sono i pensionati e gli impiegati statali ad avere una vita sessuale più soddisfacente. Questi i risultati di un'indagine condotta dalla Società italiana di andrologia che, inoltre, assegna un punteggio più alto alle donne. Ma è vero?

(R.P., Nettuno, RM)

Circolava una volta la storiella dell'anziano sfiduciato che va dal medico e confessa una sua tormentosa angoscia: «Signor dottore, ho un amico che ha la mia stessa età e racconta che con la moglie fa l'amore tre volte la settimana. Io proprio non ci riesco. Cosa debbo fare?».

Risposta: «Lo dica anche lei».

La Società italiana di andrologia (branca della medicina che studia e cura le malattie proprie del sesso maschile, e specialmente le alterazioni delle capacità riproduttive), dopo un'accurata inchiesta, ha assegnato delle pagelle: il voto più alto tocca ai pensionati, che battono anche molti giovani. Del resto è convinzione popolare che quello specifico organo maschile che, come sapeva anche la leggendaria Ninotchka, interpretata da una ridente Greta Garbo, fa la differenza, vuole la pace: guai se la testa ha troppi e incombenti pensieri.

Allora: al primo posto chi è a riposo, seguono ovviamente gli impiegati statali, che non se la prendono, mentre scarsi risultati ottengono (pare) gli sportivi, gli ingegneri e i giovani dai diciotto ai quarant'anni. Tra le donne, poco efficienti le hostess, le manager, le giornaliste, le attrici e le presentatrici televisive. Mah. Capisco le separate e le divorziate, per mancanza di mezzi, ho qualche riserva sulle altre categorie.

Leggo, invece, con qualche soddisfazione, dei modesti risultati che raggiungono i così detti «palestrati», i fanatici dell'attrezzo, purtroppo per loro inteso soprattutto in senso sportivo.

Nessuna meraviglia. Mi raccontava il romanziere Salvator Gotta che una volta, sotto la Galleria di Milano, aveva scoperto il vecchio e famoso musicista Umberto Giordano intento ad ammirare una bella ragazza. «Questa», si giustificò l'ottantenne compositore, «è una voglia che non finisce mai.»

Testimonianze storiche che suffragano l'ottimistica teoria: a Westminster è sepolto il libertino Thomas Parr, morto, si dice, a centocinquantadue anni, che si sposò a ottanta e a cento fu riconosciuto colpevole di adulterio; a centoventi, rimasto vedovo, riprese moglie, e da tutte e due le consorti ebbe figli, e prima di spirare confessò che aveva smesso di abbracciare la sua ultima compagna con frequenza «solo dieci anni prima».

2001

Da ricordare...

4 gennaio: si apre a Roma un'inchiesta sulla morte di alcuni soldati italiani. Sospettato l'uso di uranio impoverito nei Balcani.

8 gennaio: scompare dalla villa di Portofino la contessa Francesca Vacca Agusta. Il cadavere sarà trovato sugli scogli della costa francese tra Marsiglia e Tolone. Suicidio e disgrazia sono le ipotesi ritenute più attendibili sulla causa della morte. 5 i testamenti lasciati dalla contessa.

27 gennaio: muore Maria Josè di Savoia, l'ultima regina d'Italia.

14 febbraio: è approvata la legge che istituisce il servizio civile volontario aperto alle donne.

21 febbraio: a Novi Ligure ammazzati a coltellate una donna e il figlio di 12 anni. Dopo due giorni sono fermati Erika, la figlia sedicenne della donna, e il fidanzato Omar, 17 anni.

4 marzo: vince il Festival di Sanremo Elisa, con la canzone *Luce (tramonti da nord-est)*.

28 marzo: gli Stati Uniti annunciano che non intendono aderire al Trattato sull'effetto serra messo a punto a Kyoto.

30 marzo: dopo 23 anni di assenza Mina torna a mostrarsi in pubblico anche se soltanto attraverso Internet e canta dalla sua sala di registrazione a Lugano.

5 aprile: comincia la sperimentazione del braccialetto elettronico per 350 detenuti agli arresti domiciliari in cinque città.

22 aprile: a grande richiesta, dopo i gravi problemi di salute, Alberto Castagna torna in tv alla guida di *Stranamore*, su Canale 5.

13 maggio: elezioni politiche e amministrative. Le operazioni di voto terminano con 6 ore di ritardo per le lunghe code ai seggi. Vince la Casa delle Libertà.

16 maggio: nuovo record del prezzo dei carburanti, la benzina verde sfonda quota 2200 lire.

20 maggio: *La stanza del figlio* di Nanni Moretti vince a Cannes la Palma d'oro per il miglior film. Il mese precedente si era aggiudicato anche il David di Donatello.

26 maggio: l'arcivescovo Milingo, 71 anni, si sposa, a New York, con la coreana Maria Sung, 46 anni, in un matrimonio collettivo officiato dal reverendo Moon, fondatore dell'omonima setta.

2 giugno: si svolge a Roma la parata militare per la festa della Repubblica reintrodotta dopo 12 anni dal presidente Ciampi.

24 giugno: serata di debutto per la nuova rete televisiva «La7», ex Telemontecarlo, seguita da oltre 2.300.000 telespettatori.

5 luglio: perquisite le case di Vittorio Cecchi Gori indagato per concorso in riciclaggio.

20 luglio: manifestazione dei «no global» a Genova contro il vertice G8. Negli incidenti provocati dai cosiddetti «black blocks» muore Carlo Giuliani, ucciso da un colpo di pistola sparato da un carabiniere. 180 i feriti.

22 luglio: dopo i disordini per le strade di Genova, irruzione della polizia nella scuola-dormitorio Pascoli-Diaz. 89 i feriti (66 occupanti e 23 agenti) e 93 le persone fermate.

22 luglio: muore il giornalista Indro Montanelli, 92 anni.

30 luglio: sempre più italiani, 1 su 6, pari a 9 milioni di persone, si affidano alla medicina alternativa, dall'aromaterapia allo shiatsu, dall'agopuntura alla fitoterapia (Legambiente).

11 agosto: l'arcivescovo Milingo lascia la moglie e torna in seno alla Chiesa.

19 agosto: a Budapest Michael Schumacher vince il gran premio d'Ungheria e il mondiale piloti di Formula 1. Alla Ferrari il mondiale costruttori.

7 settembre: scatta l'operazione «Enduring freedom» contro l'Afghanistan, lo stato retto dai Talebani, considerati sostenitori di Al Qaida. Americani e inglesi cominciano a bombardare Kabul, Kandahar e Jalalabad.

11 settembre: tra le 8.46 e le 9.43 tre aerei dirottati da kamikaze si schiantano contro le torri gemelle del World Trade Center di New York, che poco dopo crollano, e su un'ala del Pentagono. Un quarto aereo precipita in Pennsylvania. I morti sono oltre 3000.

14 settembre: il Congresso degli Stati Uniti autorizza l'uso della forza contro il terrorismo. I primi sospettati degli attentati dell'11 settembre sono Bin Laden e l'organizzazione Al Qaida.

30 settembre: dopo gli attacchi terroristici negli Stati Uniti si diffonde la paura di volare. Sono 100.000 i lavoratori del settore aereo mondiale che rischiano di perdere il posto di lavoro.

8 ottobre: in una giornata di nebbia, scontro tra due aerei allo scalo milanese di Linate. Nell'incidente muoiono 118 persone.

12 ottobre: il premio Nobel per la Pace è assegnato all'Onu e al suo segretario generale Kofi Annan.

17 ottobre: è legge il decreto contro la violenza negli stadi.

7 novembre: le Camere approvano la partecipazione dell'Italia alla guerra in Afghanistan per il ripristino della legalità internazionale violata dall'attentato dell'11 settembre.

10 novembre: a Roma manifestazione filoamericana della Casa delle Libertà.

18 novembre: salpano da Taranto le prime 4 navi italiane per la missione «Enduring freedom».

5 dicembre: le fazioni afghane, con la mediazione dell'Onu, firmano l'accordo che prevede un governo provvisorio e lo schieramento di una Forza multinazionale di pace su mandato Onu.

13 dicembre: il Pentagono diffonde un video di Bin Laden, nel quale lo sceicco inneggia alle stragi dell'11 settembre rivendicandone il merito.

14 dicembre: condannati Erika e Omar, rispettivamente a 16 e 14 anni di carcere. La condanna verrà confermata anche in appello.

22 dicembre: il presidente della Pirelli, Marco Tronchetti Provera, 53 anni, e Afef Jnifen, 37, si sposano in gran segreto a Portofino nella dependance di «Villa Primula», la residenza che hanno da poco acquistato.

Orrore e idiozia

Le immagini sulla pedofilia, mandate in onda tempo fa, in prima serata con il telegiornale, mi sono sembrate, senza dubbio, inopportune (tanto che ai vertici della Rai hanno sentito il bisogno di scusarsi pubblicamente), ma non le pare che siano ugualmente disdicevoli le scene violente, scabrose, squallide alle quali ogni giorno assistiamo e per le quali nessuno si discolpa? Va bene l'indignazione per la pedofilia, per l'errore dei giornalisti, ma perché non tenere anche conto di quei servizi scorretti e crudeli che ci passano sotto gli occhi ogni sera e di cui diventiamo silenziosi complici? Proprio in una di quelle sere che hanno suscitato tanto clamore è stata intervistata la mamma della piccola tunisina uccisa da un pedofilo e mentre la poveretta si scioglieva in lacrime, le hanno chiesto a freddo: «Signora, che cosa prova in questo momento?». Le hanno piantato il microfono in faccia, senza pietà. È probabile che la signora fosse consenziente all'intervista, ma certo illudendosi di trovare nei giornalisti delicatezza e correttezza. Ma non è proprio così.

(P.M., Milano)

Non silenziosi complici: caso mai, silenziosi spettatori. C'è sempre uno stupido che chiede alla madre della vittima: «Che cosa ha provato?». E se invece si provasse a rispondere: «Ma chi la manda in giro da solo?».

Fede, interesse e Paradiso

Osservo che con una certa frequenza, nell'eterno dibattito Fede-Ra-gione, viene chiamato in causa Pascal che, per la doppia figura di solido credente e profondo pensatore e scienziato, pare il più adatto per trattare l'argomento. Con il mio modesto cervello, trovo infanti-le e poco convincente che egli inviti a credere in Dio «non fosse altro che per scommessa», facendo il seguente ragionamento: supponendo che le probabilità che Dio esista siano il 50 per cento e altrettante quelle che invece non esista, ci conviene credere. Se il Creatore non c'è, pazienza, ma se Egli esiste non abbiamo che da guadagnarci. Questo tipo di fede mi pare riduttivo, piuttosto umiliante per il buon Dio e poco o nulla meritorio per noi, e penso che il Padreterno non abbia in gran conto chi per motivi utilitaristici lo «tiene buo-no» soltanto per guadagnarsi un posticino in Paradiso. Credo in-vece che da lassù si voglia da noi una fede convinta e un amore di-sinteressato, lasciando i calcoli statistici ai matematici e le scommes-se, visti i tempi, ai giocatori delle superlotterie.

(G.B., Tortona, AL)

Non sono in grado di affrontare questioni teologiche, ma credo nell'infinita pietà del Signore. Egli ci ha fatti, e sup-pongo che non considera l'esercizio perfettamente riuscito. Alitò sul volto di Adamo, e gli diede vita; probabilmente, vi-sti certi risultati, in seguito gli è sfuggito anche qualche col-po di tosse.

Gli adolescenti e la violenza

Sono un'insegnante di italiano in un Istituto tecnico e sono con-vinta che il mio compito non sia solo quello di far amare la cultura ai giovani, ma anche di renderli buoni cittadini; tuttavia la società spesso sembra contraddirmi. Un obiettivo che pongo alla base del

Contratto formativo con la mia classe è «l'autocontrollo», che comprende la capacità di saper intervenire nelle discussioni moderando gesti e parole; spiego continuamente che con la calma si possono far valere le proprie ragioni e che la violenza genera violenza. Purtroppo non ho molti esempi da fornire dal momento che vivo in una città il cui sindaco, eletto a grande maggioranza per tre volte di seguito, è stato sulle pagine dei giornali per gesti di eccessiva intemperanza e irruenza verbale e i mass-media danno tanto risalto non solo alla lite fra la Mussolini e la Bellillo, diventate delle «star», ma anche ad altre forme di aggressione fra rappresentanti dello Stato. Le assicuro che spesso mi sento un povero don Chisciotte che lotta contro i mulini a vento! Come faccio a spiegare a degli adolescenti che non è la prepotenza a rendere valorosi?

(F.L.R., Chieti)

Qualcuno ha scritto che «il coraggio uno non se lo può dare». Che non consiste solo in un gesto: Balilla che lancia il sasso agli austriaci, Enrico Toti che butta la stampella al nemico. Gli racconti la storia di quel brigadiere dei carabinieri che si chiamava Salvo D'Acquisto, che si fece fucilare dai nazisti per salvare la vita di innocenti ostaggi.

Gli alpini, la Russia e il Kosovo

Tempo fa ho letto Il peso dello zaino *di Giulio Bedeschi. Non ho vissuto quelle vicende (sono del '45), ma mi è stato facile immedesimarmi nella tremenda avventura vissuta dai nostri alpini in Russia. Ho chiuso il libro pensando alle riflessioni di quei soldati che ammalati, congelati, superstiti di un disastro provocato dalla follia sono stati abbandonati da chi li ha mandati allo sbando. Ebbene, ho fatto le stesse considerazioni guardando sul* Corriere *le fotografie delle gloriose «Penne nere» impiegate nella ex Jugoslavia. Solda-*

257

ti snobbati dagli italiani, forse derisi dagli slavi, qualcuno amma-
lato e tanti altri con un futuro incerto. Pensi che alcuni non sono
neppure riusciti a tornare a casa per Natale perché lo Stato non ha
pagato in tempo i biglietti aerei. Davanti all'angoscia delle famiglie
coinvolte, si tenta ancora una volta di giocare a scaricabarile. Dopo
cinquant'anni ne abbiamo ancora di panni sporchi di vergogna da
lavare!

(S.M.F., Pavia)

Non snobbati gli italiani, ma vittime di colpevoli trascura-
tezze, o di una ancora più grave indifferenza. Li ho visti nel
Kosovo, e sono stato orgoglioso del loro umano comportamento. Era l'ora del rancio: e ho osservato che le nostre sen-
tinelle dividevano il contenuto della gavetta con i bambini
che gli saltellavano attorno.

Il tempo e la pietà

Mio padre fu partigiano nei terribili anni che vanno dall'8 settem-
bre 1943 alla Liberazione. Le sembra giusto che chi, come lui, com-
batté per la democrazia sia messo sullo stesso piano, da alcuni stori-
ci e politici, dei cosiddetti: «ragazzi di Salò»?

(V.M., Vedeseta, BG)

È passato più di mezzo secolo dalla fine della guerra, e c'è chi
propone di rivedere, o meglio di valutare con il dovuto distacco, alcuni di quei fatti che pomposamente si chiamano
«eventi» e che hanno segnato il destino di una generazione.

E c'è chi ripercorre il faticoso e anche doloroso itinera-
rio verso la democrazia, con qualche pentimento (raro), e
anche con qualche rimpianto. Ha detto un poeta: «Son così
brevi i giorni dei vent'anni».

Tutto, umanamente, si ricompone: sono sempre meno i

superstiti di quella travagliata stagione, se ne è andato Edgardo Sogno, simbolo della Resistenza, e se ne è andato il principe Borghese, comandante della Decima Mas, accanto ai tedeschi.

C'è chi è stato con i soldati di Hitler; in nome della fedeltà alla parola data, all'impegno del Patto d'acciaio, anche se va ricordato, e forse non è un aspetto esaltante, che quasi mai abbiamo finito una guerra con lo stesso alleato.

La divisione tra i giovani avvenne soprattutto dopo che la Repubblica di Salò, con i bandi di chiamata del maresciallo Graziani, convocò alcune «classi» nei distretti: fu allora che alcuni scelsero la via della montagna invece di andare a istruirsi sull'uso delle armi in Germania.

Avevo due amici, allora si chiamavano «camerati», Eugenio Facchini e Ferruccio Terzi: frequentavano il Cineguf, e confesso che vinsi, con scarsi meriti, i prelittoriali della critica cinematografica, una competizione tra universitari, che poi non ebbe seguito: ma invece che a discutere in un'aula, capitai in un battaglione di aspiranti ufficiali, pure non avendo nessuna particolare vocazione per la vita militare. Ci convocarono per annunciarci che dovevamo considerarci volontari. Come dice un personaggio del *Padrino*? Gli fecero una proposta alla quale non poteva dire di no.

Terzi e Facchini erano due giovani onesti, in buona fede; Facchini fu ucciso da una raffica dei partigiani, Terzi venne impiccato, perché, medico, non aveva abbandonato due «ribelli» feriti, con un filo di ferro, ai cancelli dei Giardini Margherita.

Non ci può essere compromesso sui princìpi, ma pietà per vicende che si potevano riassumere nel titolo di un romanzo allora in voga: *La generazione infelice*.

Poi la memoria ha i suoi colori, la patina del tempo spegne le tinte accese della passione. Se si fanno gli appelli, tanta gente, di ogni parte, manca.

Il personaggio

Tutto finisce all'Alba (Parietti). Be': la trovata mi sembra davvero inconsueta. Per il suo quarantesimo compleanno (leggo) «la signora ha invitati molto speciali, gli ex fidanzati, da Bonaga a Vender». A quel che osservo, anche in ordine alfabetico. Oltre al marito, padre di suo figlio (diciannove anni), «ci sarà» Stefano Bonaga, definito «amore storico» (e per parte di madre anche mio congiunto), considerato l'uomo più importante, mentre «mancheranno quel languido Cristopher Lambert e Jody Vender l'ultimo compagno, l'algido finanziere».

Qualche nome? «Ci saranno», nientemeno, «Andrea Agnelli, poi Lina Sotis, Paola Barale, Santo Versace, Simona Ventura, Pippo Baudo, Carlo Rossella e Mario Cipollini» e altri, come dicevano i cronisti mondani di una volta, «di cui ci sfugge il nome».

Ho rispetto per Alba Parietti, che ha il coraggio delle sue opinioni e delle sue scelte (una definizione: «casalinga ulivista», ma dove è l'inconveniente?) e che è anche un po' vittima di quel mezzo corruttore che è la tv: moltiplica l'immagine e anche qualche fastidio, come il pettegolezzo.

Ha detto Alba: «Sono rimasta una fanciulla che guarda alla vita con ingenuità». È una fortuna conservare candore e speranza; lo scrittore Bernanos tracciava un bilancio della sua storia, e arrivava a una malinconica constatazione: «Ci sono più morti nella mia vita, e più morto di tutti è il ragazzo che io fui».

Per l'occasione, come riferisce la collega Annalisa Siani, che tratteggia un profilo della signora, saranno presenti soltanto gli uomini che hanno avuto un peso nella vita sentimentale di Alba: «Tutto sommato, pochi gli amori. Tre o quattro quelli importanti, che la Parietti esige di avere attorno a sé in attesa di trovare il prossimo. Quello giusto».

È ragionevole l'attesa «dell'uomo giusto», che in questo caso deve essere, mi sembra, di robusta costituzione, di animo buono e di una totale disponibilità: «Quelli che stanno con me debbono subire un tale massacro che è meglio che si assicurino con i Lloyd di Londra». Ma non sembra che i superstiti di Fort Apache abbiano subìto questa prova devastante, se sono tutti in lista di attesa della memorabile serata.

Diceva il titolo di un vecchio film che «la vita comincia a quarant'anni». Io ho qualche dubbio, che ritengo ragionevole, ma perché non crederlo, perché non sperare, senza guardarsi troppo dentro, o allo specchio? Josephine Baker esortò uno spettatore che la inseguiva con il binocolo: «Signore, conservi le sue illusioni».

L'America è cambiata? Sì, in meglio

La leggo con piacere sempre e da sempre.

Condivido anche l'amaro articolo del 13 settembre sul Corriere. *Ma non fino in fondo. Anch'io non dimentico gli americani del 1915, quelli del 1945 (c'ero), il Piano Marshall, le frontiere aperte «a tutti i pellegrini e le vittime delle crudeltà europee». Ma a me pare che negli ultimi trenta, quarant'anni gli americani sono terribilmente cambiati. E «questi» americani a me piacciono di meno! La libertà sfrenata, la dissoluzione dei costumi esportata nel mondo, i ricchi vergognosamente sempre più ricchi e i poveri (troppi) vergognosamente poveri in un Paese che potrebbe offrire tanto a tutti.*

Lo spirito della frontiera: avanti con il fucile e il sacco delle sementi. Ma dov'è più?! Il sogno americano di Martin Luther King è svanito. Resta la spazzatura di Hollywood, l'esibizionismo sfrenato e sfacciato, lo spreco di tutto.

L'America che amo (che amavo?) ha perso la bussola. L'ubriacatura, comprensibile, dopo le vittorie del 1945 è rimasta tale, an-

che dopo l'amara lezione del Vietnam, che avrebbe dovuto ricondur-
re a saggezza. Spero valga il pensiero di Steinbeck che lei cita: che
questo Grande Paese non scivoli indietro. Me lo auguro, anche se
l'attuale, miserevole presidenza e la contestuale, avida classe diri-
genziale (pubblica e privata) non lasciano spazio all'ottimismo. In
ogni caso, in questa luttuosa circostanza, «siamo tutti americani».
Tanta cordialità.

(S.L., Milano)

Certo, l'America è cambiata: ha avuto il proibizionismo, per combattere l'alcol; lo ha superato, ed è arrivata la droga. Nel 1952, mio primo viaggio, c'erano negli aeroporti i bagni con la scritta «Colored», anche lì, ognuno dalla sua parte. Ho conosciuto gli Usa di Martin Luther King e di Malcolm X: mi pare che le cose siano cambiate, oggi sarebbe difficile raccontare le storie del romanziere James Baldwin. L'America è il laboratorio del mondo: e paga per gli esperimenti. Le sono sempre grato.

Questi ragazzi...

Sono una nonna e mi capita spesso di discutere con le mie figlie (spo-
sate e con prole) se è il caso o meno di punire le distrazioni dei ragazzi.
Un esempio: uno dei miei nipoti (quattordici anni) dimentica in giro
le sue cose, le perde di frequente. Giorni fa ha lasciato un giaccone sul-
la corriera che lo porta a scuola e i genitori l'hanno castigato non per-
mettendogli di uscire la domenica. Io ci resto male perché non condivi-
do metodi che ritengo superflui: c'è già l'umiliazione di aver perduto
l'oggetto. Poi ho notato che questi ragazzi con la testa fra le nuvole
hanno spesso un punto in più di quelli attenti, noiosi, che mancano
di fiducia nel prossimo. Mi accorgo di essere forse troppo accomodante,
ma fare da «cuscinetto» non rientra forse nei compiti dei nonni?

(Lettera firmata, Fanano, MO)

Certo, ma ci sono anche quelli dei genitori. E il famoso dottor Spock, autore di un celebre manuale sull'educazione dei piccoli, aveva rivisto, alla fine, le sue teorie: va bene tanto amore, ma anche qualche gesto severo.

Meglio il cellulare o il tam-tam?

Sto seguendo la questione dell'elettrosmog dovuto alle onde emesse dalle antenne di Radio Vaticano. Per motivi di studio (scienze ambientali), ho avuto modo di sentire i pareri di alcuni tecnici ed esperti, rimanendo a bocca aperta per la quantità di demagogia e retorica di moltissimi «non esperti» che, scandalizzati, hanno riempito i giornali con editoriali e articoli allarmistici. Ho infatti scoperto che nelle nostre abitazioni siamo bombardati da radiazioni e onde elettromagnetiche da radio-sveglie, televisori, scaldabagni, computer, forni a microonde, e addirittura frigoriferi in misura abbondantemente superiore alla soglia limite. Per non parlare dei cellulari, bombe di radiazioni continue, che teniamo addosso quasi tutto il giorno. È più che giusto regolamentare il settore ma certi slanci ecologisti prima delle elezioni mi puzzavano un po'. Ora spero solo che prevalga il senso della misura per non cadere nel ridicolo!

(M.S., Sassari)

Con tutto questo, viviamo di più e anche, molto probabilmente, meglio che nel passato. È sciocco innervosirsi perché squilla il telefono: forse era più scomodo comunicare con il tam-tam e con i falò.

2002

Da ricordare...

1 gennaio: in 12 Paesi dell'Unione Europea è ufficialmente in circolazione l'euro. La nuova moneta entra nelle tasche di 300 milioni di persone. Le lire italiane potranno essere utilizzate ancora fino al 28 febbraio.

12 gennaio: diventa un motto la frase pronunciata all'apertura dell'anno giudiziario dal procuratore generale di Milano Francesco Saverio Borrelli che esorta i magistrati a «Resistere, resistere, resistere».

24 gennaio: arrestate Wanna Marchi e la figlia Stefania dopo che alcuni loro clienti avevano dichiarato a *Striscia la notizia* di aver subìto una truffa.

26 gennaio: a Milano si svolge il primo girotondo, intorno al palazzo di giustizia, in difesa della magistratura e della giustizia.

30 gennaio: ucciso a Cogne (Aosta) un bimbo di 3 anni, Samuele Lorenzi. La madre, Annamaria Franzoni, verrà indagata. L'Italia si divide in innocentisti e colpevolisti.

9 marzo: i Matia Bazar con *Messaggio d'amore* vincono il Festival di Sanremo.

19 marzo: ucciso a Bologna l'economista e consulente del ministero del Lavoro Marco Biagi, 50 anni. L'omicidio sarà rivendicato dalle nuove Brigate Rosse.

23 marzo: a Roma, manifestazione nazionale della Cgil contro il terrorismo e in difesa dell'articolo 18 dello Statuto dei Lavoratori. Secondo gli organizzatori, in piazza 3 milioni di manifestanti; secondo la questura 750.000.

13 aprile: muore il cantante Alex Baroni, in coma dal 19 marzo in seguito a un incidente in moto.

16 aprile: sciopero generale proclamato contro la riforma del mercato del lavoro. Per i sindacati, oltre 2,3 milioni di lavoratori in piazza e altri 10 milioni in sciopero, con il 90% di adesioni. Per le questure 1 milione in piazza, per Confindustria l'adesione non supera il 60%.

18 aprile: Gino Fasulo fa schiantare il suo aereo da turismo contro il grattacielo Pirelli a Milano. Muoiono il pilota e due legali della Regione Lombardia che ha sede nell'edificio. 80 i feriti.

18 aprile: Silvio Berlusconi in conferenza stampa a Sofia afferma: «Santoro, Biagi e Luttazzi, hanno fatto un uso criminoso della televisione pubblica, pagata con i soldi di tutti; credo sia un preciso dovere della nuova dirigenza Rai di non permettere più che questo avvenga».

21 maggio: la Procura di Genova emette 48 avvisi di garanzia contro poliziotti per le violenze alla scuola Pascoli-Diaz dopo gli incidenti in occasione del G8.

16 giugno: padre Pio è proclamato santo.

18 giugno: l'Italia fuori dai Mondiali di calcio di Corea, sconfitta agli ottavi dai padroni di casa.

20 giugno: sciopero dei magistrati contro il provvedimento di riforma dell'ordinamento giudiziario.

22 giugno: nei palinsesti autunnali della Rai presentati a Cannes non figurano Enzo Biagi e Michele Santoro.

11 luglio: il cardinale Dionigi Tettamanzi è nominato arcivescovo di Milano al posto di Carlo Maria Martini, dimissionario per limiti di età.

1 agosto: tra polemiche, girotondi e manifestazioni di protesta, il Senato approva per la prima volta la legge Cirami che reintroduce la possibilità di ricusare i giudici per «legittimo sospetto». Verrà approvata in via definitiva il 5 novembre.

2 agosto: il maltempo, con nubifragi e conseguenti disastri, colpisce il Friuli per poi estendersi nel resto dell'Italia per tutto il mese di agosto. L'abbondanza di piogge rovinerà le ferie a molti italiani.

4 ottobre: Desiree Piovanelli, 14 anni, scomparsa a Leno (Brescia) il 28 settembre, viene trovata uccisa a coltellate in una cascina. Saranno arrestati, e giudicati colpevoli, tre adolescenti e Giovanni Erra, 36 anni.

9 ottobre: la Fiat presenta ai sindacati un piano per superare la crisi. Si parla di cassa integrazione a zero ore per un anno o mobilità per 8100 lavoratori. Gli stabilimenti di Arese e Termini Imerese rischiano la chiusura. Cominciano le proteste degli operai.

21 ottobre: primo matrimonio gay in Italia celebrato a Roma, presso il Consolato di Francia, con il rito francese del patto civile di solidarietà (Pacs).

23 ottobre: guerriglieri ceceni assaltano il teatro Dubrovka di Mosca prendendo in ostaggio oltre 800 persone. Il 26 un blitz delle forze speciali ucciderà tutti i guerriglieri, ma moriranno anche 129 ostaggi.

28 ottobre: Vittorio Cecchi Gori agli arresti domiciliari per bancarotta fraudolenta. La compagna Valeria Marini prende le sue difese pubblicamente.

31 ottobre: un terremoto dell'ottavo grado della scala Mercalli colpisce il Molise. I danni maggiori a San Giuliano di Puglia dove muoiono 30 persone, tra le quali 27 alunni e una maestra della scuola «Iovine».

8 novembre: il Consiglio di Sicurezza dell'Onu approva la Risoluzione 1441 che prevede la ripresa di ispezioni in Iraq.

14 novembre: Giovanni Paolo II visita Montecitorio. È la prima visita di un papa al Parlamento nella storia d'Italia.

22 novembre: continua, anzi accelera la corsa del mercato immobiliare italiano (+ 10% l'incremento medio dei prezzi in un anno).

2 dicembre: per la morte di Carlo Giuliani, la Procura genovese chiede l'archiviazione per il carabiniere Mario Placanica.

7 dicembre: le autorità irachene consegnano all'Onu la dichiarazione sulle armi di distruzione di massa. Nel rapporto l'Iraq afferma di non disporre di tali armi.

12 dicembre: per Natale nei negozi di giocattoli arriva Bratz, la bambola con labbra «siliconate» e abbigliamento anni Settanta.

23 dicembre: Vittorio Emanuele di Savoia ricevuto in Vaticano. In ottobre era stata promulgata la legge di riforma costituzionale per il rientro in Italia degli eredi maschi di casa Savoia.

La diffamazione è una colpa grave

Caro dottor Biagi, che cosa è oggi nel XXI secolo il concetto universale di reputazione? Una volta era vietato alle donne scoprire la caviglia oppure portare la minigonna. Oggi ci arrivano ogni giorno alluvioni di messaggi più o meno erotici che testimoniano la fortissima trasformazione del vecchio concetto del comune senso del pudore. Mi chiedo perché, di fronte a svolte epocali, nella nostra società resistano «muri» come quello rappresentato dall'articolo 595 del Codice di Procedura Penale. Con l'entrata sulla scena giudiziaria del cosiddetto «giudice unico» sono stati depenalizzati molti reati, eppure quello della «diffamazione» – previsto dal sopracitato articolo – mi pare che sia sempre lì vivo e vegeto, e continua a costituire una vera spada di Damocle soprattutto sulla malcapitata testa dei giornalisti. Forse il mio pensiero qui pecca di faziosità, ma dico che quell'articolo 595 andrebbe rivisto e modificato: partendo appunto dalla ridefinizione del concetto stesso di reputazione che esso difende.

(M.T., Torremaggiore, FG)

Faccio il giornalista da più di sessant'anni, e continuo a credere che, per esempio, distruggere la reputazione di una persona sia una colpa grave. Diffamare significa calunniare, denigrare, screditare un individuo. Brutto anche il contrario: incensare o esaltare.

271

Non c'è giustizia senza castighi

Il governo sta varando la riforma scolastica. Fa piacere perché si avverte l'impegno di portare ordine nella scuola. Tuttora esiste il problema che trae origine dal famoso movimento del Sessantotto durante il quale emerse il deleterio concetto del diciotto politico nelle università, dove vennero aggrediti anche emeriti professori. Questo atteggiamento perdura ancora soprattutto negli altri ordini scolastici di grado inferiore. Ben venga perciò il voto in condotta che fu annullato quasi per giustificare il caos incombente. A volte i docenti sono oggetto di offese e non possono operare serenamente perché vittime di teppisti che sicuri di farla franca si impongono con arroganza e con prepotenza.

In queste condizioni è evidente che non si può trasmettere né sana educazione né buona istruzione.

(S.C., Padova)

Non c'è giustizia dove non si premia e non si castiga. Ci fu già il 18 di guerra: bastava presentarsi in divisa; figuravamo tutti volontari. Qualcuno lo presi anch'io e qualcuno, me lo ha raccontato, Giovanni Agnelli. Da Luigi Einaudi.

Com'è facile dire «pace»

Quante parole sono state spese il giorno di Pasqua incontrando parenti, amici, passanti. Auguri, buona Pasqua a lei e signora... Parole, solo parole. Non voglio andare tanto lontano dalla mia città per vedere che la pace non c'è più. Apro il giornale e vedo al centro della pagina un poliziotto incappucciato che sta imbracciando una carabina di precisione, come un vero «cecchino». Di fronte il Duomo, «il bel cupolone» sfocato per dare risalto all'immagine dell'uomo dall'apparenza fredda, che sembra non conoscere la parola «pace». Tiratori scelti sui tetti e sul campanile di Giotto, metal detector in piazza, cani antiesplosivo all'interno della Basilica, sommozzatori che perlustrano l'Arno. Questa è stata la nostra Pasqua a Firenze: 31 marzo 2002.

(A.T., Firenze)

Gesù disse: «Vi do la mia pace». Ma gli uomini non sanno che farsene: la loro storia comincia con quella di due fratelli: uno si chiamava Caino.

Il personaggio

È stato fedele al titolo del romanzo che, dicono, ha ispirato a Hemingway *Il vecchio e il mare*. Gregorio Fuentes se ne è andato a centoquattro anni, nella sua casa di Coijmar, poco lontano da Cuba. Per quasi trent'anni fu capitano e cuoco della barca con la quale Ernest andava a pescare. Diceva Hemingway: «È il luogo che più amo al mondo dopo la mia patria».
A pochi chilometri c'è la Finca Vigia, la casa che è diventata un museo. Era il suo rifugio, da lì si scorge la corrente del Golfo e c'erano gli amici: un medico, il marinaio Gregorio e il pescatore Anselmo Hernandez. Lì gli sembrava meno faticoso affrontare «la puttana vita».
Qui venivano a trovarlo Gary Cooper e Spencer Tracy, qui Mary Welsh, la quarta e ultima moglie, gli aveva creato il mondo giusto per lavorare: scriveva in piedi, batteva su una vecchia Royal, e gli scodinzolavano attorno quattro cani che sono sepolti, con una rispettosa lapide, nel giardino: Blackir, Negrita, Madrakos e Black Dog, più cinquantasette gatti.
Gregorio ispirò al romanziere americano il personaggio con il quale vinse il Nobel. Fecero anche un film: e la sua parte la sostenne Spencer Tracy.

Quando incontrai Gregorio parlammo naturalmente di Ernest: «Lo ricordo tutti i giorni», disse, «come se fosse un fratello, come se fosse mio padre. Ma non voglio pensarci troppo, perché mi rattristo. Non ho più avuto un amico come lui. Per lui eravamo uguali. Ed era veramente un uomo molto in gamba, perché ce ne sono pochi in grado di catturare un pesce di cinquecento chili, veramente pochi. E quello più difficile è catturare il "merlin" perché richiede abilità e coraggio: il pesce spada cambia spesso direzione e va in profondità e chi è al timone deve saper manovrare la barca e fermarla al momento giusto, altrimenti si rischia di strappare la lenza e di rimanere a mani vuote».

«Cuba» diceva Hemingway «mi ha sempre portato fortuna nello scrivere.»

Tutto e rimasto come quando Mister Papa era qui: le palme sono cresciute e il ficus ha le bacche rosse, nella stanza dove pranzava pendono alle pareti le teste tristi di un impala e di un cervo, c'è la poltrona su cui riposava con ricamata una scritta voluta dalla seconda moglie: «Poor old papa», povero vecchio.

Se Pio XII taceva, gli altri dov'erano?

Da molte parti Pio XII è sempre stato attaccato per presunti «colpevoli silenzi», o addirittura «silenzi complici», a proposito delle deportazioni degli ebrei nei campi di concentramento nazisti. Nessuno ha mai dimostrato che lui sapesse: nella maggior parte dei casi, si presume «che non potesse sapere». I suoi silenzi sono, per lo meno, colpevoli. A ogni modo, a mio parere esiste un altro problema di fondo. Ma se Pio XII sapeva, gli altri proprio non sapevano? Roosevelt, Truman, Churchill erano all'oscuro? I vari governi neutrali d'Europa, di Svizzera, la Croce Rossa, la Svezia, la Spagna? In tut-

ti i Paesi c'era la caccia agli ebrei e gli ebrei fuggivano. Quando si rifugiavano nei Paesi che li ospitavano, cosa dicevano? Che fuggivano perché cercavano un clima migliore? E perché nessuno ha parlato? Radio Londra trasmetteva liste di criminali di guerra. Sapevano dove erano tutte le fabbriche tedesche anche le più piccole e le bombardavano: non sapevano nulla dei campi di concentramento? Una volta, sul Corriere, *comparve la notizia che i tedeschi avevano offerto a un milione di ebrei di emigrare in Palestina: il governatore inglese rispose: «Cosa ne faccio? Dove li metto?». Possiamo ritenere solo (a essere ottimisti) che tutti tacessero perché, nelle terribili ore della guerra, ove morivano ogni giorno migliaia di persone, civili e militari (50.000 bambini in una notte a Dresda!), tutti pensassero ai morti più prossimi e immediati, e nessuno a quelli più lontani? Oppure tutti sapessero, e non avessero nessuna intenzione di parlare? Per quali motivi? Ma, in tutti i casi, perché colpevoli solo i silenzi di Pio XII.*

(E.M., Siena)

Non risulta che Churchill, Roosevelt e Truman hanno fatto la guerra a Hitler? E come facevano i nazisti a offrire rifugio in Palestina ai perseguitati? Era terra loro? A Dresda ci furono 100.000 morti, come a Hiroshima. Era il giovedì di carnevale: ma non ho mai letto, e non mi hanno raccontato i superstiti, di quella strage di 50.000 innocenti. Forse troppi.

Gesù non era marxista. Però...

In un suo articolo sul Corriere *lei accosta il nome di Marx a quello di Cristo. Scrive: «Mio padre diceva che il fondatore del socialismo era stato Gesù», e ancora (parlando dei socialisti): «Il loro Marx», raccontano gli storici, «aveva i tratti di Garibaldi e anche di Cristo, era un liberatore e un apostolo». Perché questi paragoni? Uno dei fondamenti della dottrina cristiana è la libertà delle perso-*

*ne. Al contrario il comunismo che a Marx si è sicuramente ispirato
ha come indirizzo l'appiattimento di ogni individuo verso un unico
e omogeneo punto di arrivo, dove la libertà non è contemplata.*

(G.B., Milano)

Credo che Gesù, quando moltiplicava pane e pesci per dare
il cibo agli affamati affrontava, oltre che un comandamento
ispirato alla carità, anche un problema sociale.

Il fatto

Un dato inquietante: tre milioni di ragazzi americani
pensano al suicidio, o hanno già tentato di togliersi la vita. Non si sa quante sono in realtà le vittime della disperazione.
Cade ancora una volta la leggenda dell'adolescenza intesa come una stagione beata. C'è una rispettabile dimostrazione letteraria: da *Incompreso* a *Pel di carota*, al *Piccolo
lord*, e se volete potete aggiungere *I ragazzi della via Paal*,
dove Nemececk è il simbolo di una infelicità: cade nel-
l'epico scontro con un'altra «banda» (oggi le chiamano
così), lui, unico soldato semplice in un esercito dove tutti sono generali.
Dicono che i «teenager» (età tra i sedici e i diciassette
anni) sono vittime dello sconforto e le femmine ne soffrono più dei maschi. La chiamano in tanti modi questa
sensazione struggente, che colpisce anche i nostri compatrioti (oltre un milione) e che definiscono in tanti modi: male oscuro, male di vivere, malinconia, *spleen* per
quelli che sanno le lingue, ma clinicamente è la depressione, ed è una inquietudine che accompagna l'umanità.
L'elenco dei grandi afflitti va da Dante a Michelangelo, a
Dostoevskij, a Kafka, ed è «un disordine dell'anima» di
cui ha sofferto anche l'imprevedibile Winston Churchill.

276

Ne ha patito anche Indro Montanelli e ha descritto quella prostrazione: «Ogni notte», ha detto, «istruisco un processo a me stesso, dal quale esco con le ossa rotte». C'è un racconto di Saul Bellow che parla di un personaggio che vive una domenica a New York. È solo nella sua stanza, e sotto una città deserta. Colto dallo sgomento, chiama la polizia: per sentirsi vivo, perché non ha nessuno a cui rivolgersi.

Molti hanno cercato di indagare le origini di questo disagio: Seneca le individua nella noia e nel disgusto, e propone una cura: alternare piacere e dovere, svago e lavoro.

Aristotele crede che ne patiscano addirittura i più dotati, quelli che eccellono nelle arti, nella politica o nel pensiero.

Sembra che, nei giorni di festa l'avvilimento, la costernazione si accentuino: forse perché gli altri sono euforici o addirittura allegri.

Ricordiamo i preti che salvarono gli ebrei

Il suo viso onesto di buon nonno, che vedo alla tv, ma soprattutto la sua presenza nella Resistenza del nostro Appennino tosco-emiliano, m'incoraggiano a tentare di avere da lei un'opinione su un argomento nei cui confronti ho sempre trovato una specie di muro di gomma. Nella grande stampa si dà per scontato che nel mondo cattolico allignino «ancora troppe tentazioni antisemite». Se queste tentazioni esistessero al presente nella mia Toscana, me ne sarei dovuto accorgere, visto che vi faccio il prete da oltre mezzo secolo. Per il passato, posso darle qualche notizia, qualcuna de visu. *A Lucca, secondo quanto pubblicò dopo la guerra il periodico della* Comunità Israelitica, *vennero assistiti dalla Curia nel '43-'44 oltre 700 ebrei. Perfino l'arcivescovo ne aveva uno in casa, vestito da prete.*

Del resto il rabbino Toaff, poco tempo addietro, ha dichiarato di essere stato salvato da un prete della Lucchesia. Non era mica una faccenda semplice. Un parroco già mio vicinante fu arrestato dai fascisti con l'accusa di aiutare gli ebrei e riuscì a salvarsi nonostante ne avesse quattordici in casa (incredibile, ma non se ne accorsero). Un altro però, don Aldo Mei, fu fucilato davanti alle mura di Lucca il 4 agosto 1944 con la medesima accusa e con evidente intenzione intimidatoria nei confronti del clero. Chi accusa la Chiesa di antisemitismo, dovrebbe – quanto meno – stare attento a non sputare su qualche morto.

(Don L.A., Pieve Fosciana, LU)

La piazza del villaggio dove sono nato è intitolata a un prete, mio compaesano, che conoscevo benissimo: don Giovanni Fornasini, medaglia d'oro. Cadde a Marzabotto, era libero, ma volle affrontare la triste sorte dei suoi parrocchiani. Prima di cadere tracciò nell'aria un segno di croce, per assolvere le vittime e i carnefici. Poi ci sono stati sacerdoti (pochi) schierati dall'altra parte: uno, se ben ricordo, addirittura accanto al gerarca Roberto Farinacci, il più nazista dei camerati. Don L., con le sue preghiere, mi raccomandi al Principale.

Terroristi o patrioti?

I kamikaze palestinesi sono da alcuni definiti terroristi. Non sono d'accordo. Per me sono terroristi Bin Laden o gli assassini che hanno colpito in Italia, da Moro a Marco Biagi. Quale estimatore del mio concittadino G.B. Vico (i corsi e i ricorsi della storia) ritengo che i kamikaze palestinesi facciano parte di un popolo in guerra: sono oggi quelli che ieri sono stati Sansone, Attilio Regolo, Pietro Micca, Enrico Toti. Ogni governante deve operare per il benessere del suo popolo, essere cioè illuminato. Sharon invece si è mostrato guerrafondaio, trascinando Israele in un vicolo cieco. Da tutto il mondo gli giungono appelli perché ritiri i suoi carri armati. Si dovrebbe invitarlo a dimettersi perché è venuto meno alla promessa di riportare la sua gente alla pace. Questo invito sarebbe inoltre una efficace pressione sul suo popolo che, in buona parte, gli manifesta un chiaro dissenso.

(U.S., Napoli)

La richiesta di dimissioni, in questo momento, e anche da fonti autorevoli, è rivolta ad Arafat. Capisco e rispetto le ragioni dei palestinesi, che avevano proclamata una specie di guerra santa contro gli ebrei: fuori tutti. Debbono imparare, o rassegnarsi, a convivere pacificamente tutte e due le parti: è un'esperienza fatta anche da molti europei di storia e di culture diverse.

Siti porno? Niente di nuovo

Sono madre di due ragazzi adolescenti con i problemi che l'età comporta loro, comunque bravi figli. Sono tuttavia molto preoccupata per l'uso che fanno di Internet. Trascorrono tante ore al computer e tramite le alte bollette telefoniche ho scoperto che si collegano molto spesso, purtroppo, a siti porno. Siti in cui c'è di tutto. Sembrano la sintesi delle schifezze umane, una sorta di fogna erotica dove donne e uomini sono solo animali della peggior specie. Purtroppo per motivi di lavoro io e mio marito siamo fuori casa quasi tutto il giorno. Mi chiedo comunque se c'è qualcuno che vigila, che autorizza, o meglio, che impedisca alle famiglie perbene di navigare erroneamente o per curiosità in quei siti immorali e profondamente diseducativi.

(R.B., Roma)

Una volta c'erano le quasi innocenti riviste pornografiche, adesso la comunicazione offre altri mezzi. Ma non mi sgomenterei: si stancheranno. Poi, più di tanto, un uomo e una donna non possono combinare. Neppure due uomini e due donne.

Letteratura e memoria

La mia è una considerazione personale e opinabile, non una polemica. Trent'anni fa, nel 1972, morivano Dino Buzzati ed Ennio Flaiano, vent'anni orsono, a luglio, Giuseppe Prezzolini. Compro e leggo ogni giorno tre quotidiani, il Corriere *come base, alternando altri due giornali.*

In questa Italia garrula, dove tutti parlano e scrivono di tutto, non ho mai trovato un rigo o un cenno inerente alle persone da me citate. Prezzolini poteva essere scomodo, lui stesso lo diceva nel suo Italiano inutile *(... «avrei lasciate in libertà anche le bestie feroci e messo i veleni a disposizione di tutti»). Flaiano con i suoi aforismi, tipo «L'italiano ha un solo vero grande nemico: l'arbitro nelle partite di calcio, perché emette un giudizio», poteva stare sulle corna.*

Buzzati era la bontà in persona, schivo a tutti i clamori, che ha scritto uno dei migliori romanzi del Novecento: Il deserto dei tartari.

Ora mi chiedo, e le chiedo, perché su questi nomi cade l'oblio totale?

(G.C., Ispra, VA)

Perché all'italiano il peso della memoria risulta insopportabile, perché lo scrittore, di solito, muore due volte: una per i necrologi, l'altra in libreria. Quando se ne andò Bacchelli una libreria del centro, a Milano, in Galleria, espose due copie del *Mulino del Po* e del *Diavolo al Pontelungo*: rimasero lì.

Ho conosciuto e voluto bene a Prezzolini e a Buzzati con il quale ho fatto parte della commissione di esame dei giornalisti: avevano tutti famiglia, li abbiamo promossi tutti. Poi il lettore provvede.

280

In Francia, dei loro autori conservano anche le cartoline dal mare con i saluti; da noi, vorrei sapere chi ricorda Corrado Alvaro o Cardarelli.

Graziare Sofri?

Mi aiuti a capire, perché sono frastornato, la ragione di questo «plebiscito» pro e contro la concessione della grazia al signor Sofri condannato a una pena definitiva, certamente non per avere rubato la marmellata. Il mio frastuono deriva da un «particolare» che fa del nostro Paese un caso più unico che raro. Mi riferisco al fatto, e per me la cosa ha risvolti comici, che il detto signor Sofri non intende chiedere nessuna grazia, come dire: «Fatevi i fatti vostri, io non ve la chiedo e se me la concedete a viva forza, sappiate che l'avete voluta voi e non io». Siamo a una pochade *o no?*

(M.U., Milano)

Non siamo a una farsa, ma a un dramma, perché c'è di mezzo la vita di un uomo. È vero che le idee non sono sempre innocenti, e neppure le parole. Sofri può peccare di orgoglio, ma non di mancanza di dignità: è stato condannato e sconta la pena. Ha degli amici che si sono impegnati per lui: credo meritino la sua gratitudine, e forse non si sente colpevole e in obbligo di scuse o di pentimenti.

2003

Da ricordare...

1 gennaio: il cantante e attore Giorgio Gaber, 63 anni, muore nella sua casa di Montemagno (LU).

7 gennaio: dopo attrici e veline, anche i parroci finiscono su un calendario: in dodici sono stati fotografati in vari momenti della loro giornata per raccogliere fondi da devolvere ai terremotati di San Giuliano di Puglia.

24 gennaio: il presidente onorario della Fiat Giovanni Agnelli, 81 anni, muore a Torino.

15 febbraio: a Roma manifestazione per la pace contro la guerra in Iraq. È la più grande nel mondo con quelle di Londra e Madrid.

25 febbraio: muore a Roma a 82 anni Alberto Sordi. 250.000 persone partecipano ai funerali.

2 marzo: in una sparatoria sul treno Roma-Firenze muoiono il poliziotto Emanuele Petri e il brigatista Mario Galesi, arrestata la brigatista Nadia Desdemona Lioce che rivendica gli attentati a Marco Biagi e Massimo D'Antona.

8 marzo: Alexia, con la canzone *Per dire no*, vince il 53° Festival di Sanremo.

15 marzo: il ministro della Salute Girolamo Sirchia attiva il «sistema di preallerta» degli uffici sanitari di frontiera per il virus della Sars.

15 marzo: dopo 57 anni di esilio i Savoia tornano in Italia, a Napoli. Vittorio Emanuele e la moglie, Marina Doria, visitano gli appartamenti di Palazzo Reale dove il principe è nato.

20 marzo: è guerra in Iraq. Parte l'offensiva dell'aviazione e delle truppe di terra angloamericane denominata operazione «Iraqi freedom».

9 aprile: l'esercito americano entra nel centro di Baghdad. Abbattuta dalla folla la statua di Saddam Hussein in piazza al Ferdous.

15 aprile: «via libera» del Parlamento alla partenza di militari italiani per l'Iraq.

1 maggio: il presidente Bush afferma che i maggiori combattimenti in Iraq sono finiti e che la coalizione ha vinto.

8 maggio: la romana Floriana Secondi vince la terza edizione della trasmissione tv *Grande Fratello*.

19 maggio: Cipollini vince la sua 42ª tappa del Giro d'Italia, superando il record detenuto dal 1933 da Alfredo Binda.

1 giugno: protesta dei dipendenti Alitalia che in centinaia si mettono in malattia e fanno annullare decine di voli, creando il caos negli aeroporti.

8 giugno: in tutta Italia temperature superiori alle medie stagionali. È l'inizio di una lunga estate calda.

26 giugno: 6 milioni di persone in varie zone d'Italia coinvolte in un black-out provocato dal forte consumo di energia elettrica dovuto all'utilizzo dei condizionatori.

13 luglio: a Fiano Romano, sua città natale, l'attrice Sabrina Ferilli sposa Andrea Perone.

11 agosto: ondata di grande caldo in Italia; punta di 41,6 gradi a Torino. Forte aumento di morti tra gli anziani.

19 agosto: a Baghdad, un camion bomba colpisce il quartier generale Onu. Muoiono 22 persone tra cui il rappresentante speciale dell'Onu per l'Iraq, Sergio Vieira de Mello.

22 agosto: strage a Rozzano (MI). Vito Cosco spara tra la folla per colpire due pregiudicati, ma uccide anche una bambina e un pensionato. Viene arrestato 3 giorni dopo.

9 settembre: dopo le aggressioni di pitbull in tutta Italia, il ministro della Salute Girolamo Sirchia ne vieta l'addestramento.

25 settembre: a Roma, nella basilica di Santa Maria degli Angeli, Emanuele Filiberto di Savoia sposa l'attrice francese Clotilde Courau.

28 settembre: black-out in tutta l'Italia, esclusa la Sardegna. Il sistema ristabilito completamente dopo 19 ore.

12 ottobre: Michael Schumacher è ottavo nel gran premio del Giappone vinto da Barrichello, ma il Campionato del mondo di Formula 1 è suo. Con il suo sesto mondiale Schumacher supera il record di Fangio.

14 ottobre: è l'Italia il Paese con l'età media più alta del mondo: 77 anni per gli uomini e 83 per le donne e con la presenza di ben 4000 ultracentenari (Censis).

19 ottobre: Giovanni Paolo II proclama beata madre Teresa di Calcutta.

7 novembre: circa 1500 ricercatori annunciano di voler lasciare l'Italia dove, sostengono, gli viene impedito di lavorare.

12 novembre: a Nassiriya, automobili con esplosivo guidate da kamikaze esplodono tra i recinti della base del contingente italiano. L'attentato causa 28 morti, di cui 19 italiani: 12 carabinieri, 5 soldati e 2 civili. Circa 40 feriti.

13 novembre: il governo sceglie Scanzano Jonico (Matera) come luogo del sito nazionale per le scorie nucleari. Seguono proteste con blocchi stradali, il 27 novembre il nome di Scanzano scompare dal decreto.

14 novembre: l'attore Walter Nudo è il vincitore dell'*Isola dei famosi*, il reality show di Raidue, programma rivelazione dell'anno.

21 novembre: a Ostiglia (MN) primo caso di acqua minerale

manomessa. In dicembre decine di casi in tutta Italia.

1 dicembre: a Milano uno sciopero del trasporto pubblico dura tutto il giorno anziché le sei ore previste, la città è paralizzata.

4 dicembre: nell'ultima puntata della trasmissione di Pippo Baudo *50*, in onda su Raitre, una giuria di 25 giornalisti dichiara *Il Fatto* di Enzo Biagi il programma migliore di 50 anni di Rai.

9 dicembre: dopo la prima puntata la Rai sospende *Raiot*, il programma di satira di Sabina Guzzanti in onda sulla terza rete.

13 dicembre: forze speciali catturano l'ex presidente iracheno Saddam Hussein nascosto in una buca scavata nel terreno di una fattoria vicino a Tikrit.

14 dicembre: inaugurato a Venezia con un concerto diretto da Riccardo Muti il teatro «La Fenice», ricostruito dopo l'incendio del 1996.

Undicesimo: non essere indifferente

Scrivo a lei perché per me rappresenta gli italiani «per bene» e sono convinto che leggendo la notizia dell'aggressione a cinque ragazzine (una delle quali ha subìto anche violenza) la sera di San Silvestro non sia rimasto indifferente, come invece lo sono state certe persone «civili» che erano lì. I fatti: in piazza del Duomo, a Milano, c'erano centinaia, forse migliaia di giovani per festeggiare la fine dell'anno e il pensiero che nessuno sia intervenuto per paura di quattro energumeni mi fa rimanere allibito. Fatte le dovute considerazioni, rimane una conclusione: nessuno si è fatto avanti perché quanto accadeva era lecito, quindi accettabile. C'è un decadentismo morale da non trovare aggettivo adatto a qualificarne il grado. Che cosa hanno insegnato i genitori a questi ragazzi?

(A.A., Peschiera Borromeo, MI)

Forse non accettavano il fatto, ma il rischio di prenderle da quegli energumeni. È anche vero, però, che il peccato più diffuso è l'indifferenza. C'è chi evita anche il dovere di testimoniare: una noia in meno. Non c'ero, diceva uno delle mie parti, e se c'ero ero in bagno.

La pace che è (o non è) dentro di noi

Nessuno, penso, può rimanere estraneo (o insensibile) di fronte al problema della pace. Tutti hanno il sacrosanto diritto di manifestare (con marce, esposizione di bandiere o il semplice confronto dialettico) il proprio pensiero: solo così si può formare un movimento di opinione che, in qualche modo, può influenzare chi governa il mondo. Ma vorrei farle pervenire le mie riflessioni di uomo della strada. Sono convinto che la prima idea della pace la dobbiamo costruire dentro noi stessi e nel piccolo mondo che ci circonda, senza ipocrisie e comodi alibi. Quando abbiamo in atto le piccole guerre individuali (il vicino, i figli, i colleghi, l'azienda concorrente) e non ci impegniamo concretamente a risolverle, mi pare poco onesto pretendere che debba essere sempre l'altro, l'antagonista, a mutare atteggiamento. Non pongo certo sullo stesso piano i drammi della guerra con dei semplici rapporti conflittuali, voglio solo esprimere il concetto che la somma di molti piccoli dissidi non può che condurre a quelle incomprensioni, o intolleranze, di natura planetaria i cui sintomi sono i tanti focolai di guerra perennemente accesi nel mondo. Insomma, se fossimo singolarmente disposti a fare un passo indietro e accettare un onesto esame autocritico, forse potremmo iniziare a costruire dal basso quell'idea di pace a cui aspiriamo.

(F.P., Sulzano, BS)

Quando la messa è celebrata, il sacerdote si rivolge ai fedeli con la formula di congedo: «Andate in pace. La pace sia con voi». Che vuol dire: vi accompagni la concordia, la serenità, l'armonia. Certo, prima di tutto, bisogna cercarla nel nostro animo e nel rapporto con il nostro prossimo, con chi ci è più vicino. Non c'è nulla da scoprire: è già tutto in quelle dieci tavole che vennero consegnate a Mosè, e in Gesù che portò il messaggio della carità.

Il fatto

Potrebbe essere un commovente apologo sul candore o sull'innocenza offesa. Forse non sapremo mai chi è Unabomber: sappiamo solo che l'ispiratore, o meglio il predecessore, è un americano. L'ultima vittima si chiama Francesca, una bambina che ha nove anni, che va a fare, in un giorno che dovrebbe essere di festa, una merenda sulla riva del Piave. Nota vicino al pilone di un ponte, dove sta giocando con alcuni amici, un pennarello giallo. La incuriosisce, lo raccoglie, toglie il tappo e le scoppia in mano. Una esplosione, tre dita spappolate, l'occhio destro che non vede più nulla.

Da nove anni, quattro Procure gli danno la caccia: fino a oggi è riuscito a restare incombente e minaccioso nell'ombra.

C'è una frase che resterà nella mia memoria di cronista che ne ha viste tante, orrende e consolanti: è della piccola Francesca: «E adesso, come farò a fare i compiti?».

Il candore e il senso del dovere, perché la vita, nonostante le molte ignominie, va avanti. «Nel bene», ha scritto Bernanos, «non c'è romanzo.»

Eppure, e non mi sembra una curiosità malsana, vorrei vedere la faccia del criminale ancora misteriosa, conoscerne la vicenda, ascoltarne, sia pure in un'aula di tribunale, il racconto se non la confessione.

Da che cosa nasce questo rancore per gli altri, questo odio del mondo? Che cosa ha segnato la psicologia deviata di questa persona, che umiliazione, che affronti ha subìto per meditare questa vendetta contro ignoti innocenti, quasi dovessero espiare per i peccati del mondo?

Tutto, in certi momenti, sembra uscire dalle regole: anche il Male ha la sua. Perfino la Sars, la polmonite mortale è «atipica»: le conseguenze sono consuete, i sintomi sono diversi. Qualcuno cita la leggendaria (ovviamente in senso negativo) «spagnola», che imperversò dopo il primo conflitto mondiale che qualcuno, impropriamente, chiama «la grande guerra». E le atomiche di quell'altra? Adesso, ai virus si aggiunge (e torna a colpire) «Unabomber»: un incubo. Qualcuno lo avrà come compagno di lavoro o vicino di casa, magari commenteranno anche le storie di cui il dinamitardo è protagonista, avrà i comportamenti della gente normale. La testa, e la coscienza, no. Chissà se un giorno, magari un semplice carabiniere, riuscirà a mettere le manette al diabolico?

Guerra e pubblicità

Mi spiace disturbarla, ma se si hanno forti dubbi su comportamenti per me non definibili, credo sia opportuno rivolgersi a una persona che conosce bene i suoi simili. E che ha avuto, tra l'altro, la fortuna – per motivi professionali – di girare il mondo, conoscere e parlare con i «grandi» che nel bene e nel male hanno fatto la storia dell'umanità del '900. Per principio non vedo la tv, però in questi giorni sì, per sentire i tg sugli eventi bellici. Quando ero bambino ascoltavo alla radio i bollettini di guerra in piedi e sull'attenti! Oggi, quando anche le miserie umane sono spettacolo, quello che non riesco a mettere a fuoco, non è tanto il linguaggio ampolloso e retorico dei cronisti moderni, ma le immagini che mi lasciano perplesso e istupidito e che mostrano morte, città in fiamme, gente disperata, bambini affamati, terrorizzati. Poi con straordinaria disinvoltura si passa alla pubblicità che propone viaggi alle Maldive, creme, cure dimagranti, prodotti per cani e gatti, materassi per un sonno più riposante... Ora le chiedo: «Sono io completamente fuori di "melo-

ne" per cui non riesco ad assimilare il vivere moderno o viviamo in un'epoca demenziale tesa a incretinirsi?».

(G.C., Ispra, VA)

«Dategli delle brioche», disse la regina Maria Antonietta al popolo che chiedeva pane. Forse nelle immagini televisive c'è un eccesso di facce di cronisti e mancano le storie di quegli uomini, di quelle donne, di quei bambini. Anche di uno solo: ci aiuterebbe a capire.

Prima i compiti, poi a giocare

Le celebrazioni del 2 giugno, Festa della Repubblica, hanno sollecitato in me riflessioni che vorrei esternarle. Si è parlato di Costituzione, dei tempi e dei modi in cui è nata, di alcuni articoli che apparivano particolarmente importanti, delle funzioni dell'Assemblea Costituente. Mi sono chiesta: quanti ragazzi hanno potuto interpretare tutto ciò facendo riferimento ai contenuti scolastici, e quanti sono in grado di precisare, per esempio, le competenze del Capo dello Stato? In qualità di insegnante di lettere devo sottolineare, infatti, che l'educazione civica, l'educazione del cittadino, non ha mai trovato posto come disciplina specifica. Basterebbe una sola ora alla settimana – se trattata in modo a sé stante e già dalla prima elementare – per creare consapevolezza. Anche a sei anni infatti sarebbe importante capire, per esempio, l'importanza della raccolta differenziata dei rifiuti e certe regole di convivenza civile. Poi, siccome il sapere cresce con noi, tale materia permetterebbe via via una conoscenza sempre più consapevole dei diritti e dei doveri, nonché delle istituzioni. Ci meravigliamo quando i nostri ragazzi, in occasione di qualche evento politico importante, mostrano indifferenza e superficialità. Perché la nuova riforma della scuola non ha ancora permesso all'Educazione civica di fare l'ingresso che le compete all'interno delle discipline scolastiche?

(B.M.P., Valdagno, VI)

293

Credo che la politica, almeno come cronaca, annoi già gli adulti, figuriamoci i ragazzi, ai quali qualcuno dovrebbe spiegare che è la gestione delle cose di tutti, e anche in chi la amministra ci sono doveri morali: per esempio, non fare promesse che non si possono mantenere. Forse non si fa politica con il rispetto assoluto della morale, ma non si fa meglio senza. La scuola dovrebbe prepararli alla vita, rivalutando anche il nozionismo perché se no confondono Rinascimento con Risorgimento e magari credono che la Marcia su Roma sia stata una competizione podistica. E poi mi permetto di ricordare l'insegnamento non di un pedagogo, ma di mia madre: «Prima si fanno i compiti poi si va a giocare».

Il personaggio

A proposito di terrorismo. In questi giorni fa notizia l'espulsione di Abdoul Qadir Fall Mamour, l'Imam senza moschea di Carmagnola, e di altri suoi sette devoti. Questi provvedimenti sono stati presentati da una parte come gesti illiberali, visto che i giudici avevano negato il loro arresto, dall'altra come un atto giustificato e motivato nei confronti di cittadini stranieri «considerati indesiderabili nel Paese».
L'Imam di Carmagnola è stato rispedito, con moglie e figli, in Senegal dove è libero di tornarsene a casa perché secondo la polizia di Dakar «non ha commesso reati sul territorio nazionale».
Abdoul Qadir Fall Mamour ha avvertito che nel mirino di Al Qaeda c'è un ministro italiano e che l'attentato avverrà forse durante un viaggio all'estero. Ha detto anche che l'Italia «dopo che il governo Berlusconi ha deciso di inviare uomini al fianco degli americani» è considerata «un nemico dell'Islam che non distingue tra il popolo

italiano e i suoi governanti così come non distingue tra missione di pace e missione di guerra». E aggiunge, secondo quello che riporta Francesco Albertini: «Un progetto d'attacco contro il vostro Paese è già in atto, questo è sicuro. I suoi simboli sono in pericolo. E i suoi simboli sono a Roma, lì ci sono i vostri politici».

Gli altri sette cacciati (sei marocchini e un algerino) non vanno incontro a una situazione allegra. Li aspetta il carcere in Marocco e in Algeria che qualcuno paragona all'inferno dantesco. «In quelle carceri i gatti non hanno i denti», dicono gli arabi.

E intanto da noi scoppia la polemica. Polemizza Daniele Capezzone, segretario dei radicali italiani: «Nessuno va cacciato per un reato d'opinione». Non tutti sono d'accordo. Massimo D'Alema sostiene che doveva occuparsene la magistratura e dice: «Le idee vanno combattute sul piano politico. Una democrazia salda non teme il confronto e ha diritto di parola».

Tutti hanno diritto di parola, ma dipende anche da quello che intendono dire.

Ragazzi «fumati»

Alla prima ora avevo quattro alunni tutti con la testa appoggiata sul banco che non riuscivano a stare svegli. Li ho guardati in faccia e ho visto i loro occhi lucidi e rossi. Erano intontiti dalla prima «canna» mattutina. A quindici anni corrono già verso il nulla. «L'alcol ha effetti più devastanti dell'erba», ribatte un adulto. «Pensi che vietando gli spinelli si risolvano tutti i problemi?», mi dice un altro. Ho detto forse che la dipendenza da alcol non è un problema? Ho detto forse che bisogna vietare con legge le «canne»? Ho solo visto quattro giovanissimi adolescenti che non riuscivano a stare svegli. Mi domando se entrando in un ospedale con una gamba rotta ci sentiremmo sollevati se il medico invece di curarci ci dicesse che avere un cancro al polmone è male più grande di una gamba rotta o ci consolasse dicendo che non è certo vietando per legge le fratture che risolveremmo tutti i nostri problemi. Gli adulti rimuovono lo sguardo dall'evidenza che hanno sotto gli occhi: l'uso abituale di sostanze stupefacenti da parte di un numero sempre più elevato di ragazzi. La «Maria» non fa male, non crea dipendenza e quindi che c'è di male a farne uso? Io insegno in una scuola di provincia che raccoglie l'utenza più debole fatta di figli di operai, di primi immigrati. Tutti accomunati da scarsa alfabetizzazione, da situazioni familiari dissestate. Da noi le «occupazioni» vengono organizzate un mese dopo tutte le altre scuole quando la notizia arriva «a voce» da altri studenti. In questa periferia fuori dal mondo i ragazzi vengono a scuola la mattina fumati e non sono in grado di imparare nulla. Ma l'alcol ha effetti più devastanti dell'erba e vietando gli spinelli non si risolvono i problemi.

(A.M.N., Arezzo)

La situazione che lei denuncia è angosciante. Chi sa a chi daranno la colpa. Ma la prima responsabilità è della famiglia poi della società. Meno promesse, e più fatti. Che almeno imparino a leggere; forse gli darà una mano per accompagnarli verso la vita. Ci sono libri che costano meno del biglietto per il cinema.

2004

Da ricordare...

3 gennaio: la cantante americana Britney Spears, 22 anni, sposa l'amico e coetaneo Jason Alexander a Las Vegas. Il giorno successivo cambia idea e fa annullare il matrimonio.

4 gennaio: la sonda Spirit atterra su Marte e la Nasa mostra le prime immagini della superficie del pianeta rosso.

8 gennaio: *Striscia la notizia* attacca Paolo Bonolis che a *Domenica in* intervista una medium che dice di parlare con i morti. Le polemiche tra il conduttore della Rai e Ricci durano per giorni.

30 gennaio: nel suo rapporto Italia 2004 l'Eurispes denuncia per gli impiegati una perdita di potere d'acquisto di quasi il 20% negli ultimi due anni. I ceti medi sono a forte rischio di proletarizzazione.

31 gennaio: una donna di 62 anni, ricoverata presso l'ospedale San Paolo di Milano con un piede in cancrena e, per questo, in pericolo di vita, rifiuta l'amputazione. La donna muore 10 giorni dopo.

4 marzo: per la prima volta gli ascolti del Festival di Sanremo vengono superati da un programma della concorrenza. La gara canora, con la direzione artistica di Tony Renis e con Simona Ventura come conduttrice, nella terza serata cede nei confronti del *Grande Fratello* che ottiene uno «share» più alto: 32% contro il 29%.

11 marzo: a Madrid, 10 bombe esplodono su treni di pendolari alle stazioni di Atocha, El Pozo e Sant'Eugenia. 190 le vittime, circa 1400 i feriti. Secondo le dichiarazioni del ministro dell'Interno del governo Aznar l'attentato è da attribuire all'Eta. Ma la rivendicazione è delle Brigate Abu Hafs al Masruna, legate ad Al Qaida.

12 marzo: in tutta la Spagna avvengono manifestazioni contro il terrorismo, che vedono scendere nelle strade e piazze circa 11 milioni di spagnoli.

14 marzo: alle politiche vittoria del partito socialista di Zapatero. Pesante sconfitta per Aznar.

3 aprile: la cantante Gabriella Ferri, 62 anni, muore in seguito alla caduta dal balcone della sua casa di Corchiano (VT).

9 aprile: quattro italiani vengono rapiti in Iraq dal gruppo Falangi Verdi di Maometto. In cambio della liberazione, si chiede il ritiro delle truppe italiane. Fabrizio Quattrocchi verrà ucciso due giorni dopo, gli altri saranno liberati in un blitz l'8 giugno.

25 aprile: fa ancora discutere la *Domenica in* di Bonolis per la trasmissione di un'intervista al serial killer Donato Bilancia. La decisione provoca una serie di reazioni indignate.

30 aprile: suscitano orrore nel mondo intero le immagini delle torture inflitte da militari americani a detenuti iracheni nel carcere di Abu Ghraib.

17 maggio: a Nassiriya, in Iraq, muore il caporale dei Lagunari Matteo Vanzan, 23 anni, in seguito alle gravi ferite riportate il giorno prima nel combattimento contro le milizie sciite.

22 maggio: a Madrid, nella cattedrale della Almudena, si svolgono le nozze tra il principe Felipe di Borbone, 36 anni, erede al trono di Spagna, e l'ex giornalista televisiva Letizia Ortiz, 31. 1400 gli invitati, tra cui 40 capi di Stato, 23.000 gli uomini della sicurezza.

27 maggio: Umberto Agnelli, 69 anni, muore nella sua casa nei pressi di Torino. Soffriva di un tumore.

10 giugno: sul cellulare di migliaia di elettori italiani arriva un sms della Presidenza del Consiglio che ricorda tempi e modalità del voto di sabato 12 e domenica 13 giugno.

12 giugno: nelle 60.670 sezioni elettorali allestite in tutto il Paese si aprono i seggi per le elezioni europee e amministrative che terminano il 13 giugno. Pesante calo per il partito del premier Berlusconi che passa dal 29% al 21% delle preferenze.

23 giugno: agli Europei eliminata l'Italia. Trapattoni lascia la nazionale e viene sostituito da Lippi.

2 luglio: il grande attore Marlon Brando, 80 anni, muore per collasso polmonare al Medical Center dell'Università di California a Los Angeles.

3 luglio: il ministro dell'Economia Giulio Tremonti si dimette. Il presidente del Consiglio Silvio Berlusconi assume l'interim e crea scontento tra gli alleati. Il 16 il ministero è assegnato a Domenico Siniscalco.

19 luglio: Annamaria Franzoni è condannata a 30 anni per l'omicidio del figlio Samuele Lorenzi.

4 agosto: il governo impugna lo Statuto della Regione Toscana contestando 11 punti, tra cui quello sul voto nelle elezioni regionali agli immigrati in regola e residenti da tempo e sul riconoscimento di diritti alle coppie di fatto.

26 agosto: ucciso in Iraq il giornalista Enzo Baldoni, collaboratore del settimanale *Diario*.

31 agosto: si concludono i Giochi Olimpici di Atene. L'Italia porta a casa 32 medaglie.

settembre: secondo Intesaconsumatori sarà di 600 euro la

stangata in arrivo in autunno per le famiglie italiane. A incidere nel modo più pesante benzina, luce, gas e riscaldamento.

1 settembre: terroristi ceceni si impadroniscono della scuola di Bslan in Ossezia e minacciano di fare strage di decine di bambini.

La satira può essere giudicata?

Di che cosa viene accusata la trasmissione di Sabina Guzzanti? Di non essere vera satira, ma spettacolo a tesi, pamphlet politico, congerie di argomenti eterogenei che vanno dalla polemica sull'esposizione del Cristo alle vicende giudiziarie di Berlusconi, dalla razza «ebraica» alla raccolta pubblicitaria, da Vespa ciambellano a Mussolini «tour operator»...

Ebbene, si dica subito che uno di questi rilievi è totalmente infondato poiché la parola «satira» rinvia esattamente, secondo il suo significato etimologico, a «mescolanza di elementi diversi». Quanto all'accusa di un'indebita invasione di campo, si faccia notare che tutto può essere oggetto di satira: un'epoca, una politica, una morale, un personaggio, uno scritto, un canto, un dipinto.

La satira può essere giudicata? Certamente! Sempre che ci si ponga questa domanda preliminare: ciò che nella sua denuncia essa deforma, sfigura, stravolge, ridicolizza, trova il suo fondamento nella realtà dei fatti? Detto in altre parole: quando la Guzzanti fa i suoi rilievi su Craxi e sullo stalliere, su Rete 4 e su Gasparri, sugli incassi pubblicitari e sui sondaggi catastrofici, sui salamelecchi di Vespa e sulla mussolineide del Cavaliere, racconta bubbole infami e infamanti o si fonda su fatti universalmente noti? Tutto qui. Il resto, come per esempio il lungo almanaccare su satira e non satira, altro non è che «distrazione di massa».

(G.S., Alassio, SV)

303

D'accordo. Io trovo Sabina Guzzanti sempre intelligente e spesso con trovate geniali. Certo, la satira è esasperazione, esagera per sua natura. E chi ne è vittima, ovviamente, si impermalisce o si offende.

Pubblici concorsi e intelligenza

Sono la mamma di due ragazzi di ventinove e ventisei anni, laureati in giurisprudenza. Il primo nel 2000, la seconda da pochi mesi e il più grande, finito il praticantato, ha già tentato l'esame di Stato che, come per la maggior parte di questi futuri avvocati, risulta essere impresa quasi impossibile. Non le dico i pianti e la disperazione sua e nostra: noi siamo una famiglia di operai e si sa che il tirocinio non viene retribuito, anche se devo riconoscere che lo studio dove mio figlio ha prestato il suo lavoro è gestito da avvocati riconoscenti. Io vorrei fare appello a chi esamina questi giovani: perché sono così poco comprensivi verso chi lavora di giorno per poter arrivare alla meta e anche per aiutare i familiari che altrimenti non sarebbero in grado di mantenerli fino a trent'anni? Bene che vada. Poi si parla tanto di ragazzi che si tolgono la vita perché si sentono depressi e avviliti. Ma una mano sul cuore vogliamo provare a metterla tutti?

(N.A., Ferrara)

Forse sarebbe meglio, invece che sul cuore, la mano metterla sulla testa: più che alle emozioni, magari, guardare all'intelligenza, alle doti che richiede il mestiere (non è, non vuole essere, una diminuzione del ruolo).

A proposito di scandali

Si va avanti a furia di scandali. Che ne dice?

(M.C., Roma)

Di questi tempi c'è un aspetto che forse è una leggerezza definire «curioso»: gli scandali finanziari italiani colpiscono negli ultimi tempi il settore alimentare. Si comincia con la Cirio, si procede con la Parmalat. Le cronache raccontano che Calisto Tanzi, che io conoscevo come cattolico praticante, avrebbe sottratto a Parmalat un miliardo e 800 milioni di euro. Avevo un amico che vendeva vino e che probabilmente lo allungava, ma praticava i sacramenti, compresa la confessione. Gli chiesi come la raccontava al confessore; aveva trovato una formula: «Peccati commerciali».

Il personaggio

Tre vecchi quaderni dalle pagine ingiallite sono stati esposti a Bologna, nel Palazzo Re Enzo: sono appunti e formule matematiche che Guglielmo Marconi aveva diligentemente annotati per partecipare a un concorso bandito dalla rivista *L'elettricità*. Mettevano in palio duemila lire per una pila elettrica. Di Marconi ricordo i funerali: è morto nel 1937 e io ero ancora un ragazzo. È sepolto a Sasso, il paese dove ho una casa: hanno aggiunto il suo nome a quello del Comune e la sua tomba, disegnata credo da Piacentini, ha l'aria di un garage. Sopra c'è la Villa Grifone, padronale.

Credo di essere l'unico giornalista che ha parlato con il primo uomo che ha ascoltato e trasmesso via radio: era un contadino, padre di un sagrestano, che chiamava ancora l'inventore «il signorino». Io ero un cronista che stava imparando, e andai a trovare quel vecchietto che suonava le campane per dare una mano al figlio in una parrocchia di campagna.

Mi raccontò: «Il signorino mi disse: "Prendi la doppietta, va oltre il poggio, e se nell'apparecchio senti un segnale, spara"». Sparò.

Certo il vecchio si rendeva conto che quel giorno era accaduto un fatto importante, ma non pensava di avere una piccola parte, il testimone, nella storia. Guglielmo Marconi poi era andato via, tutti parlavano di lui, era diventato anche marchese, e dalle parti di Pontecchio, frazione di Sasso, non si vide che raramente.

In casa mia, debbo confessarlo, quella pareva quasi una invenzione superflua. I nostri redditi non ci consentivano l'acquisto di una Marelli che a me pareva bellissima anche come mobile e che vedevo nelle case di alcuni miei compagni di scuola. A dire il vero, anche il giornale, per le nostre finanze, era un acquisto saltuario.

Arrivai finalmente a possedere un apparecchio a galena, una cuffia, e un filo, l'antenna, applicato alla rete del letto; ogni volta che facevo un movimento un po' brusco, spariva la voce.

Siamo nel 1935: al calcio battiamo la Francia 2-1. Segna Meazza, detto «il balilla». Andiamo a occupare l'Etiopia. Due orchestre sono famose: Angelini e Barzizza, Genina gira *Squadrone bianco*: siamo o no in Africa? La più grande trovata pubblicitaria è *I quattro moschettieri* di Nizza e Morbelli legata alle figurine del cioccolato Perugina. Il cantante più amato è Alberto Rabagliati. Nella lirica si esibiscono Beniamino Gigli, Toti Dal Monte, Mafalda Favero, Tito Schipa, Giacomo Lauri-Volpi e Ferruccio Tagliavini. I divi di Hollywood sono Clark Gable e Gary Cooper, Greta Garbo e Joan Crawford. Nasce la Fiat Topolino.

Quando muore Guglielmo Marconi la gente dice: «Ha lasciato una terribile invenzione: il raggio della morte». Una balla.

Ora gli apparecchi Marelli si trovano nei negozi di antiquariato, con le figurine Perugina e i dischi delle sorelle Lescano. E fu il «transistor».

Il fumo, noi e gli altri

Premetto che nella mia famiglia nessuno fuma, però questo accanimento così feroce verso i fumatori mi spaventa: sembra di essere tornati ai tempi dell'Inquisizione. L'uomo forse ha incominciato a fumare quando ha scoperto il fuoco e non mi risulta che in tutti questi secoli abbia inquinato l'atmosfera, mentre l'automobile, in poco più di cento anni, di disastri ne ha combinati. Non so quanti morti per sigarette ci siano stati dal 1991 al 2000, so invece per certo il numero di quelli che se ne sono andati per incidenti stradali: 66.469 senza contare i feriti (alcuni dei quali costretti per sempre su una carrozzella), malgrado ciò nessuno infierisce contro il traffico. Chi fuma non intralcia i marciapiedi, non ha bisogno di garage e di benzina: danneggia solo se stesso.

(D.B., Milano)

Ognuno di noi ha il diritto di fumare, o anche di bere, se gli piace, ma senza dare fastidio al prossimo. Il traffico fa parte della nostra vita: calciavano anche i cavalli delle diligenze.

Siamo il Paese delle guerre «disastrose»

L'Italia è l'unico Paese al mondo che nel secolo scorso aggredì e guerreggiò con una decina di nazioni. Per contro, durante quei turbolenti cento anni, nessuna potenza militare si sognò di attaccare l'Italia.

1911: dichiarazione di guerra alla Turchia per impossessarsi della Libia, al tempo colonia ottomana.

Nel 1915 il giovane Regno d'Italia entrò in conflitto con l'Impero austro-ungarico e si logorò in una campagna che costò 600.000 morti, un milione di mutilati e portò l'economia del Paese allo sfascio.

Nel 1935 l'Italia fascista aggredì l'Etiopia e un paio d'anni dopo, con un consistente contingente di truppe, partecipò alla guerra civile spagnola al fianco dei franchisti.

E ancora nel 1939 attaccò e occupò l'Albania e nel 1940 dichiarò guerra alla Francia e alla Gran Bretagna, riservandosi il diritto di attaccare la Grecia e la Jugoslavia: ostilità che si rivelarono disastrose per le nostre forze armate; nel 1941 fu la volta della Russia Sovietica: inviammo in quello sterminato Paese un Corpo di spedizione di 200.000 uomini. Ottantamila non tornarono più.

Nello stesso anno, dulcis in fundo, ci togliemmo lo sfizio di entrare in contrasto, nientemeno, con l'America. Ma non finisce qui. Con la resa agli Alleati dell'8 settembre, l'Italia non trovò di meglio che prendersela con la Germania, fino a ieri sua alleata. Come bilancio, non c'è male per «un popolo di eroi, di navigatori e di santi». Sono italiano all'estero da cinquantadue anni e, guarda caso, ancora così cretino da amare la sua Patria. Nonostante tutto.

(S.R., Fanano, MO)

Questo è il nostro Paese. Lo accetti anche lei: è la sola consolazione. Guerre, morti e rettorica: «L'Impero», disse il duce, «è tornato sui colli fatali di Roma». Provvisoriamente. Arrivarono alcuni reparti di dubat, soldati indigeni, e sfilarono con i cammelli: entusiasmo; poi alcuni sacchi di caffè dall'Harar.

E la tragedia finale. Una donna, Claretta Petacci, affrontò con dignità la cattiva sorte che le aveva riservato un amore fedele. E fu tra i pochi che non rinnegarono Mussolini.

Dobbiamo ricordare gli orrori «neri» e «rossi»

Da profugo fiumano, che pur di non perdere la libertà e non sottostare a una dittatura assurda e feroce ha perso tutto (dalla città natale alla casa del nonno passata allo Stato comunista) mi associo – come lei – al nostro presidente Ciampi: «Nessuna clemenza per i crimini contro l'umanità» e condanno anche quelli commessi dal nazismo e dal fascismo: purché la deplorazione non sia e non resti a senso unico. Quindi, è bene ricordare, ogni volta che si presenta l'occasione, i misfatti nazi-fascisti (dall'olocausto a Marzabotto a Sant'Anna di Stazzena) ma non dimentichiamo le decine di milioni di morti fatti dal comunismo nel mondo.

E, malgrado ciò, nella nostra e sua Bologna, è ben pubblicizzata la via Stalingrado che non può che far tornare alla mente la guerra fra due nefaste ideologie. Non dimentichiamo poi quello che è successo con il comunismo di Tito nelle nostre terre d'Istria, Fiume e Dalmazia, dove, creando il terrore delle foibe, ha fatto fuggire 350.000 profughi dalle loro case attuando una delle prime pulizie etniche, se non la prima, rimasta completamente impunita. E quando, dopo cinquant'anni di silenzio pressoché assoluto, qualche sopravvissuto all'eccidio delle foibe, o quelli gettati nell'Adriatico, ha tentato di ottenere un minimo di giustizia, la giustizia italiana ha prontamente insabbiato tutto, nonostante sia ancora vivente in Slovenia e in Croazia qualche carnefice di quel massacro.

Quindi, come si vede, i conti non tornano. Mi piacerebbe che almeno una volta anche lei ricordasse il dramma di queste terre così legate all'Italia e a Venezia, terre purtroppo perse irrimediabilmente causa una infelice guerra fascista, dove ha infierito uno dei peggiori nazionalismi: quello nazional-comunista.

(M.K.T., Milano)

Non tornano le terre, ma soprattutto non tornano gli uomini che persero la vita, e gli altri – noi – tendiamo a dimenticare. Ma chi non conosce la storia, ammoniscono, prima o poi è costretto in qualche modo a riviverla.

Iraq: onore alla memoria di un italiano sconosciuto

Ero e sono contrario alla guerra in Iraq. Mi sento italiano alla maniera deamicisiana, proprio come nei racconti del libro Cuore. *Quando ho sentito la frase che Fabrizio Quattrocchi avrebbe pronunciato prima di essere ucciso: «Adesso vi faccio vedere come sa morire un italiano», ho sentito i brividi in tutto il corpo. È un eroe? È un ragazzo? È un mercenario? È soltanto un uomo che la fatalità ha portato a dichiarare la sua italianità, facendola percepire e penetrare nel profondo della nostra anima più di tutti i discorsi che si fanno sulla patria e sulla bandiera. Sono sicuro che i libri di Storia non si scorderanno di lui.*

(V.C., Brufa, PG)

È un esempio di dignità e di coraggio di fronte alla morte: è uno sconosciuto compatriota che adesso entra nell'elenco dei buoni modelli e del patriottismo senza retorica. Onore alla sua memoria.

Gli americani non sono i nazisti

Il colonnello Burgio, per dimostrare la nostra estraneità alle torture, ha riferito al Corriere *di fotografie fatte ai prigionieri iracheni; prima del loro internamento in carceri fuori dalla nostra competenza. Mi è tornato allora alla mente un rapporto segreto al duce di Giuseppe Bastianini (governatore della Dalmazia), a proposito degli ufficiali italiani che si trovavano in Francia e in Croazia e che non volevano consegnare ai nazisti i cittadini ebrei. Bastianini diceva al duce che «... nessun Paese, neppure l'alleata Germania, poteva pretendere di coinvolgere l'Italia, madre della cristianità e del diritto, in così gravi crimini, dei quali il popolo italiano avrebbe potuto un giorno essere chiamato a rendere conto». Non voglio paragonare i nostri attuali alleati ai nazisti, ma rilevare che non è la prima volta che gli italiani si ritrovano a dissociarsi da crimini sistematici che non fanno parte della nostra tradizione. Mi chiedo anche se, come allora avremmo potuto rifiutarci di consegnare i prigionieri, dati i rischi a cui sarebbero eventualmente andati incontro. O era troppo?*

(G.M., Palermo)

Gli orrori della Storia molto spesso si assomigliano, ma non sono uguali. Ai tempi del Führer, chiamarsi Rossi o Levi non era certo la stessa cosa. Oggi quel clima non c'è più, anche se ogni tanto spira un vento che mi spaventa. Considero il razzismo uno degli atteggiamenti mentali più ignobili: tutti gli uomini piangono alla stessa maniera.

Studiare fino a diciotto anni?

Scuola dell'obbligo fino ai diciotto anni! Nessuno nega che la cultura è civiltà, ma quanti escono dalla scuola con una buona cultura? Solo quelli che l'amano, indipendentemente dalle imposizioni di legge, gli altri continuano a scaldare i banchi perdendo buone occasioni di lavoro. Anche saper lavorare bene è indice di civiltà: di solito si inizia a quattordici anni, quando si è ancora in fase formativa e per certi ragazzi è più piacevole della scuola. Nulla vieta che il lavoro sia accompagnato dalla lettura di buoni libri e dalla eventuale frequenza di corsi serali. Ogni ministro presenta la sua riforma, ma nessuno è mai riuscito a risolvere il problema.

(G.G., Cavriago, RE)

Sono d'accordo con lei. Ho cominciato a lavorare a quattordici anni, appena mi hanno dato il libretto che prescrive la legge. Tutte le vacanze estive allo zuccherificio: turni di 8 ore: 6-14, oppure 14-22, o il più faticoso 22-6 del mattino. Per le vacanze di Natale, un parente di mia madre mi aveva trovato un posto alla Cassa di Risparmio dove si calcolavano gli interessi sui libretti di deposito. D'inverno, comparsa al Teatro Comunale: detestavo il *Parsifal* che finiva all'una di notte, e io al mattino dopo avevo sonno e dovevo andare a scuola. Ma ho avuto un'adolescenza felice, camera, cucina, bagno, (si fa per dire) una catinella di zinco per me, mio fratello e i genitori. Facevamo anche il presepe ritagliando le figurine da dei cartoncini e il lago era uno specchietto dell'Olio Sasso.

Il fatto

Un pezzetto malinconico di storia: l'obelisco di Axum, testimone superstite dei nostri sogni imperiali. Portato a Roma nel 1937 per ordine di Mussolini, ci impegnammo a restituirlo nel lontano 1947, ma solo due anni fa lo smontammo per riportarlo in Etiopia. Diviso in tre tronconi è ancora bloccato in un magazzino della caserma di polizia «Gelsomini», a Santa Maria di Galeria, alle porte di Roma. Non si sa come trasportarlo. La stele fu anche colpita da un fulmine quando si trovava nella piazza di Porta Capena e Vittorio Sgarbi sostiene che non andava toccata e che porta sfortuna.

È il ricordo di un tempo in cui anche le canzonette si adeguavano alla propaganda del regime che predicava contro il Negus: «Se l'abissino è nero / gli cambierem colore / a colpi di legnate / poi gli verrà il pallore».

Più gentili con le donne: «Faccetta nera, sarai romana, e per bandiera tu avrai quella italiana». Chi sa che soddisfazione.

Un'altra canzone esaltava la nostra refrattarietà al razzismo: «E se l'Africa si piglia / si fa tutta una famiglia».

Tripudio più o meno generale: arrivarono anche alcuni sacchi di caffè dall'Harar, invece del tè c'era il karkadè. Indro Montanelli conservava nello studio la fotografia di una moglie adolescente che aveva comperato dal padre in cambio di un cavallo e di un fucile.

Con entusiasmo: l'arcivescovo di Bologna, il cardinale Nasalli Rocca, dona la catena episcopale, Croce e Albertini offrono la mediaglietta del Parlamento, Pirandello quella del Nobel. Io ero ragazzo e ricordo che le donne regalarono, «a richiesta», oro alla Patria, la vera nazione, e mia madre se ne fece fare una più leggera perché non voleva privarsi di quella del suo matrimonio. Nell'Italia di Mussolini sostenevano che il metallo più nobile è l'acciaio. Come se abbondasse.

Vittorio Emanuele viene promosso re e imperatore e Mussolini «Fondatore dell'Impero», mentre Badoglio viene nominato duca di Addis Abeba e vorrebbe per motto: «Veni, vidi, vici», ma deve ripiegare su uno meno classico: «Come falco giunsi».

Formidabili quei settimanali (del dopoguerra)

Mi spinge a scriverle il desiderio di ricordare un'epoca che, secondo la mia convinzione, fu bella e irripetibile. Era il dopoguerra e il giornalismo era pervaso di umori libertari, ma soprattutto era il felice momento dei settimanali d'opinione; di poche pagine (la carta scarseggiava), e ricchi di eccellenti articoli: Cosmopolita, L'Elefante, Il Politecnico, Cantachiaro *(satira politica) e* Cronache *di cui se non erro, lei era direttore e al quale collaboravano Giorgio Vecchietti e Lamberto Sechi.*

Di siffatti periodici confesso di avere molto rimpianto. Perché sono scomparsi? Era solo il clima di allora, di riacquistata indipendenza critica e libertà di stampa che li alimentava? O forse la scomparsa nasce dal presupposto disinteresse con cui verrebbe accolto oggi in Italia (diversamente da Francia e Germania) questo tipo di stampa?

Eppure essa offrirebbe adesso, come allora, opinioni e critica politica apprezzabili perché temporalmente distaccate dalle sollecitazioni del contingente. Io penso che la politica come il giornalismo abbiano con il tempo subìto un tale stravolgimento da rendere l'una e l'altro poco accattivanti perché frustrati dall'arroganza dei monopoli e dalla dominante tendenza assolutistica che non è esclusivamente quella televisiva.

(R.S., Palermo)

313

Grazie del ricordo e del rimpianto: *Cronache* morì perché non avevamo soldi e cominciavano a imporsi i rotocalchi. In redazione eravamo in cinque (provenienti dalla provincia): venne anche Fellini a offrirci la sua collaborazione (previo un piccolo anticipo) che non potemmo accettare. «Non siamo sicuri neanche dello stipendio alla fine del mese», gli dicemmo. Poi siamo rimasti in due: io e il mio amico fraterno Lamberto Sechi. Ormai siamo due vecchi giornalisti.

Pontiggia, Prezzolini, Sassu... All'estero, per non marcire

L'intera biblioteca di Giuseppe Pontiggia è stata trasferita in questi giorni da Milano a Mendrisio. Avendolo conosciuto personalmente, sono propenso a pensare che ovunque il suo spirito si trovi sia felice di sapere che il suo «tesoro» è al sicuro da eventuali smembramenti. Piano piano, senza fatica ci stiamo liberando di cose ingombranti. Zavorra. Aligi Sassu a Lugano, Carlo Cattaneo a Castagnola, Giuseppe Prezzolini a Lugano, Piero Chiara nel Locarnese... Penso che per misurare una certa ottusità nostrana non occorra uno studio particolare, oggi la nostra cultura è basata sull'arroganza del potere e del denaro, su rappresentazioni che creano personaggi insolenti, incapaci di stimare o di apprezzare qualcuno al di fuori di loro stessi. Io sono, tu non sei. La questione non mi interessa più di tanto, è soltanto l'affetto e la stima che nutro per lei che mi hanno indotto a scriverle per avere una conferma dei miei dubbi.

(G.C., Ispra, VA)

Purtroppo non posso contraddirla, ma debbo dire che sono contento che certi documenti finiscano in buone mani. Sono stato amico di Giuseppe Prezzolini e mi fa piacere sapere che le sue carte sono al sicuro a Lugano dove potremo ritrovarle, e non marciranno in qualche scantinato.

Indice dei nomi

Indice